W0182930

Une patiente exemplaire

Isabel Fielding

Tome 1

Sarah A. Denzil

Traduction par

Isabelle Wurth

UNE PATIENTE EXEMPLAIRE

Copyright © 2018 Sarah A. Denzil

Tous les droits sont réservés. Aucune partie de ce livre ne peut être utilisée ou reproduite de quelque manière que ce soit sans l'autorisation écrite, sauf dans le cas de citations brèves incorporées dans des articles et des critiques.

Ce livre est une œuvre de fiction. Les noms, personnages, lieux et incidents sont fictifs ou ont été utilisés fictivement, et ne doivent en aucun cas être interprétés comme réels. Toute ressemblance avec des personnes, des vivants ou des morts, des événements réels, des lieux ou des organisations est une pure coïncidence.

Couverture : Damonza

Du même auteur

Vulnérable

Le visage de l'innocence

Brisées

Le secret d'April

Coupés du monde

Dans la série *Passé sous silence* :

Passé sous silence, tome 1

L'Innocence perdue, tome 2

Le récit d'Aiden (*nouvelle*)

Accro Aux Crimes Authentiques

Le crime qui a secoué Rotherham

De James Gorden

Les vagues venaient à peine de troubler l'eau habituellement calme de l'étang familial, que les détails du crime furent révélés. Je me souviens du moment exact où j'avais vu les nouvelles. Il reste parfaitement clair dans mon esprit, comme tous les moments incroyables, comme celui où j'ai appris pour le 11 septembre ou la mort de la princesse Diana. Je me souviens du t-shirt bleu que je portais et de la position exacte dans laquelle j'étais assis sur le canapé, les magazines sur la table basse à côté de ma tasse Tardis.

Les détails fournis par la police étaient encore flous à ce moment-là, mais ce que j'ai entendu a suffi à me faire serrer un peu plus fort ma nièce dans mes bras et mon neveu la fois suivante où je les ai vus.

J'aime à penser que les ondulations qui tournent à la surface de la mare aux canards continuent à former un chemin, et que ce meurtre affligeant a laissé derrière lui un joli motif. Il n'y a pas beaucoup de cas où la bonté naît de la méchanceté, mais j'ai l'espoir que ma ville pourrait être l'exception, que nous allons engendrer la force et que la bienveillance va irradier notre communauté.

J'ai encore de l'espoir.

C'était une belle journée d'été, le 12 août 2010. Sur le terrain de la propriété Fielding, les rires des enfants filtraient le long des pelouses depuis la mare aux canards, à la lisière du bois de Scholes. Il n'y avait pas un nuage dans le ciel et les adultes sirotaient des mojitos sous le patio de leur vaste propriété. David et Anna Fielding recevaient des invités. Riya et Jason Earnshaw avaient amené leur fille de six ans, Maisie, à ce déjeuner à la fois professionnel et amical. La fille aînée des Fielding, Isabel, quatorze ans, gardait les deux plus jeunes enfants, dont son frère Owen, onze ans, pendant que les adultes discutaient d'un investissement dans l'entreprise de construction de Jason Earnshaw.

Les Fielding et les Earnshaw étaient, et sont toujours, des membres respectés de la communauté. Anna était bien connue à l'église locale, organisait des tombolas pour aider les nécessiteux et aidait régulièrement la banque alimentaire. David avait investi dans de nombreuses entreprises locales, contribuant ainsi à l'économie de la ville. Riya et Jason Earnshaw étaient connus pour être de bons employeurs qui créaient des emplois dans la région.

La journée était parfaite jusqu'à ce que les rires des enfants s'arrêtent. Jason Earnshaw dira plus tard à la police qu'après une conversation particulièrement animée avec les Fielding, au cours de laquelle David avait raconté une blague au groupe, ils avaient remarqué que les enfants étaient devenus très silencieux.

Riya s'était levée sous le patio et avait appelé Maisie. En l'absence de réponse, Riya et Anna s'étaient précipités sur la longue pelouse qui descendait jusqu'à l'étang.

Isabel fut la première à être retrouvée. Elle marchait sur la pelouse, les mains tendues. Anna avait couru vers elle et lui avait demandé si elle était blessée. Isabel avait secoué la tête, mais elle était trempée jusqu'à la taille et ses mains et ses lèvres étaient couvertes de sang. Jasaon Earnshaw se souvenait avoir entendu le cri perçant de sa femme, une seconde à peine plus tard. Il avait dévalé la colline pour la voir patauger dans l'étang, sa robe bain de soleil hors de prix abîmée par l'eau trouble. Il s'était précipité vers elle en faisant des éclaboussures dans l'eau peu profonde.

Alors que les Earnshaw pataugeaient dans l'eau sale, David Fielding vit son fils se diriger vers lui depuis les arbres. Owen Fielding marchait la tête baissée, des larmes coulaient le long de son nez. Du sang tachait son pantalon, mais il n'était pas mouillé et n'était pas aussi couvert de sang que sa sœur aînée. David se précipita vers Owen pour vérifier que l'enfant n'était pas blessé.

Et au milieu de tout cela, au centre même de l'étang, une petite fille gisait face contre l'eau. Elle était dénudée jusqu'à la taille - la police retrouverait son t-shirt imprimé de marguerites accroché à un buisson dans la forêt quelques heures plus tard - et ses cheveux s'étalaient en éventail autour d'elle. Ses boucles sombres et lâches étaient aussi trempées que son jean.

Maisie Earnshaw était morte.

Assassinée.

Depuis le procès, nous savons que Maisie a été emmenée dans les bois, frappée avec une pierre et mutilée avec un couteau. Son petit corps a ensuite été traîné hors des bois et exposé au centre de l'étang.

Nous savons qu'Isabel Fielding était couverte du sang de Maisie et qu'elle était trempée jusqu'à la taille.

Nous savons également qu'à l'âge de quatorze ans, Isabel Fielding a été condamnée pour le meurtre de Maisie Earnshaw. Elle a été emmenée dans un centre de détention pour mineurs où l'on a estimé qu'elle souffrait de troubles mentaux.

Après un long interrogatoire, il a été décidé qu'Owen Fielding n'avait pas contribué à l'assassinat de Maisie Earnshaw.

Rotherham continue de pleurer la perte d'une innocente. Nous nous sommes unis pour aider à guérir le chagrin qui s'est installé au sein de la communauté. Beaucoup d'entre nous ressentent une fraction de la douleur intense que doivent ressentir les Earnshaws. Nous sommes tous dans le même bateau et nous continuerons à vivre avec la douleur au cœur, mais nous serons plus forts et plus unis grâce à elle.

Chapitre 1

Je n'étais pas habituée à la morsure glacée du vent du nord. Même en ce début du mois de mars, il y avait du givre sur le pare-brise à mon réveil ce matin-là et j'avais superposé plusieurs couches de vêtements. Je conduisais avec des mitaines, je soufflais par intermittence dans mes mains pour les réchauffer et je me suis demandé s'il y avait une part de vérité dans le stéréotype sur les rustres du Nord et les mauviettes du Sud. Je maudis le chauffage défectueux de ma vieille Punto et j'appuyai sur l'accélérateur, souhaitant être bientôt dans un endroit chauffé.

Dans trois cents mètres, tournez à droite.

Quittant des yeux le GPS de mon téléphone - fixé au tableau de bord par un patin en caoutchouc bon marché acheté en ligne – pour la longue portion de route devant moi, je me demandai où se trouvait exactement ce virage à droite. Cela faisait dix minutes que je roulais sur la même route droite, passant d'une lande aride à une forêt verdoyante et luxuriante. Les arbres bordaient les deux côtés de la route étroite, bloquant une grande partie du soleil matinal. Je tendis le cou vers la droite, à la recherche de ce mystérieux tournant. Rapidement, j'aperçus les hautes grilles - un choc de l'industrialisation dans cet environnement rural intact - et je tournai brusquement à droite vers les barreaux d'acier, m'arrêtant à côté de la tour de garde.

— Qu'est-ce qui vous amène à l'hôpital Crowmont aujourd'hui ? demanda le gardien d'une voix trop joyeuse pour huit heures du matin. L'homme était corpulent, avec les temps et la barbe grises. De fines rides apparaissaient autour de ses yeux lorsqu'il souriait, ce qui transmettait la même chaleur authentique que j'avais remarquée chez les habitants du Yorkshire. Les gens du Nord étaient bien trop amicaux pour cette mauviette méridionale à moitié gelée qui avait besoin d'une bonne tasse de thé ou, mieux encore, de deux heures de plus au lit.

— C'est mon premier jour de travail, dis-je. Je m'appelle Leah Smith. Je suis la nouvelle infirmière de l'unité Morton.

Bien que j'aie déjà fait le voyage pour un entretien, celui-ci avait eu lieu à l'hôpital de York plutôt qu'à Crowmont. L'aile habituellement utilisée pour les entretiens avait été fermée pour cause de rénovation et les responsables à l'embauche avaient décidé de trouver un endroit plus neutre. Le fait que je n'aie pas encore vu mon nouveau lieu de travail ajoutait à la nervosité du premier jour qui me titillait l'abdomen.

L'agent de sécurité prononça mon nom dans un talkie-walkie tandis que je continuais à souffler dans mes mitaines pour réchauffer mes doigts raides.

— Fait froid ce matin, hein ? dit il en quittant son poste de garde et en s'approchant de la voiture.

J'acquiesçai.

— J'espère qu'il fait plus chaud à l'intérieur qu'à l'extérieur.

— Ouais, eh bien, pas beaucoup plus ! Il leva les yeux et fit un signe de tête en direction de la route qui traversait les arbres. Une haute clôture métallique la longeait, donnant l'impression d'être à l'intérieur d'une sorte de labyrinthe d'acier. Suivez la route jusqu'à ce que vous sortiez des arbres. Là, vous verrez l'hôpital. Prenez la première à droite et continuez jusqu'à ce que vous voyiez le parking. Il y a un autre portail juste avant, mais

Brian vous laissera entrer. C'est là que se trouve le pavillon Morton.

— D'accord. Merci pour votre aide.

— Pas de souci. Au fait, je m'appelle Ian. Je travaille ici à la grille la plupart des matins. On se reverra. Il tapota le toit de ma Punto et s'éloigna pendant que je redémarrais.

Alors que je me frayais un chemin dans l'étrange labyrinthe de grilles, je me rendis compte que mes doigts tremblaient, et ce n'était pas seulement à cause du froid. La nervosité du premier jour prenait le dessus, ou peut-être que la gravité de l'endroit m'ébranlait - mais ce n'était pas une raison. Ce n'était pas la première fois que je me rendais dans un établissement psychiatrique de haute sécurité.

Comme Ian l'avait dit, la route émergea des arbres et je vis l'hôpital Crowmont pour la première fois. À l'orée de la forêt, une autre série de grilles s'ouvrit pour me laisser passer. Ian avait dû pouvoir les actionner depuis sa tour. Puis la route continua vers l'hôpital lui-même, en retrait du labyrinthe de clôtures en acier. C'était presque une communauté à part entière, avec des dépendances et des parkings menant à l'aile principale de l'hôpital, un vieux manoir victorien tentaculaire, haut de quatre étages avec des rangées de fenêtres étroites. Des pignons abrupts pointaient comme des dents limées au-dessus des minces fenêtres. Deux solides piliers se dressaient fièrement de part et d'autre de la grande et large porte. Je ne pouvais détacher mon regard des murs de grès sombre et je faillis manquer le tournant dont Ian m'avait parlé. Ce ne fut que lorsque je remarquai l'enseigne de l'hôpital que je me souvins de l'endroit où je me trouvais et de la raison pour laquelle j'étais ici. L'enseigne blanche et bleue du NHS me ramena à la réalité. J'étais sur le point de commencer un nouveau travail, pour accompagner ma nouvelle vie dans un nouvel endroit. North Yorkshire Healthcare était imprimé le long de la partie blanche du panneau, et Crowmont Hospital en dessous, dans la partie bleue.

Je tournai le volant et suivis la route vers le parking, qui était également fermé, comme Ian l'avait dit. L'agent de sécurité de ce parking s'approcha de la voiture, son talkie-walkie à la main.

— Brian ? demandai-je.

Cet homme avait les cheveux clairs, les joues rouges et des vaisseaux sanguins éclatés autour des narines. Je remarquai des tatouages décolorés le long de ses articulations, mais je ne réussis pas à lire ce qu'ils disaient.

— Oui. Et vous êtes la nouvelle infirmière.

— Leah Smith. Il connaissait probablement déjà mon nom, mais je le prononçai en guise de salutation.

Une voix surgit à l'autre bout du talkie-walkie de Brian pour demander à être informée, Brian annonça mon arrivée à la personne et attendit le feu vert pour ouvrir le portail.

— Je sais que vous avez déjà été prévenue des mesures de sécurité, mais je vais les passer rapidement en revue, dit-il, visiblement bien rodé à l'idée d'expliquer ce système inhabituel à des visiteurs. Vous obtiendrez un laissez-passer à la réception. Ils prendront votre photo et tout ça. La sécurité à l'intérieur vous dira la suite, mais vous devrez être fouillée avant d'entrer dans le service. Il y a une liste d'objets interdits dans le service, et on vous attribuera un casier pour ranger vos affaires.

— Merci, répondis-je, appréciant l'information. Je savais que la sécurité serait stricte, mais quand c'est votre premier jour, il est bon de savoir exactement à quoi s'attendre.

Un nouveau travail dans un nouvel endroit, loin de chez soi. L'adrénaline commençait à faire son effet, chassant le froid. Le sang qui circulait activement dans mon corps atténua la rigidité de mes muscles. Mon cœur battait maintenant contre mes côtes, si fort que je sentais la pulsation du sang au bout de mes doigts. Les mécanismes de la grille me firent sursauter lorsqu'ils prirent vie - le métal raclant le macadam, le tintement de la grille qui se rétractait pour me libérer le passage. J'arrachai les mitaines et je respirai profondément.

Tout en manœuvrant ma voiture jusqu'à une place de parking - j'avançais au pas, ne faisant pas confiance à mes mains sur le volant - j'essayai de me convaincre que la nervosité m'avait frappée soudainement parce que je n'avais pas travaillé depuis quelques semaines, parce que j'avais déménagé dans un nouvel endroit, parce que le bâtiment m'avait effrayée, et rien d'autre. J'étais nouvelle dans la région, nouvelle dans la campagne, et je me sentais comme un poisson hors de l'eau. Quatre semaines auparavant, je vivais encore dans un appartement à Hackney.

Presque une autre vie. Une autre existence.

Je tournai la clé de contact et baissai le pare-soleil pour me recoiffer dans le rétroviseur. Les infirmières ne se maquillent pas et n'ont pas de coiffures compliquées. Elles s'attachent les cheveux et ne portent que de la crème hydratante. Néanmoins, je ne voulais pas prendre mes nouvelles fonctions avec des cheveux dans tous les sens et des céréales entre les dents. Heureusement, je n'avais ni l'un ni l'autre, alors je sortis de la voiture et je récupérai mes sandwichs sur la banquette arrière. Lorsque je claquai la portière, le bruit me sembla trop fort dans cet endroit tranquille. Je jetai un coup d'œil à ma montre : huit heures quinze. J'étais un peu en avance, mais je savais que le personnel mettrait du temps à faire mon laissez-passer.

Je verrouillai la voiture et glissai les clés dans la poche de mon pantalon avant de me diriger vers l'entrée du service. Ce n'était pas la porte avec les piliers, mais une plus petite porte en verre avec un scanner de laissez-passer sur le côté gauche. J'avais appuyé sur la sonnette et j'attendais que quelqu'un me laisse entrer lorsque mon attention fut attirée par une forme sombre sur le côté. J'entendis ensuite un cri venant d'en haut et je levai le menton pour voir d'où il venait. Une grande pie me fixait depuis la gouttière du toit, une fine brindille pendait de son bec.

— Bonjour, murmurai-je en jetant un coup d'œil derrière moi pour m'assurer que personne ne l'avait vue. Le mot s'était échappé de mes lèvres comme un réflexe. *Bonjour, Madame la pie.* C'est mon père qui disait toujours ça. Puis il faisait un petit signe de la main.

Une pour les regrets, deux pour la joie, trois pour une fille, quatre pour un garçon[1].

J'essayai de ne pas penser à la comptine. De ne pas penser à mon père et à ses superstitions, transmises par sa mère superstitieuse, qui les tenait de sa propre mère, encore plus superstitieuse.

Une voix grinçante me dit *bonjour,* me libérant de ces souvenirs douloureux. Je me raclai la gorge et expliquai pour la troisième fois que j'étais la nouvelle infirmière du pavillon Morton et que je m'appelais Leah Smith. La porte émit un clic et je la poussai pour entrer dans la petite salle de réception.

Ian avait raison - il faisait à peine plus chaud à l'intérieur. Non que cela me dérangeait, car la nervosité réchauffait mon sang précédemment glacé. Je serrai et desserrai mes doigts en me dirigeant vers la réception, un long comptoir blanc au fond d'une pièce blanche avec des tapis verts et des canapés verts délavés. La femme de l'accueil portait des lunettes très basses sur le nez et, tout en m'expliquant le processus du laissez-passer, elle ne cessait de bouger. Elle se fraya un chemin entre deux piles de documents pendant qu'elle prenait ma photo, tandis que je me tenais maladroitement debout, un sourire crispé sur le visage.

Personne n'est jamais à son avantage sur une webcam, n'est-ce pas ? Il ne faisait aucun doute qu'un visage blafard et un sourire figé seraient mon meilleur choix. Un laissez-passer temporaire me fut remis dans une pochette en plastique avec un clip pour l'attacher à ma ceinture.

— J'essaierai d'obtenir votre laissez-passer d'ici la fin de la journée, me dit-elle. Demain vous n'aurez qu'à le scanner pour entrer.

— Merci, dis-je en attachant le laissez-passer à la ceinture de mon pantalon.

— Je m'appelle Sue, dit-elle. Je travaille les lundis et mercredis, de huit à six heures. Yousef travaille les autres jours. Il y a beaucoup d'employés à temps partiel qui vont et viennent. Lorsqu'elle sourit, je vis un léger résidu de rouge à lèvres rose sur ses dents. Sans parler du changement de personnel. Elle roula des yeux. Je suppose que Crowmont n'est pas fait pour tout le monde. Avez-vous déjà travaillé dans un hôpital de haute sécurité ?

— Oui, quelques années à Whitmore.

— Oh. Elle se pencha légèrement. C'est là qu'*il* se trouve, n'est-ce pas ? L'étrangleur. Elle mima un étranglement sur elle-même, et je feignis un sourire.

— Roger Cowell, répondis-je. Roger Cowell était un tueur en série qui avait connu l'infamie après avoir assassiné quinze femmes dans les années soixante-dix. J'étais habituée aux questions incessantes après avoir travaillé à Whitmore pendant un certain temps. J'avais appris à reconnaître la petite lueur dans les yeux des plus effrontés et des plus curieux. Révéler où je travaillais était un bon moyen de faire connaissance avec quelqu'un. Les timides et les polis hochaient la tête, souriaient, ouvraient la bouche pour parler, puis se ravisaient et changeaient de sujet de conversation. Les grandes gueules et les plus effrontés commençaient immédiatement à me poser des questions sur Roger Cowell.

Il est mauvais ? ça se voit quand on le regarde ? J'ai entendu dire qu'il avait perdu du poids et qu'il restait assis dans sa chambre toute la journée à regarder les murs. Il dort bien la nuit ? Est-ce qu'il fait des cauchemars ? Est-ce qu'il vous a dit où se trouvait le seizième corps ?

— Je ne travaillais pas dans son unité. Je n'ai donc jamais été en contact avec lui.

Elle sourit. Elle savait manifestement ce que c'était que de travailler dans un hôpital de haute sécurité tristement célèbre. Son sourire se transforma en un hochement de tête complice.

— Il y en a quelques-uns comme ça ici. Les questions deviennent agaçantes au bout d'un moment, n'est-ce pas ?

Je laissai échapper un rire nerveux.

— Oui, vraiment.

Sue me dirigea vers les détecteurs de métaux où un agent de

sécurité me demanda de poser mes clés de voiture dans un bac en plastique, ainsi que le peu de monnaie que j'avais apporté, mon manteau et d'autres affaires. Je franchis le détecteur de métaux, encore tendue par mon arrivée dans un nouvel emploi, mais légèrement calmée par les gens sérieux, mais chaleureux qui m'entouraient. Le troisième agent de sécurité s'appelait Simon et était légèrement plus jeune que Ian. Il n'était pas aussi bavard que les deux autres, probablement parce qu'il avait un rôle plus important dans les procédures de sécurité.

Après le contrôle, on me rendit mes affaires et on me dit de les ranger dans un casier du personnel, à l'exception de mon déjeuner, que j'avais été autorisée à mettre dans le réfrigérateur de la salle du personnel, et de ma monnaie pour le magasin. J'avais l'impression d'être dans une école très étrange et paranoïaque où l'on attendait de moi que je sois à la fois élève et professeur. Simon me montra le bureau de l'infirmière responsable qui me donnerait des instructions pour mon premier jour.

Devant la porte du bureau, mes paumes commencèrent à transpirer et j'eus l'impression de me rendre chez le proviseur. J'avais à nouveau seize ans, les genoux éraflés par une bagarre avec Rebecca Boyce sur les courts de tennis, et j'attendais l'inévitable réprimande. Repoussant les souvenirs, je frappai légèrement à la porte ouverte et l'homme assis au bureau releva la tête.

— Leah ? demanda-t-il. Même s'il était assis à un bureau avec une tasse de thé à la main, je pouvais voir qu'il était petit et trapu avec des épaules puissantes. Il portait un t-shirt noir et un pantalon gris élégant.

— Oui.

Il se leva et traversa la pièce pour me serrer la main. Je m'appelle Chioke Obi. Chi en abrégé, si vous voulez. Bienvenue à Crowmont. Voulez-vous une tasse de thé pendant qu'on s'y met ?

— Avec plaisir, merci.

— Alors, allons dans la salle du personnel pour une minute ou deux. Chi sourit et se frotta les mains. J'espérais que son enthousiasme soit suffisamment contagieux pour me contaminer, car je me sentais juste aussi enthousiaste qu'un morceau de laitue molle.

Je le suivis à travers un petit dédale de salles du personnel jusqu'à la zone principale, où trônait une table ovale entourée de quelques chaises à l'aspect inconfortable et un coin cuisine.

« Du lait ? Du sucre ? »

— Du lait, pas de sucre.

Chi s'activa avec la bouilloire, souriant tout le temps, me mettant doucement à l'aise malgré ma nervosité initiale. Après les premières gorgées de thé bienfaisant et les dix premières minutes où il m'en dit davantage sur l'hôpital et le service où je travaillerais, je commençai à me détendre et la sensation de moiteur de mes paumes se dissipa.

— Ce que vous devez surtout savoir, c'est que vous êtes l'infirmière principale de trois patients, dit-il avec une once d'accent africain. Tracy, Emily et Isabel.

Chapitre 2

La première chose que l'on remarque dans un hôpital de haute sécurité, c'est que les patients ne sont pas aussi effrayants qu'on le pense. Il est facile d'évoquer des images de tueurs en série qui se tiennent dans l'ombre, les traits masqués à l'exception d'une paire d'yeux rétrécis. Mais on n'est pas dans *Le Silence des agneaux*. Je ne suis pas Clarice Starling passant devant des cellules grillagées, évitant le sperme d'un tueur psychotique. Je suis Leah. Je suis infirmière. J'étais là pour aider mes patients.

Auparavant, lorsqu'on me posait des questions sur Whitmore, je me rendais compte que les gens avaient beaucoup de mal à imaginer le patient moyen comme quelqu'un de malchanceux, une victime, qui n'avait pas eu le départ dans la vie qu'il aurait mérité. Ce qu'ils voulaient croire, c'est que certaines personnes étaient nées dégénérées ou qu'elles étaient foncièrement mauvaises. Ce n'était pas mon expérience.

À Whitmore, j'ai travaillé avec de nombreux patients souffrant de troubles de la personnalité - ou des sociopathes, si vous voulez les appeler ainsi - et j'ai découvert que la plupart des résidents dont je m'occupais avaient été maltraités par une personne importante dans leur vie, généralement à un très jeune âge. Les enfants ont besoin d'amour et de soins. Ils ont besoin de s'attacher. Lorsqu'un enfant ne parvient pas à s'attacher à une personne qui s'occupe de lui, il n'apprend pas l'empathie.

C'est ainsi que l'on construit un sociopathe.

Je suivis Chi dans les couloirs de Crowmont, sentant encore pulser le bout de mes doigts. Malgré mon expérience à Whitmore, je ne savais pas vraiment à quoi m'attendre. D'une certaine manière, Whitmore était plus troublant et plus effrayant parce que la plupart des patients étaient des délinquants masculins violents. Mais certains nous avaient été adressés parce qu'ils s'étaient automutilés en prison ou parce qu'ils avaient des besoins particuliers. Tous n'étaient pas des tueurs en série psychotiques.

Beaucoup plus petit que Whitmore, Crowmont était un hôpital exclusivement féminin dont beaucoup de patientes avaient commis des crimes violents. Je savais qu'il y avait deux ailes principales à Crowmont : l'une était consacrée à la rééducation, où les patientes étaient plus libres de se déplacer dans l'hôpital, et l'autre était pour le service de soins intensifs, où les patientes très malades avaient du mal à socialiser entre elles. J'avais été engagée pour travailler dans le service de rééducation.

Chi m'avait donné des instructions dans son bureau. Mes principales tâches consistaient à prendre des nouvelles des patientes tout au long de la journée. Je devais m'assurer qu'elles mangeaient et prenaient leurs médicaments, je devais les observer silencieusement pendant qu'elles vaquaient à leurs occupations et je devais les aider si elles rencontraient des difficultés.

Je rencontrai d'abord Tracy. Elle était assise sur le canapé de la zone commune du service, une jambe surélevée. Ses bras tendus au-dessus de sa tête laissaient apparaître les cicatrices sur ses avant-bras. Elle avait les cheveux courts et un nez retroussé. Elle était très en surpoids, à la limite de l'obésité - les patients trouvent souvent du réconfort dans la nourriture, en particulier lorsqu'ils prennent des médicaments qui stimulent l'appétit. Elle avait une vingtaine d'années. Chi nous présenta et nous nous serrâmes la main.

Je vis tout de suite que Tracy était fâchée.

— Je suis toujours aide-cuisinière, hein ? demanda-t-elle à Chi. Ils ne me l'ont pas enlevé, hein ? J'ai pas fait exprès.

— Ce n'est pas grave. Tu peux rester à la cuisine. Mais Leah est là si tu as besoin d'elle.

Alors que nous nous éloignions, je demandai :

— Qu'est-ce qu'elle voulait dire ?

Chi soupira.

— Il y a eu un incident. Il n'y a pas de quoi s'inquiéter, mais Tracy a parfois besoin d'une surveillance supplémentaire.

Je hochai la tête. Une surveillance accrue signifiait généralement qu'il y avait eu des tentatives de suicide.

Emily était une jeune femme beaucoup plus petite, avec des cheveux gras, jusqu'aux épaules. Elle jouait aux dames avec une femme plus âgée. Elle me serra la main en s'agitant sur sa chaise.

— Qui gagne ? demandai-je.

— Debbie, répondit Emily.

— Je la bats toutes les semaines, se vanta Debbie.

Emily haussa les épaules et se gratta l'épaule.

— Au moins, j'essaie.

Chi frappa dans ses mains, si fort que nous sursautâmes toutes.

— C'est ça l'esprit. Les gens sont faits pour essayer. C'est ce que nous faisons. Il sourit jusqu'à ce qu'Emily esquisse un sourire.

— Peut-être pourrions-nous faire une ou deux parties, suggérai-je.

— D'accord, répondit Emily.

Cet hôpital me faisait bonne impression. Aucun infirmier psychiatrique ne s'attend à ce que son travail soit simple, mais c'était un soulagement de voir les patientes sourire dès mon premier jour.

Après une brève conversation sur le fait que j'allais m'occuper d'Emily et que si elle avait des problèmes, elle devait venir me voir, Chi me raccompagna.

— Emily a parcouru un long chemin, me dit-il. Elle est restée si longtemps dans le service de soins intensifs que je n'aurais jamais pensé qu'elle arriverait jusqu'à la rééducation.

— A-t-elle été orientée ?

Je demandais s'il s'agissait d'une personne qui était venue à l'hôpital par l'intermédiaire du système judiciaire.

Chi se pinça les lèvres, puis jeta un coup d'œil à gauche et à droite avant de répondre.

— Oui, Emily est une meurtrière condamnée. Elle a tué son bébé à cause d'une dépression postnatale. Lorsqu'elle est arrivée chez nous, elle était sous surveillance anti-suicide depuis un mois.

Il me fallut une seconde pour comprendre.

— Si elle part d'ici, ira-t-elle directement en prison ?

— Pour au moins six ans de plus.

C'était une affaire d'une tristesse insoutenable, mais il y en avait beaucoup dans un endroit comme Crowmont. La culpabilité qui pesait sur ses épaules devait être un lourd fardeau à porter. Sans parler du jugement et du chagrin des personnes de sa vie qui avaient un lien avec son enfant et au crime qu'elle avait commis. Le père. Les grands-parents. Les oncles et les tantes. Un événement comme celui-ci avait certainement déchiré la famille.

Chi me fit sortir de l'espace commun, en utilisant sa carte magnétique pour franchir la porte et entrer dans un couloir.

« C'est là que se trouvent les chambres des patientes. Elles sont toutes numérotées pour que vous puissiez vous rappeler qui va dans quelle chambre. Dans ce service, il faut deux clés pour entrer dans la chambre. Vous devez donc venir me trouver si vous avez une raison d'entrer dans la chambre en dehors des heures d'ouverture. Pour l'instant, les patientes sont libres de laisser leurs portes ouvertes, mais la nuit, elles seront verrouillées. Sauf si la patiente est surveillée vingt-quatre heures sur vingt-quatre. »

— Surveillance anti-suicide ?

Chi acquiesça.

C'était une procédure à laquelle j'étais déjà habituée. À Whitmore, il y avait des chambres à six clés, où six infirmières devaient être présentes lorsque la porte s'ouvrait. Elles travaillaient en équipe, s'assurant que le patient était correctement attaché, chacune entrant ou sortant à son tour de la pièce, et chacune ayant un rôle à jouer dans l'immobilisation. Lorsqu'un patient était ramené dans sa chambre, il était placé sur le lit, chaque infirmière sortant une à la fois, de l'infirmière la plus éloignée de la porte à l'infirmière la plus proche de celle-ci. Toutes les sorties de ces patients étaient soigneusement planifiées avec plusieurs membres du personnel, depuis l'équipe de sécurité qui surveillait les caméras de vidéosurveillance jusqu'aux infirmières du service, dans le but de garantir la sécurité du personnel et des patients. Ces patients n'étaient pas autorisés à quitter leur chambre quand ils le souhaitaient.

Mais le service de Morton avait une atmosphère différente de celle de Whitmore. Le long couloir de portes - presque toutes ouvertes, avec de la musique provenant de certaines d'entre elles, le bruit des conversations provenant des autres - me rappelait les résidences universitaires. S'il n'y avait pas eu les murs vert hôpital et les lourdes serrures des portes, j'aurais pu imaginer que j'étais sur le point d'aller dire bonjour à une copine de classe.

Chi s'arrêta devant la chambre la plus éloignée du couloir, à côté d'une autre porte verrouillée qui menait ailleurs dans les profondeurs de l'hôpital. La porte de cette pièce était grande ouverte et je pouvais donc en voir le contenu : un lit, un bureau, un petit placard sur la droite qui menait à une salle de bain que je ne pouvais pas voir, mais dont je présumais l'existence. C'était une petite pièce qui pouvait donner un sentiment de claustrophobie après une période prolongée, mais à laquelle on pouvait probablement s'habituer si on y était forcé. Et, dans ce cas, ce sentiment de claustrophobie était exacerbé par le désordre, le chaos et les murs recouverts. Du sol au plafond, chaque centimètre était recouvert de dessins. Les coins des feuilles de papier A4 se recourbaient, et la Patafix faisait des bosses sous le papier comme de petites perles jaunes. Au centre de chaque page se trouvait une illustration d'oiseau.

Des pies, des mésanges bleues, des moineaux, des corbeaux, des merles, des éperviers, des aigles, des pinsons, des grues, des flamants. Des ailes noires, des becs jaunes, des poitrails rouges, des bleus irisés, des plumes vertes, des yeux bruns. Les yeux étaient les plus impressionnants et semblaient m'observer tandis que je suivais Chi dans la pièce.

— Comment vas-tu aujourd'hui, Isabel ? Voici Leah. C'est elle qui sera ton infirmière à partir de maintenant.

Avec tous les oiseaux sur les murs, je n'avais pas remarqué la jeune femme penchée sur son bureau. Lorsqu'elle se leva pour me saluer, je vis les taches de fusain sur ses doigts et ses ongles rongés jusqu'à la peau.

Elle était ronde, avec un visage doux, de bonnes joues et un petit ventre qui dépassait de son bas de jogging et de son t-shirt. Elle était jeune, une vingtaine d'années, guère plus, avec des yeux marron qui pétillaient sous une frange de cheveux châtain. Ses cheveux étaient longs et emmêlés, comme si elle venait de sortir du lit. Mais ce qui me frappa le plus, c'est son sourire tranquille et la façon dont elle se tenait, détendue, une main sur la hanche. Je n'avais pas l'habitude de voir des patientes aussi détendues dans les hôpitaux de haute sécurité.

— Ah, qu'est-il arrivé à Alesha ?

— Elle est passée à autre chose, dit Chi.

— Mais je n'ai jamais pu lui dire au revoir. Les sourcils d'Isabel se haussèrent et ses yeux semblèrent s'agrandir de tristesse. Alesha était adorable. J'espère qu'elle va bien.

— Ne t'inquiète pas, elle va bien. Elle a trouvé un autre travail, c'est tout.

Mais je savais qu'il était étrange pour une infirmière de ne pas dire au revoir à ses patients de longue date avant de changer de travail. Alesha avait dû partir précipitamment. À moins qu'elle n'ait pas voulu faire de la peine à Isabel avant de le faire.

— Vous êtes donc ma nouvelle infirmière. Isabel m'évalua de mon front à mes orteils. Vous avez vu la pie dehors ?

— Oui, répondis-je avec surprise. De toutes les premières questions auxquelles je m'attendais, celle au sujet d'une pie n'était même pas dans mon top cinquante.

— Elle s'appelle Pepsi et je la dresse.

Je faillis éclater de rire.

— Qu'est-ce que tu lui apprends ?

— À manger dans ma main, répondit-elle avec enthousiasme, ses mots se bousculant sous l'effet de l'excitation. À me rapporter des brindilles et des vers. À pousser des cris quand je le lui demande. Les pies sont les oiseaux les plus intelligents, vous savez. Elles symbolisent aussi beaucoup de choses. La plupart des gens pensent qu'elles symbolisent la ruse et la malchance, mais pour moi, elles représentent la magie. Et le mystère. Je vous montrerai Pepsi quand nous irons nous promener dans le jardin.

— J'ai hâte, répondis-je. Mais pourquoi s'appelle-t-elle Pepsi ?

— Je l'ai trouvée dans le jardin, la patte coincée dans une canette de Pepsi. Chi m'a aidée à la lui sortir de la boîte et à la soigner. Ses yeux étaient brillants d'excitation et elle souriait de toutes ses dents. Vous aimez les oiseaux ?

— Ce sont de belles créatures. Je vois que tu les aimes beaucoup. Je fis un geste vers les murs.

— J'ai toujours voulu pouvoir voler. Elle regarda les murs. Peut-être un jour. Elle se déplaça si rapidement que je reculai d'un pas, mais ce n'est pas moi qui la préoccupais, c'était ses œuvres qui l'intéressaient. Elle commença à fouiller dans une pile de papiers sur son bureau, récupéra finalement l'objet qu'elle cherchait et me le tendit. Tenez, prenez-le !

Je pris délicatement la feuille de ses mains. Il s'agissait d'un dessin au fusain représentant une pie en vol, les ailes déployées, s'élevant dans le ciel. Je devais admettre que le dessin était excellent et qu'Isabel avait beaucoup de talent. En regardant cet oiseau, je ressentis un sentiment de paix que je n'avais pas anticipé après ma matinée d'angoisse. J'étais consciente de l'effet que l'art avait sur les gens, même si je ne l'avais jamais vraiment compris, pas même lorsque mon premier petit ami - un graffeur amateur - me traînait à des expositions, mais il y avait une qualité éthérée dans cette image qui m'apaisait.

— Merci, répondis-je en m'éclaircissant la voix, soudain gênée par ma réaction au cadeau.

— Je vous en prie, dit Isabel en souriant encore plus.

Chapitre 3

J'avais rencontré mes trois patientes, j'avais fait le tour du pavillon Morton et j'avais déjeuné dans la salle de repos avec les autres infirmières. C'était un endroit relativement calme, moins animé que Whitmore. Même les zones communes pour les patientes étaient plus calmes qu'à Whitmore, avec moins de résidentes et une atmosphère plus sereine. Je commençai à me demander pourquoi j'avais été si nerveuse.

— Comment était-ce à Whitmore ? demande Tanya, une infirmière, en posant ses coudes sur ses genoux pour se rapprocher de moi.

— La même chose, en fait, sauf qu'il n'y avait que des hommes, répondis-je.

— Ça sentait plus mauvais, alors ? dit-elle en riant.

— Parfois, oui. J'essayai de ne pas penser aux grèves de la propreté ou aux patients qui refusaient de se doucher pendant des jours. Mais j'étais au service rééducation, comme vous. Je n'ai jamais vu les mauvais cas en soins intensifs.

Les yeux de Tanya s'écarquillèrent.

— Je ne supportais pas les S.I. J'y suis restée trois mois et j'ai demandé à être transférée. La plupart n'y arrivent pas, mais j'ai eu de la chance. Il y a une fille qui mord, et c'est une petite merde. L'une d'entre elles m'a griffé le bras, du coude au poignet. Je sais qu'elles sont malades, mais c'est sacrément dur. Je n'ai pas pu rester.

Nous sommes tous passés par là. Il est impossible de travailler dans le domaine des soins psychiatriques sans être mordu, griffé, frappé ou sans recevoir des coups de pied. Une fois, j'ai passé le réveillon du Nouvel An avec un œil au beurre noir à cause de Bill Jones, un homme atteint de schizophrénie paranoïaque qui pensait que j'étais là pour le poignarder.

— Qui c'était le patient le plus effrayant ? demande-t-elle en sirotant sa tasse de soupe. C'était Cowell ?

— Probablement. Mais je ne l'ai jamais vu. Les pires patients de notre service étaient issus du crime organisé. Presque tous avaient été recrutés à l'adolescence et transformés en tueurs. Ils n'avaient aucune chance à l'extérieur. C'est assez triste.

Tanya acquiesça.

— C'est un thème récurrent.

— Avez-vous des cas très médiatisés, ici ? demandai-je. Je n'avais pas pu m'en empêcher. J'avais beau me dire que je ne faisais jamais de commérages et que je ne considérais jamais les patients comme « infâmes », une curiosité bouillonnante gonflait en moi et je ne pouvais pas y faire grand-chose. J'étais, et je serai toujours, un être humain.

— C'est simple, dit Tanya, on a Isabel Fielding.

Le nom me fit sursauter.

— Isabel ? La fille aux oiseaux ? Isabel était ma pupille, et même si c'était mon premier jour, je pensais que Chi m'aurait dit si elle avait été un cas particulier. Mais elle est dans le service de rééducation.

— Oui, parce que s'il s'avère qu'elle n'est plus folle, elle ira directement en prison. Elle sera réévaluée en mai. Si elle est apte à partir, elle sera transférée. Tanya posa sa tasse et regarda la porte de la salle de repos. Chi n'aime pas qu'on parle de l'affaire Isabel parce qu'elle est très médiatisée. Tu te souviens de la petite fille retrouvée morte dans une mare aux canards ? Elle avait été assassinée par une adolescente.

Je ne répondis pas tout de suite parce que je sentis le sang quitter mon visage et que j'avais la nausée. Bien sûr, je me souvenais de l'histoire, qui avait fait le tour des journaux nationaux. Trois jeunes enfants jouaient près d'un étang. L'une d'elles avait été assassinée. Une autre avait été retrouvée couverte du sang de la fillette morte, qui avait été frappée par un objet ou battue, je ne m'en souviens pas. Ce dont je me souviens, c'est du dégoût viscéral que m'inspirait l'idée qu'un enfant puisse tuer un autre enfant. Je me souviens de la façon dont mon esprit avait refusé d'accepter qu'un enfant puisse être autre chose qu'innocent, me détournant de l'histoire et poussant le journal sur la table. Et puis, quand mon esprit avait décidé qu'il en voulait plus, j'avais repris le journal et j'avais dévoré l'histoire du début à la fin, ayant besoin de tous les détails sanglants, cherchant sur Internet tout ce que je pouvais trouver avant de me sentir mal à nouveau et de me forcer à m'arrêter.

— Oui, répondis-je enfin. Je me souviens de l'histoire. C'était donc Isabel... ?

— Ouais. Et depuis, elle a fait des allers-retours entre des centres pour mineurs, des services psychiatriques sécurisés et maintenant Crowmont. Elle est ici depuis qu'elle a seize ans. Elle a commencé par des soins intensifs, puis elle est entrée en rééducation il y a deux ans. Si elle s'en sort bien et qu'ils décident qu'elle n'est pas folle, elle ira directement en prison.

— C'est ma patiente. Ma voix était rauque. J'aurais préféré qu'elle ne me le dise jamais. J'aurais peut-être pu continuer mon travail sans jamais le savoir. Bien sûr, que non - la vérité finit toujours par éclater - et je n'avais pas d'autre choix que de mettre mes préjugés de côté et de continuer à m'occuper d'elle comme je l'aurais fait pour n'importe qui d'autre.

J'étais une professionnelle.

Peut-être que si je me le répétais assez souvent, j'y croirais.

— Écoute, elle ne te causera pas d'ennuis. C'est encore une

enfant, et en plus, ils disent qu'elle ne l'a jamais avoué, et elle dit qu'elle ne se souvient même pas des événements. Cinq ans ici et elle n'a jamais été violente. Elle fait ce qu'on lui dit. Tanya haussa les épaules et reprit sa tasse. Après… c'que j'en dis…

La façon dont Tanya poignardait les nouilles dans sa soupe me fit penser qu'elle croyait qu'Isabel jouait une sorte de jeu. Mais j'avais été infirmière psychiatrique assez longtemps pour savoir que les patients ne pouvaient pas jouer la comédie pendant de longues périodes. Personne ne peut le faire.

« Quoi qu'il en soit, je n'aurais probablement pas dû te dire tout ça, admit Tanya. Tu auras des réunions à propos d'elle toutes les semaines, donc tu comprendras tout au final. Le directeur la surveille de près. Elle est de loin notre patiente la plus médiatisée. »

Après le déjeuner, je passai mon temps dans la salle commune de Morton, à observer les patientes. Tracy semblait un peu solitaire, préférant rester vautrée sur les canapés à regarder la télévision. Elle ne m'adressa la parole que lorsque je dus l'accompagner à sa séance de thérapie. Emily était plus sociable, elle parlait avec de nombreuses patientes et discuta même avec moi pendant un moment. C'était une personne pleine d'énergie nerveuse, râblée et maigre, qui ne restait jamais immobile. Il fut question de mon déménagement à Hutton et de l'endroit où je vivais à Hackney. Comme je le fais toujours avec les patients, je m'autorisai à me confier juste assez pour ne pas révéler trop d'informations. Je ne lui parlai pas de Tom, ni de mes parents.

Mais Isabel ne quittait jamais sa chambre. De temps en temps, je devais aller vérifier qu'elle allait bien. Chaque fois que j'y allais, je la trouvais penchée sur son bureau en train de travailler sur un autre dessin. Mon principal contact avec elle fut lorsque je l'accompagnai à l'atelier d'art-thérapie.

La plupart des infirmières ont un interrupteur interne qu'elles peuvent actionner pour faire face au stress de leur travail. Je ne fais pas exception à la règle. Malgré la nervosité que m'avaient procuré les révélations de Tanya, je réussis à éteindre la partie de mon cerveau qui voulait s'attarder sur le meurtre de cette pauvre enfant, et je voyais Isabel comme ma patiente, purement et simplement. Je l'accompagnai en art-thérapie. C'était mon travail.

— Vous allez garder le dessin que je vous ai donné ? demanda Isabel.

— Bien sûr, dis-je, même si je l'avais complètement oublié. J'avais mis le dessin de la pie dans mon casier avant le déjeuner, et maintenant je n'avais plus du tout envie de m'y attarder. Je ne voulais pas y penser à cause de ma réaction, et à cause des choses auxquelles j'avais pensé en la regardant.

Quel gâchis de talent, avais-je pensé. *Quel dommage qu'elle soit ici et non à l'extérieur.*

Bien sûr, maintenant je savais ce qu'elle avait fait. Je savais qui elle était.

— Je suis contente, dit Isabel. Dès que vous avez franchi la porte, j'ai su que vous étiez le symbole d'un nouveau départ magique, tout comme Pepsi. Je pense qu'on va bien s'entendre, vous et moi.

— J'en suis ravie.

Isabel marqua une pause et me regarda avec des yeux légèrement plissés et la tête penchée sur le côté.

— Ah, on vous l'a dit.

Une bouffée de chaleur remonta le long de mon cou.

— Qu'est-ce que tu veux dire par là, Isabel ?

— On vous a raconté ce que j'ai fait. Je le vois à l'expression de votre visage. Elle se remit à marcher, plus lentement cette fois. Je sais que vous essayez de ne pas y penser , et vous y arrivez plutôt bien, mais je le vois quand même. Vous avez « ce regard ».

Je ne savais pas trop quoi répondre, alors je n'en fis rien.

« Ce n'est pas grave. Je sais qu'il doit être difficile de travailler avec quelqu'un comme moi. Je sais ce que vous devez penser de moi. »

— Tu es une patiente ici, Isabel. Je veux m'assurer que tu sois en sécurité et que tu te portes bien, c'est tout. J'essayai de lui adresser un sourire rassurant, mais il était figé, forcé par des muscles réticents.

— Ce n'est pas si mal ici, continua-t-elle. Mon frère vient me rendre visite. Je peux faire du dessin. C'est mieux depuis que je suis dans le service de rééducation. Je n'aimais pas l'autre. C'est par ici.

Je la laissai me guider jusqu'à la salle de dessin, où nous nous dîmes au revoir. Je lui dis que je reviendrais dans une heure pour la raccompagner à sa chambre ou à la salle commune.

Elle hocha la tête et me dit qu'elle serait prête, puis elle s'approcha et murmura :

« Vous voulez connaître un secret ? Je n'ai jamais tué cette petite fille. Puis elle posa un doigt sur ses lèvres et souffla : Chuuut !

Accro Aux Crimes Authentiques

Isabel Fielding a-t-elle tué Maisie Earnshaw ?

Par James Gorden

Comme vous le savez, je me sens personnellement très concerné par ce crime qui s'est produit dans ma ville. Pendant près de sept ans, j'ai été choqué et en colère qu'un acte aussi odieux ait été commis là où je me sentais chez moi. Mais depuis lors, j'ai commencé à avoir des soupçons, et je veux vous en faire part, chers lecteurs, parce que j'ai besoin d'en parler. Personne n'en parle plus, et il est temps d'entamer la conversation.

Le 12 août 2010, Maisie Earnshaw, âgée de six ans, a été retrouvée flottant dans un étang de la propriété Fielding à Rotherham. Isabel Fielding, quatorze ans, et son frère Owen Fielding, onze ans, étaient présents sur les lieux du crime. Un peu plus loin du lieu du crime, mais toujours dans la propriété, se trouvaient David et Anna Fielding, ainsi que Jason et Riya Earnshaw, qui buvaient tous des cocktails et racontaient des blagues grivoises tandis que leurs enfants jouaient dangereusement près de l'étang.

La police a dû s'appuyer sur les témoignages des quatre adultes et des deux enfants. David, Anna, Jason et Riya ont tous remarqué que les enfants étaient soudain devenus très silencieux, bien qu'ils fassent suffisamment de bruit pour couvrir leurs cris de leurs jeux. Néanmoins, lorsqu'ils ont remarqué le changement, ils sont allés voir. C'est là, disent-ils, qu'ils ont trouvé la petite Maisie morte au centre de l'étang, Isabel couverte de sang (célèbre pour avoir étalé du sang sur sa bouche comme du rouge à lèvres) et Owen éclaboussé de sang.

Que s'est-il passé exactement ?

Intéressons-nous d'abord à Isabel. Que savons-nous de cette jeune fille ? Tout d'abord, il est important de savoir qu'elle n'avait montré aucun problème de comportement, et croyez-moi, les médias ont fouillé au maximum dans son passé. Il n'y a pas eu de signalement à l'école, rien n'indique qu'elle était violente. C'était une fille appréciée, avec un petit groupe d'amis. Ses notes étaient supérieures à la moyenne, mais pas exceptionnelles. C'était le genre d'enfant qui reste toujours au milieu, qui est rarement mis à l'écart, le genre d'élève qui a besoin de peu de surveillance parce qu'elle peut se débrouiller toute seule.

Vous pourriez me dire : *mais, James, c'est exactement le genre d'enfants qui passent à travers les mailles du filet ! C'est pour cela que cela s'est produit.*

Mais je ne suis pas de cet avis. Je pense qu'Isabel est une fille ordinaire qui a été piégée par le vrai tueur. Elle était calme et coopérative sur la scène du crime. Dans le documentaire *Maisie : L'ange de l'étang*, les officiers de police interrogés ont noté qu'Isabel montrait des signes d'état de choc et qu'elle ne comprenait pas ce qui s'était passé. Elle ne montrait aucun signe de l'ado incontrôlable que l'on se serait attendu qu'elle soit après avoir assassiné une petite fille d'une manière aussi horrible, tenant du rituel.

Prenons maintenant le cas d'Owen Fielding. À onze ans, Owen était à peine considéré comme un suspect. La police l'a interrogé, mais elle a décidé qu'il disait la vérité. Il leur a dit qu'Isabel avait emmené Maisie dans les bois de Scholes, l'avait assommée avec une pierre, avait tailladé des marques étranges (la police n'a jamais révélé ce qu'elles étaient) dans la chair de Maisie, puis l'avait jetée dans l'étang. Mais pourquoi une jeune fille au dossier scolaire exemplaire - qui n'avait aucune tendance à la violence - aurait-elle fait une chose pareille ?

Owen, quant à lui, était considéré comme le meilleur dans toutes les matières. C'était un jeune garçon doué et il est devenu un jeune homme doué. Il avait des problèmes de comportement à l'école. Il avait déjà poignardé un enfant avec un crayon et, il y a quelques mois, il a été arrêté et condamné pour agression à la sortie d'un pub à Sheffield.

Et si Owen était le cerveau de ce meurtre ?

Et si Owen et Isabel avaient assassiné Maisie ensemble ?

Et si quelqu'un d'autre était impliqué ?

Tout est possible.

Les gens ont peut-être du mal à croire qu'un frère de onze ans puisse piéger une jeune fille de quatorze ans d'une manière aussi horrible, mais des choses plus étranges se sont déjà produites entre membres d'une même famille. David Fielding n'a pas pu justifier vingt minutes dans la chronologie et a affirmé qu'il était en train de « préparer des boissons » dans la cuisine. David Fielding aurait-il pu se faufiler sur le côté de la maison et pénétrer dans les bois de Scholes ? Aurait-il pu enlever la petite Maisie, l'attaquer et la jeter dans l'étang, impliquant ainsi sa propre fille ?

Les preuves médico-légales ont révélé la présence de l'ADN de Maisie sur la pierre qui l'a tuée. La majeure partie de l'ADN présent sur le corps de Maisie a été emportée par l'étang. Le couteau ne présentait aucune empreinte digitale. Isabel Fielding, quatorze ans, moyenne en tout point, a-t-elle pu commettre ce crime ?

Je ne le crois pas.

COMMENTAIRES :

TrueCrimeLover : Il y a tellement de lacunes dans les témoignages des adultes et des enfants. J'ai également regardé le documentaire, et vous savez ce qui m'a frappé ? Owen Fielding n'a jamais crié. Il a apparemment regardé sa sœur tuer une petite fille et il n'a JAMAIS crié. Pourquoi ?

JamesGorden : OUI ! C'est tellement bizarre. On s'attendrait à ce qu'un enfant de onze ans crie à pleins poumons. Je ne comprends pas non plus. Il y a quelque chose qui cloche.

Bundy's bitch : Tu vas te faire tuer par Owen ou David, lol !

JamesGorden : Umm, pourquoi ?

Bundy's bitch : Tu viens de les impliquer dans un meurtre. S'ils sont coupables, tu es le prochain, idiot !

Poe : Je commence à penser que tu as raison. Comment tout cela a-t-il pu se produire alors que les parents étaient si proches d'eux ?

IHeartHannibal : Vous réalisez que si vous avez raison, cela signifie que quelqu'un a étalé du sang sur Isabel Fielding, n'est-ce pas ?

JamesGorden : Oui, je le réalise.

IHeartHannibal : OK... Je voulais juste que vous vous en rendiez compte pendant une minute.

Chapitre 4

Mon premier jour de travail à Morton Ward était terminé, mais j'étais encore sous l'emprise de l'excitation liée à mon nouvel emploi, sans doute prête à m'effondrer plus tard lorsque le pic d'adrénaline serait retombé. En passant les grilles et en m'engageant sur la longue route de campagne, je saluai Ian et j'entamai mon trajet retour vers le village de Hutton. Son histoire est intéressante, Hutton étant, comme on peut l'imaginer, si proche d'un hôpital de haute sécurité.

Crowmont avait d'abord été un asile à l'époque victorienne, ce qui ajoutait à son côté mystérieux. Sur le chemin du retour, je ne pus m'empêcher de penser à Crowmont tel qu'il aurait pu être ; évoquant des images de l'asile de Bedlam dans les années 1930, un patient s'est échappé et avait tué de jeunes mariés qui faisaient un pique-nique près de la rivière tranquille à quelques kilomètres du village. J'avais lu l'article de Wikipédia sur le meurtre. Par une belle journée d'été, ce jeune couple avait été massacré par un homme paranoïaque et violent. À la suite de cette attaque, une sirène avait été installée dans le village, retentissant tous les jours à quinze heures pour indiquer aux villageois que tous les patients étaient en sécurité derrière leurs portes.

Mais si les villageois entendaient la sirène à un autre moment qu'à quinze heures, cela signifiait qu'un patient s'était échappé de l'hôpital Crowmont.

Personne ne s'était échappé depuis 1965.

Je traversai le village, les doigts encore froids dans mes mitaines, malgré les signes du printemps qui émergeaient sous la forme de trompette des fringantes jonquilles. Elles tapissaient les bas-côtés et le centre de l'unique petit rond-point. C'était un village pittoresque, le genre de village dont on s'attend à ce qu'une pâtisserie porte le nom, avec des magasins occupant de vieilles maisons mitoyennes et un parc bien entretenu avec des balançoires et un toboggan. Aucun graffiti en vue.

Mais je devais quitter le village pour me rendre à ma nouvelle maison, Rose Cottage. Par les petites routes, le long des fermes et des champs boueux abritant des cochons, des moutons ou des vaches, plus loin encore, jusqu'à ce que la route devienne un chemin et que l'allée fasse partie d'un vieux champ fermé par un portail en acier. C'est là que se trouvait ma nouvelle maison.

Avant de m'engager sur le chemin de terre, je passai devant les poulaillers des Braithwaites, la famille de fermiers à laquelle je louais le cottage. Un homme leva la tête au-dessus des poulaillers, son mouvement dérangeant les plumes éparses, soulevées par le vent. Son visage était impassible au milieu du petit nuage de plumes beiges. Lorsque je levai la main pour le saluer, il hocha à peine la tête. Je me souvenais de lui - Seb, l'un des jeunes frères qui avait été mon principal contact lors de la location du chalet. C'était un homme peu loquace, mais il était resté direct et franc tout au long de l'échange, ce que j'appréciais plus que la conversation, surtout après l'année que j'avais passée.

Si je devais emprunter des routes secondaires et traverser des terres agricoles pour me rendre dans ma nouvelle maison, c'est tout simplement parce que cette maison n'était pas chère. Rose Cottage n'était pas la petite retraite idyllique et pittoresque à laquelle on pouvait s'attendre d'après son nom. C'était une vieille bâtisse délabrée et de guingois, avec des toilettes extérieures et un chat sauvage qui feulait dans les buissons chaque fois que je me présentais à la porte. Le jour où nous avions emménagé, Seb m'avait dit : « donnez du thon à cette petite merde de temps en temps et elle vous laissera tranquille », et c'est ce que j'avais fait pendant mes premiers jours à la maison.

La serrure de la porte d'entrée était rigide, ce qui m'obligea à la secouer plusieurs fois avant de pouvoir entrer dans la maison. Je trébuchai dans la cuisine et faillis tomber sur Tom qui remuait quelque chose dans une casserole sur le feu.

— Ça sent bon. Après trois tentatives, je fermai finalement la porte, avec un bruit de bois raclant le plancher, et je me penchai pour enlever mes chaussures.

— Des pâtes, dit-il en haussant les épaules. Comment s'est passé ton premier jour ?

Épuisant. Épuisant. Épuisant pour les nerfs.

— Bien. Comment s'est passé le lycée ?

— Le bus m'a déposé à l'extérieur du village sur le chemin du retour. J'ai dû marcher pendant une demi-heure.

Ce n'était pas bon signe. Je soupirai.

— La femme au téléphone avait dit que la compagnie de bus passait par là.

Tom secoua la tête.

— Bah, je suppose qu'ils ont tout inventé. J'ai demandé au chauffeur de bus et tout.

Mon cœur se serra quand j'observai mon petit frère. À dix-sept ans, il méritait mieux qu'une maison délabrée au milieu de nulle part avec une sœur qui travaillait sans relâche et ne pourrait pas s'occuper de lui correctement. Mais je ne voulais pas qu'il soit placé et je ne voulais pas qu'il vive seul, alors il s'était retrouvé coincé avec moi.

C'était gentil de sa part de faire à manger pour nous deux, mais il avait toujours été un bon garçon, même quand les choses allaient mal dans notre dernière maison... un endroit que j'aurais préféré oublier, mais qui faisait autant partie de moi que les veines qui courent sous ma peau.

— Mais à part le bus, c'était comment au lycée ? C'est un peu plus petit qu'à Hackney, non ? Les professeurs sont sympas ? Et les autres jeunes ? Je m'approchai de la table et commençai à prendre les couverts dans les tiroirs. Nous n'avions pas encore tout déballé, mais on avait bien avancé. Bien sûr, c'était plus facile quand on ne possédait pas beaucoup d'affaires.

— Ouais, ça va.

Je ne pus m'empêcher de remarquer que Tom n'avait pas croisé mon regard pendant qu'il répondait, ce à quoi j'étais habituée, surtout quand il mentait.

Es-tu victime de harcèlement, Tom ? Non. Il regarde le sol.

Est-ce que papa t'a frappé ? Non, je suis tombé. Il fixe le mur.

Ses yeux parcouraient toujours les pièces nerveusement, son corps se tortillait sous le stress. Il avait une façon de pencher la tête et d'écarter les épaules qui le faisait paraître à la fois plus grand et plus petit. En bref, Tom était une cible et l'avait toujours été, et j'avais beau essayer de le protéger, il y avait toujours quelqu'un pour l'intimider. Et il y avait toujours une raison à cela. Tom, mon jeune, innocent et gentil frère était né avec une tache de naissance qui partait de sa tempe droite et descendait jusqu'à sa joue. La couleur rouge orangé de cette tache attirait particulièrement l'attention au premier coup d'œil, ce qui amenait souvent les petits enfants à pointer du doigt dans sa direction, ou à se pencher vers leur mère pour lui dire à voix basse, mais de façon audible : *Maman, il a quoi le garçon ?*

Et Tom était gay, j'en étais sûre à quatre-vingt-dix pour cent, même si je ne savais pas à quel point Tom le savait lui-même. Il était calme, pas particulièrement haut en couleur, ni efféminé ; il n'avait aucun sens vestimentaire - à moins que vous ne considériez les jeans noirs et les sweats à capuche noirs comme la mode - mais lorsque nous avions regardé Twilight ensemble, il avait semblé bien plus intéressé par Jacob que par Bella, et ses posters ne montraient jamais les groupes, mais seulement leurs beaux chanteurs androgynes.

Je n'avais jamais parlé à Tom de sa sexualité, même après le décès de nos parents et lorsque j'étais devenue sa tutrice. Notre père, un branleur alcoolique et mâle dominant, ne l'aurait jamais accepté pour ce qu'il était, mais maman aurait peut-être fini par le faire. Je voulais que Tom sente qu'il pouvait me parler, mais les blessures de notre enfance étaient encore trop vives et je savais qu'il lui faudrait du temps.

Cela n'avait pas empêché les intimidations...

La pression psychologique des brimades à l'école s'est accompagnée d'un stress alimentaire et d'une prise de poids. Après la mort de nos parents, j'avais essayé de faire de l'exercice et de l'alimentation saine une sorte de jeu. Nous n'avions pas les moyens de nous offrir une console de jeux sophistiquée capable de suivre nos mouvements, et aucun de nous n'avait de smartphone, donc Pokemon Go était hors de question, mais nous pouvions descendre du bus quelques arrêts plus tôt ou trouver un marcheur à suivre pendant un certain temps, en inventant des histoires idiotes sur l'endroit où il allait et sur ce qu'il faisait. Mais Tom n'avait été intéressé par ce jeu que quelques semaines avant de commencer à trouver ça nul. J'étais nulle, vieille et plus du tout amusante, mais je ne pouvais pas lui en vouloir. Il avait dix sept ans et les hormones qui lui causaient cette peau grasse étaient les mêmes que celles qui le poussaient à me rejeter.

— Il se peut que tu aies besoin d'un peu de temps pour trouver tes marques, répondis-je, en gardant une voix aussi joyeuse que possible.

— Je leur ai dit où je vivais et ils ont tous ri. Ils ont dit que c'était une vieille cabane dans une ferme appartenant à une famille de dingues. Ils ont dit que les gens baisaient des cochons ici la nuit.

Je faillis faire tomber un couteau sur la table.

— Tom ! Ne parle pas comme ça !

Il rougit, sa joue gauche prenant la couleur de la tache de naissance de sa joue droite.

« D'ailleurs, les Braithwaites sont des gens bien. Ils nous ont loué ce cottage pour une bouchée de pain, alors je ne me plaindrais pas si j'étais toi . Je redressai une fourchette. Je suis sûre qu'ils n'ont pas de... rapports sexuels avec des cochons. J'en suis sûre à quatre-vingts pour cent, en tout cas. »

Il éclata de rire, et c'était merveilleux. J'avais fait rire Tom. C'était une victoire suffisante pour aujourd'hui.

* * *

Après le dîner, Tom monta à l'étage pour finir de ranger sa chambre pendant que je déballais quelques cartons supplémentaires dans la cuisine. En sortant notre grille-pain et notre bouilloire d'un carton, je réalisai à quel point ils étaient vieux et sales. Une nouvelle maison implique de nouveaux ustensiles, pas des grille-pain avec des taches de rouille et des bouilloires avec du calcaire. Je les nettoyai du mieux que je pus, j'ouvris la bouteille de vin bon marché que j'avais achetée pour fêter la nouvelle maison, et je l'emportai dehors avec un plaid élimé et un mug ébréché. Il y avait une chaise de jardin rouillée devant la maison, une chose oubliée depuis longtemps, avec des herbes hautes qui poussaient autour des pieds, enchevêtrant la nature et le meuble, l'enracinant au même endroit.

Je bus une gorgée de vin, je resserrai le plaid autour de mes épaules et je regardai les chauves-souris s'envoler dans le ciel crépusculaire.

Le pire était passé. Le pire avait commencé avec l'enterrement et avait fini quand j'étais revenue au cottage après ma première journée à Crowmont. C'était fini. Je me débarrassais de la tension comme un serpent de sa mue, en buvant lentement, laissant le vin réchauffer mes os. C'était ici que je devais être, avec mon Tom, ma maison. Et sans *lui*.

Quand le grognement d'un animal quelque part au fond de la ferme me fit sursauter, je pensai aux cochons qu'on baisait et pouffai dans mon verre. Seb Braithwaiste et ses frères semblaient peut-être rustres sur les bords, mais je ne pouvais pas les imaginer entrain de faire une chose si répugnante. Après, je n'avais jamais vécu à la campagne. Qui sait de quoi ces ruraux étaient capables ?

Je sirotai mon verre, appuyée contre le dossier de l'inconfortable chaise de jardin. Il était passé dix heures et le ciel était dégagé, d'une encre bleue tâchée de pointillés blancs. On ne voyait jamais les étoiles à Londres, mais ici il y en avait en abondance. Tout autour, les chauves-souris s'envolaient et voltigeaient, plus nombreuses que je n'en avais jamais vu, comme si elles chassaient en meute. Le mouvement était hypnotisant, comme un vol d'étourneaux vibrant dans l'air. Bientôt, mes paupières s'abaissèrent et je me sentis sombrer dans un léger sommeil.

Je me souviens de certaines choses de cette nuit-là, mais le reste est flou, ce qui est étrange, car je n'avais bu que quelques verres de vin. Peut-être était-ce dû à ma longue et stressante journée de travail et au fait que j'étais épuisée par le déménagement de cette semaine-là. Peut-être était-ce parce que je n'avais pas assez mangé. Je ne sais pas exactement ce qui se passa, mais je n'étais pas tout à fait dans mon état normal. L'une des choses dont je me souviens, c'est d'avoir serré ma tasse pendant mon sommeil et de m'être réveillée avec elle encore droite sur mes genoux. Je m'étais réveillée en sursaut, avec la voix d'un homme dans les oreilles. Le gros chat roux qui vivait dans nos buissons grognait et mes bras étaient couverts de chair de poule. Je respirais difficilement et j'avais de la sueur sur le front malgré l'air froid de la nuit. J'avais posé la tasse à mes pieds et j'avais dû me rendormir, car un moment après, je m'étais réveillée affalée sur la table de la cuisine, après m'être endormie la tête dans les bras. Après avoir récupéré mon téléphone dans la poche de mon jean, j'avais réalisé qu'il était quatre heures du matin et que j'étais transie de froid parce que la porte de la cuisine était grande ouverte. Je m'étais ensuite couchée et j'avais réglé mon réveil sur six heures trente.

Pourquoi ne m'étais-je pas couchée la première fois que je m'étais réveillée ? Étais-je revenue dans la cuisine en somnambule ? Je n'avais pas fait de somnambulisme depuis l'âge de neuf ans, mais il était possible que le stress de la semaine précédente et le vin aient perturbé mon cycle de sommeil. Je n'avais toujours pas l'impression d'être moi-même, et j'étais plus que perturbée par ces événements, mais je devais dormir avant le travail le lendemain, alors j'avais chassé tout cela de mon esprit, et j'avais dormi les deux heures restantes de la nuit avant de devoir me lever et recommencer.

Je ne me souviens toujours pas de ce que j'ai rêvé.

Chapitre 5

Le lendemain, Isabel m'emmena dans le petit jardin clos de Crowmont. Elle me présenta Pepsi.

C'était une grande pie avec un port de tête altier, de petits yeux noirs et des ailes qui brillaient d'un bleu électrique dans la lumière du soleil. Chi resta près de la porte pendant que j'accompagnais Isabel dans le jardin. Elle tenait son oiseau apprivoisé et moi je marchais à côté, pas trop près.

— Vous voulez lui caresser les plumes ? demande-t-elle.

Non, merci, lui répondis-je, en regardant nerveusement le grand oiseau.

— Elle est parfaitement apprivoisée. C'était un bébé quand je l'ai trouvée. La pauvre. Elle pencha le visage vers l'oiseau et pinça les lèvres pour faire un bruit de baiser. « C'était horrible de la voir dans cet état. Mais quand elle est allée mieux, je me suis sentie comme l'une de ces filles dans les contes de fées qui parlent de loups ou de tigres avec des épines dans les pattes ». Elle rit. Je suppose que c'est étrange pour une criminelle condamnée, surtout dans un hôpital comme celui-ci.

— Pas du tout. Tu vas mieux et tu l'aides à aller mieux en même temps. C'est très logique.

— Vous avez raison, c'est logique. Du moins, si je vais mieux.

— Tu ne crois pas que c'est le cas ? lui demandai-je.

Elle haussa les épaules.

— Je suppose que ça dépend de ce que j'ai à soigner. Elle détourna la tête pour que je ne puisse pas voir son expression.

— Tu n'es pas d'accord avec les médecins sur ta maladie ?

— Ils me disent que j'ai des délires, que je suis une malade mentale. Cela fait des années qu'ils me le disent. Ils me donnent des pilules, et apparemment, cela arrête tout et me rend meilleure. C'est tout ce que je sais.

Je suppose qu'il devait être difficile pour elle d'être internée depuis si longtemps. Elle avait quatorze ans, son cerveau n'avait pas fini de se développer. Peut-être que si on m'avait donné des médicaments pour une maladie mentale pendant si longtemps, j'aurais commencé à mettre en doute ma propre santé psychique.

— Les médecins sont formés depuis longtemps et ils savent ce qu'ils font. Cela peut sembler étrange de faire tout ce qu'ils te disent de faire, surtout si tu es ici depuis si longtemps, mais ils sont là pour t'aider.

Isabel laissa échapper un rire, un petit rire triste.

— Et je mérite moins que ça, si j'ai fait ce qu'ils disent.

Je décidai de ne pas poursuivre la conversation. La veille, Isabel m'avait dit qu'elle n'avait pas tué Maisie Earnshaw, et j'avais l'impression qu'elle espérait remettre ce crime sur le tapis aujourd'hui. Une chose que j'avais apprise en travaillant avec des sociopathes, c'est qu'ils adoraient parler de leurs crimes. Même si j'étais curieuse - trop curieuse - de savoir ce qu'Isabel pensait du crime pour lequel elle avait été condamnée, je ne voulais pas en parler, pas encore. Je ne voulais pas qu'on me le rappelle, et tout cela me semblait trop personnel, trop tôt. La barrière entre le patient et l'infirmière se levait petit à petit.

— Tu m'as dit que Pepsi t'apportait des choses. Qu'est-ce qu'elle t'apporte ?

Alors que nous nous promenions dans le petit jardin plutôt triste de Crowmont, j'avais remarqué que le langage corporel d'Isabel était particulièrement enfantin. Elle jouait avec ses cheveux, les tordant à l'horizontale de ses oreilles; elle marchait à grandes enjambées enthousiastes, rebondissant parfois sur ses pieds; et elle se léchait souvent les lèvres avant de parler. Elle fit ces trois choses avant de répondre à ma question, tout excitée à l'idée de parler de son oiseau.

— Parfois des vers. Parfois des trucs idiots comme des bouchons de bouteille ou des paquets de chips. Parfois des brins d'herbe ou des tiges de fleurs. Je pense que les oiseaux n'ont pas la même définition des choses utiles que les humains. Je ne sais pas trop ce que je pourrais faire avec un ver.

Chi frappa à la fenêtre qui séparait le jardin de l'hôpital et montra joyeusement sa montre. Isabel soupira et lança Pepsi en l'air.

« À bientôt », dit-elle à l'oiseau en regardant ses ailes se déployer dans le ciel nuageux.

Nous entamâmes une lente marche vers l'hôpital, Isabel balançant légèrement ses bras le long de son corps. Elle me jeta un coup d'œil, puis baissa les yeux sur son ventre, étirant son sweat à capuche loin de son estomac.

« Vous pensez que je devrais perdre du poids ? »

La question me prit au dépourvu, mais ce n'était pas la première fois qu'un patient d'un établissement psychiatrique me posait cette question. La prise de poids est un problème courant, qui donne souvent aux patients un sentiment d'insécurité ou de manque de confiance en eux.

— Avoir une alimentation saine est certainement important, répondis-je en choisissant soigneusement mes mots.

Isabel sourit.

— Vous êtes très polie, Leah, mais je prends cela pour un oui. Isabel ouvrit la porte de l'hôpital. Je vais faire un régime, Chi ! Je suis devenue une vraie goinfre, vous ne trouvez pas ?

Chi la houspilla.

— Pourquoi être si dure avec toi-même ? La vie ne l'est-elle pas déjà assez comme ça ? Mais manger sainement, c'est bien.

Isabel renversa la tête en arrière en riant.

— Oh, vous les infirmiers !

Chi releva les épaules.

— Qu'est-ce que j'ai dit ?

— Je crois qu'Isabel pense que nous sommes prévisibles. J'ai dit la même chose à propos de l'alimentation, expliquai-je.

— Je ne suis jamais prévisible. Est-ce qu'un infirmier prévisible ferait ça ? Chi se laissa tomber au sol et se releva d'un bond, tournant sur lui-même dans un mouvement de danse sophistiqué.

Le rire d'Isabel s'amplifia et elle applaudit doucement Chi. Même si son rire était retenu, lorsqu'elle se mettait à rire il était quand même contagieux, et je me retrouvai à applaudir aussi. Chi ne ressemblait à aucun autre infirmier en chef avec lequel j'avais travaillé. Il dirigeait le service de manière détendue, veillant toujours à ce que les règles soient respectées, mais ne semblant jamais stressé, agacé ou débordé. Il rendait l'organisation du service extrêmement décontractée, et c'est pour cette raison que je m'étais sentie à l'aise presque immédiatement.

Mais c'est peut-être ce sentiment d'aisance qui me fit oublier où j'étais, car il arriva un moment où je cessai de considérer Crowmont comme un hôpital, et c'est ainsi que je commis une terrible erreur.

* * *

C'est toujours le même cliché, n'est-ce pas ? Les médecins et les infirmières ne suivent jamais leurs propres conseils et finissent par prendre des habitudes malsaines. Oui, je fumais, ce qui signifiait que j'avais le droit à des pauses régulières à l'extérieur de l'hôpital, dans la zone fumeurs. J'avais pris cette pause seule le premier jour, mais cette fois-ci, il y avait déjà quelqu'un d'autre. Un homme était adossé au mur, fixant avec recueillement la cigarette qu'il tenait entre ses doigts. Il portait un pantalon bleu foncé et un haut bleu clair avec le logo du NHS[1]. Il se tourna vers moi et me fit un signe de tête lorsque je m'approchai.

— T'es la nouvelle infirmière de Morton, dit-il en s'écartant du mur. Il tendit la main pour que je la lui serre, puis il sembla changer d'avis et me fit un salut militaire.

Je remarquai que ses cheveux étaient coiffés en une sorte de banane, avec beaucoup de gel. C'était un style inhabituel pour un homme de son âge - que j'estimais à vingt-cinq ans environ - car la plupart des jeunes hommes arboraient une barbe et une coupe hipster. Il s'adossa au mur et tira sur sa cigarette, et tandis que je le regardais faire, il me rappela brusquement quelqu'un. Ce fut comme un choc électrique. Ignorant cette étrange sensation, j'ouvris mon paquet et sortis ma propre cigarette.

— Oui, c'est ça. Je m'appelle Leah.

— Alfie, répondit-il. Je suis portier ici, et apparemment, le seul autre con qui fume ! Lorsqu'il parlait, il détournait la tête, ce qui me permettait d'échapper à ses yeux perçants. Peut-être était-ce parce que je n'avais pas eu beaucoup de contacts avec le sexe opposé depuis un certain temps, à part mon petit frère Tom, ou peut-être était-ce parce qu'il me rappelait quelqu'un - bien que je ne sache pas qui - mais sa présence me mettait les nerfs en pelote.

Je fis passer la cigarette entre mes lèvres et allumai mon briquet.

« Je suis ici depuis des années, poursuivit Alfie. J'ai vu défiler plein d'infirmières pendant tout ce temps, mais moi je reste faut croire. »

— J'ai entendu dire qu'il y avait un fort taux de départs. Je tirai une bouffée et avalai la fumée. Mais même après, je me sentais nerveuse.

— Pas pour moi. Je suppose que je me suis habitué. Il passa la main dans ses cheveux. C'est bizarre de dire ça, je sais. C'est un endroit bizarre pour aimer y travailler, mais c'est le cas. Est-ce que ça semble étrange ? J'ai l'air d'un malade ?

— Non, répondis-je même si je n'en étais pas sûre.

— Il a une sacrée réputation cet endroit. J'ai appris quelques histoires en travaillant ici, des choses que tu trouveras sur

Internet si tu veux vraiment savoir. Je suppose que j'ai une sorte d'esprit curieux, on pourrait dire. Il se tourna vers moi et sourit, ce qui me fit frissonner de la tête aux pieds. Tu as déjà entendu parler de l'éplucheur ?

Je secouai la tête.

Alfie fit un geste vers le mur de l'hôpital derrière sa tête.

« C'était un des patients d'ici. Un genre d'artiste torturé, apparemment. Je crois qu'il s'appelait William... William... O'Neil, ouais, c'est ça. C'était dans les années vingt, et c'était un artiste célèbre, comme Picasso ou ce genre d'artiste farfelu qui peignait des carrés et des conneries en disant que c'était des bananes. Eh ben, ce William, c'était un peu un personnage, et il avait un caractère de merde. Il y a deux critiques d'art qui ont descendu un de ses tableaux dans le journal, et qui ont dit que ce vieux Will n'avait aucun talent. Alfie fit tomber la cendre de sa cigarette. Ça n'a pas été du goût de M. William O'Neil. Au lieu de se noyer dans le whisky, comme il aurait probablement dû le faire, le vieux Will a décidé de se rendre à Londres et de retrouver les deux critiques qui avaient dit que sa peinture était de la merde. Il les a invités tous les deux à dîner et il a fait son gentil toute la soirée, et pis il les a invités dans sa chambre d'hôtel pour un dernier verre. Après il leur aussi offert un cigare, tout en faisant comme s'il ne leur en voulait pas de l'avoir traité de tous les noms dans leur journal, et je peux dire qu'ils ne l'avaient pas épargné. Ils avaient dit qu'il n'avait aucun talent, que c'était un amateur, un singe avec un pinceau - des trucs vraiment méchants. C'était plutôt dur à avaler, je suis sûr que tu es d'accord. Tandis qu'Alfie tirait une bouffée, je frottai mes bras pour me réchauffer, cette petite brise de mars pénétrait sans problème ma chemise en coton. Le vieux Will leur a filé tous les deux des somnifères. Il n'avait pas l'intention de passer l'éponge sur ces insultes. Quand les deux critiques se sont endormis, O'Neil les a déshabillés, bâillonnés, attachés et pendus aux poutres. Et lentement, hyper lentement, il a commencé à peler la peau de tout leur corps avec un couteau aiguisé, comme on épluche un grain de raisin !

Mon déjeuner remua dans mon estomac tandis que je prenais une autre bouffée de ma cigarette, écœurée par l'histoire, la façon dont Alfie l'avait racontée et le goût de cendre laissé par la fumée dans ma bouche. J'écartai une mèche de cheveux et bataillai pour trouver la réaction appropriée.

Mais Alfie éclata de rire.

« Pardon, ma belle, j'ai oublié que tout le monde n'est pas aussi morbide que moi ! »

— Non, non, pas de souci, c'était intéressant.

— Y a pas mal de trucs intéressants derrière ces murs, dit-il en me faisant un clin d'œil. Crois-moi !

Chapitre 6

La routine s'installa plus rapidement que je ne l'avais imaginé. Même les landes escarpées et les forêts ombragées me donnèrent l'impression d'être mon chez-moi après quelques allers-retours à l'hôpital Crowmont. Tom continua sa vie au lycée, parcourant à pied les trente minutes qui le séparaient de l'arrêt de bus tous les jours sans la moindre plainte. L'exercice lui ferait au moins du bien. Après le travail, je m'asseyais sur la chaise de jardin et j'observais les chauves-souris. Le week-end, je luttai contre le problème des fourmis dans notre cuisine, mettant du poison sur leur chemin pour être sûre qu'elles n'y échappent pas.

Le dimanche, en débarrassant des cartons vides, je tombai sur l'illustration d'Isabel qui représentait une pie. Pepsi me fixait de ses yeux noirs, et j'avais l'impression que l'oiseau était dans la pièce avec moi, qu'il attendait, qu'il me regardait. Je saisis le papier et j'envisageai de le jeter à la poubelle, mais au lieu de cela, je le rangeai dans un tiroir du bureau et je le laissai là.

Nous vivions sur des moquettes défraîchis, avec des rideaux qui avaient besoin d'un bon nettoyage et des chaises qui grinçaient quand on s'y asseyait. Nous étions plus solitaires que nous n'aurions dû l'être. Tom disparaissait toujours dans sa chambre le soir pour écouter ses groupes de rock bruyants et taper des dissertations sur le vieil ordinateur portable que nous n'avions pas les moyens de remplacer. J'étais douloureusement consciente que les autres adolescents avaient des iPads, des Mac ou des PC, haut de gamme et flambant neufs. Mon Tom, lui, préparerait son bac sur un ordinateur portable qui mettait cinq minutes à démarrer et dont la webcam ne fonctionnait plus depuis des années.

Mais nous étions ensemble, et c'est ce qui comptait. C'est du moins ce que je me disais en sirotant du vin et en écoutant les cochons grogner dans les champs voisins.

Nous ne parlions jamais de nos parents. Parfois, j'en avais envie, mais mes propres peurs m'en empêchaient.

C'était à cause d'eux que nous avions déménagé à Hutton. Tom et moi vivions avec eux à l'époque ; en fait, nous avions vécu avec eux presque toute notre vie, comme les enfants ont tendance à le faire. J'y étais même retournée après une relation désastreuse de trois ans avec un homme dont le travail à plein temps était de trouver des moyens d'éviter un vrai travail. Je n'oublierai jamais le jour où c'est arrivé. C'est pour cette raison que je m'asseyais dehors et regardais les chauves-souris voler en sirotant du vin et en laissant mes yeux se fermer tous les soirs. C'est pour cette raison que je me réveillais le matin, vaseuse, l'estomac retourné par l'anxiété. C'est pour cette raison que je continuais à me rendre au travail avec un pouls trop rapide et le vin de la veille laissant un goût aigre sur ma langue.

C'était peut-être aussi pourquoi j'étais si anxieuse lors de mon premier jour à Crowmont. Peut-être que ce qui était arrivé à mes parents est la cause de tout ce qui m'est arrivé après notre déménagement à Hutton. Mais tout ce qui m'importait à ce moment-là, c'était que mes parents étaient morts et que je devais m'occuper de mon petit frère.

Au moins, le travail semblait bien se dérouler. Tracy mit quelques jours à s'habituer à moi, mais rapidement, je la supervisai pendant qu'elle aidait le personnel de cuisine et je discutai avec elle et Emily dans la salle commune. Isabel était beaucoup plus calme, et je devais me rendre dans sa chambre la plupart du temps. Nous parlions surtout d'oiseaux lorsque nous nous rendions ensemble à ses séances d'art-thérapie. Elle me parlait des présages que les différents oiseaux apportaient.

Le lundi, elle me tendit le croquis au crayon d'une colombe blanche.

— La pureté, dit-elle. L'innocence.

— Les colombes sont magnifiques, n'est-ce pas ? Merci beaucoup.

— J'ai vu une colombe une fois. Papa m'a emmenée à l'anniversaire d'une fille riche. Il y avait un magicien qui faisait toutes sortes de tours de cartes. Mais il avait un tour où elle devait venir ouvrir une boîte. Elle était vide. Quelques secondes plus tard, il lui a demandé d'ouvrir à nouveau la boîte, et cette fois, un oiseau blanc en est sorti et s'est envolé dans le ciel. Tout le monde a applaudi et a acclamé la colombe qui s'envolait, mais je ne pensais qu'à cet oiseau coincé dans une boîte qui avait attendu qu'on l'ouvre. Depuis combien de temps l'oiseau était-il là, à attendre ?

— Est-ce que tu as pensé qu'il était cruel de garder l'oiseau dans la boîte ?

— Bien sûr. Qui ne l'aurait pas fait ?

Elle semblait agitée alors que je l'emmenais à son cours d'art-thérapie, et je ne pouvais m'empêcher de me demander si quelque chose la tracassait aujourd'hui. C'est plus tard dans l'après-midi que je compris de quoi il s'agissait. Elle avait un visiteur, son frère Owen. Chi m'en informa alors quand je mangeais mon sandwich à l'heure du déjeuner.

— Vous n'avez pas besoin de faire grand-chose, me dit-il. Restez en retrait et assurez-vous qu'aucun d'eux n'échange quoi que ce soit. Tous les cadeaux passent par la sécurité, mais Owen le sait. Ils peuvent se prendre dans les bras, mais pas trop longtemps.

— Combien de temps c'est *trop longtemps* ?

— Jusqu'à ce que vous commenciez à vous sentir mal à l'aise, répondit Chi en souriant.

L'espace visiteur était une pièce vitrée avec des tables et des sièges disposés en rangées. Les sièges étaient des fauteuils en tissu, pas des chaises d'école rigides que l'on voit dans les séries télévisées qui se déroulent dans les prisons. J'accompagnai Isabel jusqu'à la pièce, remarquant qu'elle tripotait la manche de son sweat à capuche, visiblement nerveuse à l'idée de cette visite. Son visage était plus pâle que d'habitude, mais elle avait fait plus d'efforts, s'était lavé et séché les cheveux, et portait un haut bleu qui lui allait beaucoup mieux que les tenues grises ou noires qu'elle portait habituellement.

— Depuis qu'il a eu dix-huit ans, il vient chaque semaine, me dit-elle. Mais papa et maman ne viennent plus depuis longtemps.

Je ne répondis pas. Ce n'était pas à moi de commenter sa dynamique familiale. Si nous avions eu plus de temps, j'aurais pu lui demander si cela la dérangeait ou si elle était d'accord, mais nous étions proches de la pièce et, de toute façon, je n'étais pas sa psychologue.

Il y avait quelques visiteurs dans la pièce ce jour-là, mais Owen était assis le plus près de la porte, les manches de sa chemise retroussées et les coudes sur les genoux. Le fait qu'il n'ait qu'un an de plus que Tom me fit sursauter quand je le vis. C'était un homme, et je ne m'y étais pas préparée. Isabel avait trois ans de plus que le garçon assis sur ce fauteuil en tissu vert de l'hôpital de haute sécurité, et Maisie Earnshaw avait six ans lorsqu'elle avait été assassinée.

À ma grande surprise, Owen se leva et me serra la main.

— Vous devez être Leah.

Je fus déconcertée, mais je souris et dis :

— Enchantée, Owen.

— Il faut que je vous explique qu'Isabel et moi nous parlons au téléphone tous les jeudis. Elle m'a dit qu'elle avait une nouvelle infirmière.

— Ah. J'espère qu'Isabel t'a dit des choses agréables.

— Bien sûr, dit-elle. C'est ma colombe. Et pour toi, petit frère, voici une pie. Isabel lui tendit l'aquarelle en noir et blanc.

— Imprévisible et trompeuse. Tu essaies de me dire quelque chose, grande sœur ?

— Ce sont des survivantes, dit Isabel. Tout comme toi.

Je suivis le conseil de Chi et je restai au fond de la pièce pendant la visite, observant Isabel qui se penchait vers son frère et lui parlait. J'avais assisté à quelques visites à Whitmore, et elles étaient généralement soit inintéressantes, soit déchirantes. Les visites familiales étaient les pires, lorsqu'on voyait de jeunes enfants être habitués à rendre visite à leur parent au sein de bâtiments de haute sécurité, qu'il s'agisse d'un hôpital ou d'une prison. Certains patients passaient souvent de l'un à l'autre. Ils restaient quelques années à l'hôpital, puis allaient en prison pendant un certain temps, et revenaient lorsqu'ils avaient décidé de se faire du mal en prison. Le cycle continuait, et pendant ce temps, leurs fils et leurs filles grandissaient au milieu de tout cela.

Mais j'essayais de ne pas porter de jugement. J'essayais.

Adossée au mur, je n'entendais pas très bien leur conversation. Isabel demanda des nouvelles de ses parents et son frère répondit, mais changea rapidement de sujet.

Il lui raconta ses soirées, ses excès d'alcool et ses gueules de bois. Il ne s'animait pas beaucoup et montrait peu d'émotions, alors qu'Isabel se penchait vers lui, lui touchait le bras ou la main, lui souriait chaleureusement. Owen semblait presque désintéressé.

Pendant un bref instant, je fermai les yeux et un titre me revint à l'esprit : *l'assassin de l'enfant couverte de sang sous le regard de son jeune frère*. Qu'avait dû vivre Owen ce jour-là ? Avait-il pardonné à sa sœur ? Pourquoi lui rendait-il visite ? Par devoir ou pour une autre raison ? Je fis barrage aux pensées qui traversaient mon esprit. Cela ne ferait de bien à personne de s'y attarder. Mais j'étais sûre que je n'étais pas la première infirmière d'Isabel à penser la même chose.

En fin de compte, ce n'était pas mon affaire. J'étais là pour les surveiller, rien d'autre.

À la fin de la visite, je tendis à l'agent de sécurité l'aquarelle qu'Isabel avait faite de la pie, afin qu'il l'examine et la rende ensuite à Owen. Il n'y avait pas grand-chose à cacher dans un morceau de papier sur lequel était peint un oiseau, mais Chi m'avait dit de tout faire passer par la sécurité, et je savais à quel point ces règles étaient importantes. En partant, Owen serra brièvement Isabel dans ses bras avant de me dire au revoir et de sortir. Il avait une démarche raide et un dos droit, rien à voir avec la façon dont Tom déambulait. Owen était l'antithèse de Tom : grand, mince, beau et sûr de lui. Tout ce que j'aurais souhaité pour mon petit frère. Mais pour rien au monde je n'aurais voulu que Tom soit remplacé par Owen Fielding.

Après la visite, je sortis pour fumer une cigarette, et Alfie me rejoignit. Il s'appuya nonchalamment contre les briques, un pied sur le mur, fumant sa cigarette entre le pouce et l'index, la main par-dessus, comme s'il était prêt à cacher son habitude en cas de besoin. J'avais remarqué que beaucoup d'hommes de plus de cinquante ans fumaient de la même manière, influencés par la façon dont James Dean et Marlon Brando sortaient pour fumer, tout en contournant la désapprobation de la génération plus âgée, dans ces films sur le passage à l'âge adulte. Alfie avait cette allure, comme s'il venait d'une autre époque. Je commençais à trouver sa présence réconfortante, même si ses histoires sur Crowmont me laissaient perplexe.

— Tiens, j'en ai une autre : le monstre de York. Tu as déjà entendu parler de lui ?

Je secouai la tête.

— C'est en 1892 que tout a commencé. Il y avait à York un atelier rempli de petits orphelins sans maison ni argent, vivant au jour le jour de ce qu'on leur donnait à manger. Personne n'avait remarqué qu'ils commençaient à disparaître, mais un jour, un petit garçon d'une famille aisée a été enlevé et la police a commencé les recherches. D'abord ils ont trouvé un pied. Plus tard, ils ont trouvé un doigt. Puis ils ont commencé à trouver d'autres parties de corps, toutes petites, toutes d'enfants. Toutes provenant d'enfants différents.

Je sentis un picotement nerveux descendre le long de mes bras, anticipant l'horreur qui allait se dérouler au cours de l'histoire. Je tirai sur ma cigarette pour me calmer, me demandant si je devais lui demander d'arrêter de me raconter ces histoires de meurtre. Puis je réalisai que je ne voulais pas lui dire d'arrêter. Je voulais en savoir plus.

« C'était le fils d'un boucher, continua Alfie. Il avait vingt ans. Le gars n'était pas très sain d'esprit, mais son père l'avait toujours considéré comme un gentil simplet. On pouvait dire qu'il était l'idiot du village à l'époque – c'est pas politiquement correct aujourd'hui, hein ?! La police l'a trouvé penché sur un ours en peluche qu'il avait pris à l'un des enfants, en train de murmurer que c'était Dieu qui l'avait poussé à le faire. Les enfants étaient indignes et devaient être sacrifiés. Indignes, les enfants ? Tu imagines ? »

Je secouai la tête, en frissonnant, les poils dressés sur mes bras.

« Ce que j'aimerais bien savoir, c'est qui était Dieu dans cette triste histoire ? Ce gars avait un père, non ? Et si Dieu n'était pas Dieu ? Si c'était son père ? » Alfie sourit.

J'en avais assez pour la journée. J'écrasai ma cigarette contre le mur et je me remis au travail.

ACCRO AUX CRIMES AUTHENTIQUES

Qui est Owen Fielding ?

Par James Gorden

Il y a quelques semaines, j'ai écrit un billet sur Isabel Fielding et sur la question de sa culpabilité dans l'assassinat de Maisie Earnshaw. Il a eu plus de vus que tous mes autres articles réunis.

Certains d'entre vous ont même laissé des commentaires perspicaces. D'autres ont laissé des commentaires franchement dérangeants, mais faisons comme si de rien n'était, d'accord ? C'est ce que je vais faire.

Owen Fielding a aujourd'hui dix-huit ans et vit toujours chez ses parents. Il passe son baccalauréat au lycée de Sheffield, apparemment. D'après mes sources, il étudie le commerce, les mathématiques et le français. On dirait qu'il se prépare à reprendre l'entreprise de son père.

Dans mon dernier billet, j'ai dit qu'Owen Fielding était un jeune garçon doué qui se distinguait de ses pairs. D'après une de mes récentes sources secrètes, un proche d'Owen qui restera anonyme, Owen ne réussira pas son baccalauréat. Il en est loin. Il n'a que des C et des D. Ce n'est pas ce qu'on attend d'un génie, n'est-ce pas ? Serait-ce le traumatisme d'avoir vu sa sœur tuer une enfant sans même crier à l'aide ? Ou peut-être est-ce une autre raison ? Peut-être qu'Owen ne veut plus être le meilleur de l'école. Peut-être qu'il veut être juste être moyen comme sa sœur chérie. Ce que l'on sait, c'est qu'Owen rend régulièrement visite à Isabel à l'hôpital Crowmont. N'est-ce pas étrange ? C'est une meurtrière condamnée, après tout.

Soit Owen est plutôt indulgent, soit il se moque de ce qu'Isabel a fait à l'âge de quatorze ans. Peut-être que c'est un jeune garçon qui est en train de s'effondrer, qui boit au lieu d'étudier, qui se débarrasse de sa culpabilité par l'automédication ? Peut-être y a-t-il quelque chose de plus dans tout cela. Peut-être qu'il idolâtre sa sœur pour ce qu'elle a fait. Peut-être... Peut-être...

COMMENTAIRES :

TRUECRIMELOVER : Tu as raison, James. Owen est vachement suspect. Pourquoi n'a-t-il pas crié ? Pourquoi n'a-t-il pas arrêté sa sœur ? Pourquoi y avait-il du sang sur ses vêtements

? Il n'est pas le petit enfant innocent que les gens pensent qu'il est.

OHIOMOM : James Gorden, vous devriez avoir honte. Laissez ce garçon tranquille.

JAMES GORDEN : Qu'est-ce que ça peut vous faire ? Ce n'est pas arrivé en Amérique. C'est arrivé ici.

OHIOMOM : Nous avons entendu parler de cette affaire ici aussi. C'est horrible ce que vous faites.

JAMES GORDEN : Quoi ? Essayer de découvrir la vérité ?

REDROSE : C'est une conspiration. Tous les adultes étaient dans le coup. Vous n'êtes pas au courant du réseau pédophile que dirigeaient les Fielding ? Vérifiez les rapports sur les personnes disparues. Ils ont un sous-sol pour faire des meurtres rituels sataniques, je le garantis. Les Fielding jouaient à un jeu malsain en poussant leurs enfants à commettre des meurtres. Ils ont piégé leurs propres enfants !

Chapitre 7

En dehors du travail, je me concentrais sur la nouvelle maison. Le week-end, Tom et moi allâmes à Hutton acheter quelques pots de peinture blanche. On repeignit une partie des moisissures sombres qui s'étaient installées autour des fenêtres de ma chambre. On racheta un portant bon marché pour y accrocher nos vêtements, en prétendant que nous étions cool et branchés, et non pas pauvres. C'était du *scandi-chic* et du minimalisme, pas parce que nous n'avions pas les moyens de nous payer une armoire. Je préparai des *Tupperware* de chili con carne à réchauffer pendant la semaine, ainsi qu'un grand plat de pâtes pour nous permettre de tenir jusqu'au lundi. On désherba une partie du jardin et je retirai les mauvaises herbes autour de la chaise pour pouvoir la déplacer le soir. Je fis le plein de boîtes de conserve dans la cuisine et j'achetai un cubi de vin bon marché pour la semaine.

On avait presque utilisé toute la maigre somme d'argent que nos parents nous avaient laissée. Il me restait quelques semaines avant mon premier mois de salaire à Crowmont, mais je savais que nous pourrions la faire durer aussi longtemps que nous serions raisonnables.

Tom ne me posait jamais de questions sur le travail, uniquement lorsque je lui en posais sur le lycée. Je pense que c'était pour prouver quelque chose. Il était toujours aussi laconique lorsqu'il s'agissait de parler du lycée, et je n'étais pas beaucoup plus bavarde sur mon travail. Je rentrais souvent à la maison épuisée, surtout si on m'avait demandé d'aider un patient difficile. Parfois, on me demandait d'aider à maîtriser quelqu'un, et ce n'était jamais facile.

Mon petit frère était renfermé et silencieux, encore plus que d'habitude. Il disparaissait dans sa chambre et j'essayais de temps en temps de le soudoyer avec des tasses de thé pour qu'il me laisse entrer. De temps en temps, il le faisait, et je m'asseyais sur le bord de son lit avec mon thé, en trempant un biscuit au chocolat dans le liquide brun clair, tout en le regardant jouer à un jeu en ligne avec des orques et des elfes.

J'avais été adolescente moi aussi, il n'y a pas si longtemps, et pourtant je n'arrivais pas à trouver les mots pour communiquer avec lui. Au moins, pendant les week-ends, il était plus ouvert. Nous peignions les murs ensemble, nous désherbions ensemble, nous nous promenions ensemble dans les champs et nous allions acheter des œufs et du lait frais à la ferme des Braithwaites. Je m'étais peu à peu habituée à cette nouvelle vie rurale. Il y avait de l'air ici, et cela nourrissait l'âme. Il y avait de l'espace, une abondance d'espace, qui me donnait l'impression d'être insignifiante et pourtant plus grande d'une certaine manière. Même après seulement quelques semaines, je sentais plus de force dans mes bras et mes jambes que je n'en avais eu depuis longtemps. Tous les travaux de désherbage, de marche et de peinture avaient porté leurs fruits, et j'étais plus mince et plus heureuse que je ne l'avais été depuis longtemps.

Mais il y avait au fond de moi une inquiétude que je n'arrivais pas à apaiser avec de longues promenades dans la campagne, de l'air frais ou du temps passé avec mon petit frère. Cette inquiétude couvait au plus profond de mes entrailles, comme un ver solitaire, grignotant mes boyaux. J'avais envie de m'en débarrasser, et j'espérais de tout cœur que ce changement de lieu aurait raison de ce malaise. Mais ce sentiment persistait, malgré mes tentatives pour l'ignorer.

La température chuta de nouveau ce week-end-là, et le chauffage de la maison rendit l'âme. Pendant que nous attendions que l'un des Braithwaites vienne régler le problème, nous passâmes deux nuits froides dans le cottage. Je portais des caleçons longs et des t-shirts à manches longues pour me coucher, mais une fois il m'arriva de me réveiller dans la nuit et d'écouter les hiboux. Plus tard, leurs hululements cédèrent la place au lent crépitement de la pluie sur la fenêtre, laissant des traces sur la vitre sale. J'allumai ma lampe de chevet et je regardai les goûtes qui descendaient le long des fenêtres à la française. Pendant que je fixai la vitre, mes paupières commencèrent à s'abaisser et je crus un instant que la pluie montait le long de la fenêtre au lieu de descendre. Je clignai des yeux et cela s'arrêta.

Puis je me rendormis.

Je me réveillai quand Tom posa une tasse à côté de ma tête.

— Tu vas être en retard, fit-il remarquer.

En ouvrant les yeux, je réalisai que je n'étais pas dans ma chambre, car la lumière du soleil venait de la mauvaise direction. Mon visage reposait sur une surface dure - la table de la cuisine - sur laquelle j'étais affalée comme si je m'étais évanouie. Mon ordinateur portable était à quelques centimètres de ma tête, toujours ouvert mais en veille. Je me redressai et fis glisser mon doigt sur le tapis de souris pour le réveiller et vérifier l'heure. Il était presque sept heures.

— Comment j'ai atterri ici ? ai-je marmonné, la bouche sèche et la mâchoire raide à cause du long sommeil sur une surface aussi dure.

— Dieu seul le sait. Tu as encore bu du vin ?

Je ne me souvenais pas avoir bu de vin.

— Qu'est-ce que tu cherchais ? Le monstre de York ? Ça a l'air, euh, flippant.

Je jetai à peine un coup d'œil à l'écran avant de fermer l'ordinateur portable et de me lever.

— Il faut que je prenne une douche.

— Prends ton thé, me dit Tom.

Je me détournai et en avalai une gorgée.

* * *

Sur le chemin de Crowmont, je ne cessai pas de penser à mon étrange comportement nocturne. C'était la deuxième fois que je me réveillais, la tête sur la table de la cuisine au lieu de m'être endormie dans mon lit. Y avait-il quelque chose qui n'allait pas chez moi ? Pourquoi commencerais-je à faire du somnambulisme maintenant ?

Je restai distraite pendant que Ian me faisait passer les barrières et entrer dans l'enceinte de l'hôpital. Je me garai, saisis mon laissez-passer et entrai dans le pavillon Morton. Je déposai mon téléphone et d'autres objets dans mon casier et je pris mon service.

Des thérapies de groupe étaient prévues tout au long de la journée, alors je passai beaucoup de temps à observer Isabel qui travaillait sur ses dessins dans sa chambre. Nous avions un peu parlé la semaine précédente, principalement de Pepsi, de la façon dont elle apprenait à « parler » sur commande, et de la façon dont Isabel pouvait l'appeler par son nom depuis la porte menant au jardin d'où la pie s'envolait pour trouver son épaule. Nous avions un peu parlé de la façon dont les visites de son frère égayaient sa semaine, mais nous n'avions pas mentionné ses parents. Aujourd'hui, on parlait de ses séances d'art-thérapie et des autres patients. J'avais mal à la tête et j'étais plus silencieuse que d'habitude, ce qu'Isabel remarqua immédiatement.

— Vous n'avez pas dormi, dit-elle. Je trouvai étrange qu'elle ait formulé une affirmation plutôt qu'une question. La plupart des gens m'auraient demandé si je n'avais pas dormi, mais pas Isabel. Elle le savait. Elle marqua une pause, leva les yeux de son œuvre et sourit. N'ayez pas l'air si surprise. De toutes les personnes que vous connaissez au monde, ne suis-je pas la plus susceptible d'avoir des nuits blanches ?

C'était la première fois qu'elle faisait référence à son crime, même de manière abstraite, depuis que nous nous étions promenées dans le jardin et qu'elle m'avait montré Pepsi pour la première fois.

« Quelque chose ne va pas ? » demanda-t-elle.

— Non, pas du tout. Je m'adapte à un nouvel endroit et à une nouvelle maison, c'est tout. J'ignorai l'inquiétude persistante qui disait le contraire.

— Vos yeux ne peuvent pas rester immobiles, fit-elle remarquer. C'est très particulier.

Je ne m'étais pas rendu compte que je laissais mon regard se promener dans la pièce. Peut-être était-ce parce que j'avais l'esprit morcelé, ou peut-être étais-je attirée par les couleurs vives.

— Tes dessins peuvent être assez distrayants parfois.

— Moi aussi je les trouve distrayants, dit-elle. Ça me distrait du fait d'être ici. Donnez-moi une autre distraction. Parlez-moi de votre nouvelle maison.

— Eh bien, dis-je, en procédant avec prudence. C'est une vieille maison qui a besoin d'un peu d'amour et de soins. Nous... j'ai récemment repeint certaines pièces pour éliminer la moisissure...

— Nous ? Vous vivez avec un copain ?

— Non.

Isabel posa son crayon sur le bureau et se redressa.

— Vous avez un colocataire ?

— Oui.

Il y eut un moment de silence pendant que le mensonge restait en suspens. Les yeux d'Isabel ne quittèrent pas les miens. Pouvait-elle deviner que je mentais ? Se demandait-elle pourquoi je lui mentais ? Je ne pouvais pas en être sûre, mais elle sembla laisser tomber le sujet.

— Vous avez un jardin ?

— Oui, mais il est très envahi par les mauvaises herbes. Je l'ai désherbé récemment pour essayer de le remettre en ordre, mais l'herbe est très haute et un chat sauvage vit dans le buisson...

Ses yeux s'illuminèrent.

— Un chat ? C'est génial! Une fois, j'ai demandé un chaton à Chi, mais il a refusé. En fait, je crois qu'il a dit « Ah, non ! ». Elle fit une moue comique avant de reprendre son crayon. Comment avez-vous appelé le chat ?

— Il n'a pas de nom pour l'instant. Il est sauvage, alors...

— Appelez-le... Elle leva le menton, comme si elle réfléchissait à un nom. Pye ! Un peu comme pie.

— Où as-tu trouvé ça ?

— Comme ça, on aura toutes les deux une pie comme animal de compagnie.

— Très bien, le chat sauvage s'appelle désormais Pye.

Elle acquiesça et retourna à son travail.

— Et voilà, vous vivez dans votre cottage avec votre colocataire et Pye le chat. Qu'y a-t-il de plus merveilleux ?

J'acquiesçai, me sentant beaucoup mieux, mon mal de tête commençant enfin à s'estomper.

C'est alors que je l'entendis dire :

— Et moi, je suis coincée comme un insecte sous un pot de confiture, un être humain traité comme un animal dans un zoo, drogué et isolé du monde. Ils feraient mieux de me tuer tout de suite. Ils devraient mettre fin à mes souffrances.

— Isabel, ne dis pas ça !

Elle releva la tête.

— Dire quoi ? Que votre vie est merveilleuse ? Je pense que oui.

— Non, le reste de ce que tu as dit... sur le fait d'être un animal dans un zoo.

Elle fronça les sourcils, l'air perdu.

— Je n'ai jamais rien dit de tel. Je dessinais ce choucas, vous voyez? Elle me tendit l'illustration pour que je la regarde.

Mon mal de tête revint presque instantanément. J'aurais juré l'avoir entendue parler, mais ce n'était pas tout à fait elle, la voix était plus rauque, plus dure. Je me frottai la nuque et j'essayai de comprendre. Elle l'avait dit, j'en étais sûre. Pourquoi aurais-je imaginé une telle chose ? Je devais surveiller Isabel de plus près. Elle n'était pas aussi stable qu'elle l'avait d'abord semblé.

Chapitre 8

Qu'est-ce qui fait un sociopathe ? Le monstre de York était-il né ainsi ou avait-il été créé ? Et s'il croyait vraiment à ses délires, à quel moment son esprit s'était-il brisé ? Je ne suis pas psychologue, mais j'en ai côtoyé beaucoup. Les fêtes de Noël au travail sont assez intéressantes lorsque vous êtes assis autour d'une table avec une bande de psychologues en train de discuter. L'esprit humain est fragile, construit sur de minuscules impulsions électriques envoyant des signaux au reste du corps. Nos pensées, nos sentiments, notre langage, tout cela vient du cerveau, et lorsque l'une de ces petites impulsions électriques se dérègle, nous suivons le mouvement.

Mais c'est là qu'il faut être psychologue pour comprendre tout cela. Mes études d'infirmière ne m'avaient pas préparée à comprendre tous les aspects de l'esprit humain, et encore moins à comprendre pleinement un sociopathe. Pourtant, même si je savais que je ne pouvais pas comprendre tous les aspects de ce phénomène complexe, je ne pouvais pas m'empêcher de penser à ce qu'il fallait faire pour briser un esprit.

Le lendemain, j'encourageai Isabel à passer plus de temps en dehors de sa chambre, décidant d'utiliser les mêmes trucs que j'avais l'habitude d'essayer sur Tom avant qu'il ne s'en lasse. Je la convainquis qu'il n'y avait pas que les oiseaux à dessiner. Qu'elle devrait essayer de dessiner des gens.

— Dans ce cas, je vais vous dessiner, annonça-t-elle.

Il fut convenu de me faire sortir dans la zone commune et de me placer sur un tabouret à côté d'une fenêtre ouverte. La lumière du soleil d'avril réchauffait ma peau tandis que j'étais assise, gênée et exposée, mais au moins Isabel était sortie de sa chambre et elle était entourée d'autres personnes.

C'était la première fois que je voyais la façon dont les autres patientes réagissaient à sa présence. Bien sûr, la grande majorité d'entre elles étaient au courant du crime pour lequel Isabel avait été condamnée, et les assassins d'enfants étaient considérés avec mépris et suspicion. Autour de nous, tout le monde continuait ses activités : Emily et Debbie jouaient aux dames, Tracy était affalée sur le canapé et regardait une de ses séries, d'autres sirotaient du thé ou du café en faisant semblant d'avoir une conversation, mais tout en gardant un œil sur Isabel. Quelques-unes des moins conscientes restaient assises là, à la regarder fixement. L'une des filles les plus dures dit, suffisamment fort pour être entendue :

— La tueuse d'enfants est sortie.

Je sentis immédiatement honteuse d'avoir forcé Isabel à venir dans la salle commune, mais elle réussit à faire abstraction de tout ce qui se passait autour d'elle, posant lentement ses crayons devant elle sur la table et étalant une grande feuille de papier. Elle se mit au travail, avançant méthodiquement, parlant à peine, sauf pour me dire de ne pas bouger, ou pour me demander de lever le menton, de décroiser les jambes, de regarder par la fenêtre. J'avais l'impression d'être une pièce exposée au zoo, assise là, avec tant d'yeux qui me regardaient. D'une certaine manière, cela nous rapprocha, car nous vivions la même expérience, chacune étant dévisagée comme si nous étions dans un aquarium.

Quelques autres infirmières rompirent la tension en s'approchant et en faisant la conversation, en posant des questions à Isabel sur son dessin et en louant la ressemblance avec moi. La plupart des infirmières étaient timides avec Isabel, conscientes de son passé et peu désireuses de s'approcher d'elle. Elles me traitaient de la même manière dans la salle de repos, ne me posant jamais de questions directes sur elle, faisant mime de ne pas s'y intéresser. Certaines me considéraient même avec une sorte d'admiration, me répétant sans cesse qu'elles ne pourraient pas faire mon travail. Elles évitaient Isabel parce qu'elles ne se sentaient pas capables de la côtoyer. L'une d'elles dit même « en tant que mère », comme si celles qui n'avaient pas d'enfants pouvaient trouver le crime moins odieux.

Après ce qui me sembla être des heures, Isabel me permit enfin de voir l'œuvre terminée.

— Attendez, restez là, dit-elle, alors que je m'apprêtais à me lever pour aller la rejoindre. Je veux que vous le voyiez au soleil.

Isabel prit son dessin et s'avança vers moi, tout en fixant le papier entre ses doigts. Elle hésita avant de me le tendre.

— C'est encore un peu grossier, dit-elle. Je le retravaillerai peut-être plus tard.

— Je suis sûre qu'il est magnifique. Je tendis les mains pour prendre le dessin, les nerfs à vif et des papillons dans l'estomac. Une meurtrière condamnée m'offrait un portrait de moi-même. Parfois, mon travail était bizarre.

Je lui pris doucement le papier des mains, me forçant à me rappeler que j'étais une infirmière et que cela aidait Isabel à s'améliorer en tant que patiente. Je lui souris avant d'oser regarder le dessin.

La surprise s'inscrivit sans doute sur mon visage. Elle ne m'avait pas vraiment représentée assise sur le tabouret, mais dans un jardin florissant, debout, en train de regarder un ciel ensoleillé. Tout autour de moi, il y avait de petits oiseaux de jardin, des moineaux, des mésanges et des rouges-gorges, tous battant des ailes, certains se posant sur mon épaule ou sur ma main tendue. Aux yeux d'Isabel, j'étais une sorte de princesse Disney, un membre éthéré du règne animal.

— Alors, ça vous plaît ? demanda-t-elle.

Quelques autres patientes commencèrent à s'agglutiner autour de la chaise où Isabel était assise. Certaines se penchèrent plus près pour jeter un coup d'œil au portrait. D'autres se contentèrent de jeter un coup d'œil dans notre direction.

Emily fut l'une des premières à le regarder de près.

— ça vous ressemble, remarqua-t-elle. Elle a bien fait les cheveux.

Je portai la main à mon visage, puis je touchai le chignon serré à l'arrière de ma tête et la frange sur mon front.

— Oui, je crois que tu as bien saisi l'ensemble, dis-je.

Et je ne mentais pas, car même si l'expérience de me regarder sur le papier était étrange, presque déconcertante, j'avais l'impression qu'Isabel avait capturé une sorte d'essence de ma personne. Non, je ne pensais pas être une princesse Disney, mais ce qu'elle avait dessiné portait mes traits, c'était ce à quoi il me semblait ressembler quand je me regardais dans un miroir, et cela me semblait très fidèle à l'idée que je me faisais de moi-même.

Elle me demanda :

Mais ça vous plaît ?

— J'aime beaucoup. C'est un beau dessin. Je voulus le rendre à Isabel, mais elle refusa de le reprendre.

— Il est à vous, dit-elle. Accrochez-le au mur de votre maison en ruine qui a besoin d'être égayée. Je ne supporte pas les murs blancs, et je ne supporte pas l'idée que vous regardiez des murs blancs. Vous avez besoin de couleurs, Leah. Une belle infirmière comme vous devrait toujours être dans la couleur.

Je baissai les yeux sur mon chemisier noir avec consternation. Elle avait peut-être raison.

Après avoir évalué mon manque de sens de la mode, je tentai à nouveau de lui donner le dessin.

— Non, prends-le. Tu auras besoin de ton meilleur travail pour participer au prix Koestler.

Le prix Koestler était géré par le Koestler Trust, créé pour les détenus des prisons et des hôpitaux de haute sécurité. Toute personne incarcérée pouvait participer avec son œuvre d'art originale, et des prix en espèces étaient décernés à certains participants. J'avais aidé quelques patients à poser leur candidature par le passé, notamment un ancien membre de gang qui aimait peindre de délicats portraits de princesses Disney justement, perdues dans de longues étendues de forêts enchantées. Il se tenait fièrement derrière ses portraits de délicates Cendrillon et Blanche-Neige, son ventre bedonnant dépassant de l'arrière de la toile, ses gros doigts en forme de saucisse agrippant les bords du tableau et son crâne rasé se penchant solennellement sur son œuvre. J'avais pensé qu'Isabel pourrait bénéficier des ventes potentielles d'œuvres d'art qui accompagnent souvent la participation au prix. C'était un bon moyen pour les personnes incarcérées de gagner honnêtement de l'argent.

Les yeux d'Isabel s'écarquillèrent. Elle remonta ses genoux sur le siège de la chaise.

— Non.

Pour une fois, Isabel ne souriait plus. Elle s'agrippa fermement à ses genoux, s'affaissa sur la chaise et se ratatina dans le col de son sweat.

— Mais... j'ouvris la bouche, surprise. Je pensais que ça te ferait plaisir.

Sentant le changement de ton, quelques filles s'éclipsèrent pour nous laisser de l'espace. Isabel secoua la tête avant de regarder le jardin par la fenêtre.

— Je ne veux pas que les gens les voient.

— Mais c'est un excellent moyen de gagner de l'argent. Les gens achètent des pièces. C'est un bon moyen, honnête, de gagner de l'argent pendant que tu es ici à Crowmont. Je posai le dessin sur la table entre nous.

— Je ne veux pas que les gens sachent que je les ai dessinés.

Je ne veux pas que des malades collectionnent mes œuvres parce que... elle baissa le menton et sa voix ne devint plus qu'un murmure, à cause de ce qui s'est passé.

— Isabel, tout va bien. Tout est anonyme. Les gens ne savent pas à qui appartient le travail qu'ils achètent. Tout ce qu'ils savent, c'est qu'il s'agit de quelqu'un venant d'un hôpital de haute sécurité ou d'une prison.

— Ah bon ? demanda-t-elle.

— Oui, alors garde-le pour pouvoir postuler.

Je dois admettre que voir le visage d'Isabel s'illuminer me fit sourire, et je souris tout le reste de la journée, même lorsque je raccompagnai une Tracy en larmes après sa séance de thérapie, et même lorsque Pye le chat, feula et me griffa les chevilles quand je remontais l'allée jusqu'au cottage délabré.

Isabel avait raison à propos des murs blancs du cottage, et elle avait raison à propos de la couleur. La première chose que je fis en arrivant à la maison fut de monter à l'étage, d'enlever cet ennuyeux chemisier noir et de mettre un t-shirt rouge vif avec des fleurs jaunes sur les manches. Je pensai même à mettre du rouge à lèvres, mais j'avais trop faim pour attendre le dîner. Mon changement de tenue valut à mon petit frère un haussement de sourcils, mais je n'en fis pas cas, car je me sentais plus en forme.

Alors que je mettais la table à la cuisine pour le festin de pâtes au thon de ce soir-là, je me demandai si un sociopathe pouvait avoir les capacités d'empathie d'un artiste. Quelqu'un pouvait-il vraiment saisir la beauté intérieure d'un sujet s'il était un véritable sociopathe ? Isabel était-elle vraiment capable d'avoir commis un meurtre ?

Accro Aux Crimes Authentiques

Qui est David Fielding ?

Par James Gorden

Pouvons-nous tous nous mettre d'accord sur une chose ? Oui, je sais que nous allons nous écharper dans les commentaires, que des insultes seront lancées et que quelqu'un finira par être traité d'Hitler, mais faisons comme si nous n'étions pas sur Internet et mettons-nous d'accord sur une chose : la personne qui a assassiné Maisie Earnshaw est un psychopathe dérangé. Mais je ne suis pas convaincu que le bon psychopathe se trouve actuellement derrière les barreaux, ou dans une camisole de force, ou quoi que ce soit qui se passe entre les murs de l'hôpital Crowmont.

Prenons donc le temps d'examiner un autre suspect potentiel : le père d'Isabel, David Fielding. Ce millionnaire autodidacte possède une entreprise immobilière qui construit des tours et des appartements à Sheffield, Leeds et dans les environs. Il a la mainmise sur plusieurs gâteaux, des restaurants aux salles de sport privées, mais c'est pour son entreprise immobilière qu'il est le plus connu.

Comment David est-il devenu l'homme le plus riche de

Rotherham ? Il s'agit bien sûr d'une bonne histoire. J'ai décidé de contacter Lee Brown, ancien partenaire commercial de David et son camarade de chambre à l'université. Tous deux originaires du Nord, David et Lee se sont bien entendus à l'université de Leeds, où ils étudiaient le commerce. Au cours de leur deuxième année d'études, ils ont emménagé ensemble dans une colocation et ont créé la société Field-Brown (vous voyez où je veux en venir ?). Lee et David étaient les meilleurs amis du monde. Ils travaillaient dur et s'amusaient bien. Ils ont économisé de l'argent pour financer leur entreprise et ont même réussi à obtenir quelques investissements extérieurs. C'étaient de jeunes gens motivés qui iraient loin ensemble.

Mais où est Lee Brown ? Et pourquoi l'entreprise de David Fielding s'appelle-t-elle désormais *Fielding Enterprises* ?

Laissez-moi vous dire qu'il a fallu un certain temps pour délier la langue de Lee Brown. Il a certainement fallu plus que quelques Peronis lorsque nous nous sommes rencontrés à Leeds pour avoir une conversation. Mais une fois le soleil couché, il a commencé à se confier.

Lee m'a dit que David était son meilleur ami et la personne en qui il avait le plus confiance au monde. Lee pensait qu'ils étaient frères en affaires et en amitié, mais il est vite apparu que David n'était pas du même avis. Ils ont décidé d'investir dans une entreprise risquée. Lee m'a dit que c'était une décision mutuelle, mais David était la force motrice de l'investissement et celui qui l'avait suggéré. Lee était occupé par un autre projet, mais il a signé tout ce que David lui présentait, distrait et peu soucieux de vérifier les contrats.

« Je lui faisais entièrement confiance », m'a expliqué Lee. Pourquoi aurais-je eu besoin de lire tous les documents insignifiants ? J'étais idiot, au fond. La société était en plein essor. Elle construisait soi-disant des appartements à Leeds et dans ses environs et recherchait de nouveaux investisseurs. Aucun de ces appartements n'a été construit. Le marché de l'immobilier a implosé, la société a fait faillite et c'est à ce moment-là que j'ai réalisé que David avait tout mis à mon nom, pas au nom de la société ni au sien. Il m'a mis en faillite en quelques mois, m'a exclu de l'entreprise et a continué sans moi. J'étais tellement choqué et blessé que je n'ai même pas intenté de procès. Je suis rentré chez moi, j'ai bu et je ne lui ai plus jamais parlé. »

Lee s'est depuis repris en main et possède son propre restaurant à Wakefield. Je suis content pour lui, mais je voulais en savoir plus sur David.

« Pensez-vous que c'est un sociopathe ? » lui ai-je demandé. Nous en étions à notre quatrième tournée, et il se peut que j'aie un peu bafouillé à ce moment-là, mais ne vous inquiétez pas, le magnétophone était allumé, tout a été enregistré. Je ne tire pas cela de mes souvenirs d'ivrogne.

Lee a passé un doigt sur le bord de sa pinte en fixant la table. « Je ne suis pas psychologue, alors je ne sais pas ce qu'il est, mais je sais qu'il ne se souciait pas de moi d'un iota. Il ne pensait qu'à lui et l'a toujours fait. Je n'ai rien vu. Je pensais que c'était de la bravade, vous voyez ? Je pensais qu'il se donnait en spectacle, mais c'était réel. »

« Qu'est-ce qui était réel ? »

« Les femmes, a-t-il poursuivi, les filles. Il les aimait beaucoup, et il était fiancé à l'époque, donc ce n'était pas bien. Je pensais qu'on exagérait à son sujet, mais maintenant je n'en suis plus sûr. Je pense qu'il la fourrait dans tout ce qu'il pouvait trouver. »

« Je peux vous citer ? »

Lee a levé les yeux vers moi d'un air sévère.

« Je ne sais pas, mon pote. Je devrais peut-être y aller. »

J'ai essayé de persuader Lee de prendre un autre verre. Je lui ai offert un bourbon et il a accepté de rester un peu, mais il n'a presque plus parlé de David Fielding. Puis, lorsqu'il est parti, il ne m'a pas laissé le raccompagner jusqu'à la porte. C'est à ce moment-là que j'ai compris que Lee Brown avait peur de son ancien associé.

Il m'a laissé au bar avec la moitié d'un verre de bourbon, en train de penser à David Fielding et à ses frasques passées. S'agissait-il des frasques d'un jeune homme arrogant qui croyait que le monde était à ses pieds et qu'il n'avait qu'à le prendre ? Avait-il adhéré à la méthode des affaires qui consiste à survivre à tout prix ? Ou bien son impitoyabilité dans les affaires était-elle le signe d'un défaut plus profond, qui allait au-delà du coureur de jupons et du gars qui escroque ses amis, et qui était enfoui profondément jusqu'à un noyau pourri ?

David était-il un sociopathe ?

Et s'il l'était, y avait-il la possibilité qu'il ait assassiné Maisie Earnshaw et piégé sa propre fille par la même occasion ?

COMMENTAIRES :

REDROSE : Comment croire ce que disent les adultes ? Ils pourraient tous avoir menti. Même les Earnshaw.

JAMES GORDEN : Pourquoi les Earnshaw auraient-ils menti ?

REDROSE : Parce que ce sont des malades.

IHEARTHANNIBAL : RedRose, c'est toi la malade.

TRUECRIMELOVER : David est resté dans la cuisine pendant vingt minutes, c'est ça ? Est-ce que c'est assez long pour tuer une petite fille ? D'après les rapports de police et le plan de la maison, il aurait pu sortir par la porte d'entrée, faire le tour de la maison et descendre la colline.

JAMES GORDEN : Je le pense aussi. Mais le timing est serré tout de même.

TRUECRIMELOVER : C'est un homme en forme, n'est-ce pas ? Il avait l'habitude de courir la Great North Run. Je ne vois pas pourquoi il ne pourrait pas faire un sprint aller-retour, laver ses mains ensanglantées dans l'évier et servir des mojitos.

JAMES GORDEN : **Mais pourquoi Isabel ne parlerait-elle pas de son père ?**

TRUECRIMELOVER : Elle a trop peur. Elle est en sécurité à l'intérieur de Crowmont. Si elle sortait, elle pourrait être sa prochaine victime.

JAMES GORDEN : Ce qui pose la question, si David Fielding l'a fait, pourquoi n'y a-t-il pas d'autres victimes ?

Chapitre 9

Un jour, je dis à Isabel que je me réveillais tous les matins au son des merles à l'extérieur de ma chambre, et le lendemain, elle me dit qu'elle allait me faire un dessin d'eux en train de chanter pour moi. Elle me demanda de m'asseoir juste devant sa chambre et de lui donner des détails supplémentaires pour qu'elle puisse se représenter l'image.

— Décrivez-moi votre cottage.

— C'est une ancienne dépendance de ferme, très petite, en briques rouges, ancienne. Cela me convenait de m'asseoir à l'extérieur de la pièce, car j'aimais lui laisser de l'espace. La petite pièce rendait déjà assez claustrophobe sans ma présence. Probablement une maison de garde-chasse ou de métayer, je suppose. Je haussai les épaules, n'étant pas vraiment une experte des questions rurales.

— C'est à côté d'autres maisons ?

— Non, elle est seule, entourée de champs.

Elle se pencha sur son bloc-notes et se mit au travail. Lors de sa dernière visite, son frère Owen lui avait apporté de nouvelles fournitures de dessin.

Isabel avait traversé une période difficile, et je passais donc un peu plus de temps avec elle que d'habitude. Après les quelques heures passées dans la salle commune avec les autres patientes, sa présence avait mis tout le monde en ébullition et elle s'était retrouvée la cible des filles les plus dures. Je ne m'en étais pas rendu compte, mais Chi avait déjà vécu une situation similaire après avoir encouragé Isabel à se sociabiliser davantage. Elle était tout à fait disposée à quitter sa chambre, mais les autres patientes n'étaient jamais contentes de la voir. Depuis qu'elle m'avait dessinée dans la salle commune, elles chuchotaient dans son dos, parlant du fait qu'elle était là avec elles. Elles écrivaient des messages désagréables et les glissaient sous sa porte. Lors d'un incident, un œuf fut jeté dans sa chambre, abîmant quelques-unes de ses œuvres d'art préférées.

En arrivant au travail, je trouvai Isabel encore plus silencieuse que d'habitude. Elle me tendit son dessin du matin, qui était un pigeon ce jour-là.

— Ce sont des commères, dit-elle à propos du pigeon. De méchantes petites commères. Puis elle détourna la tête pour que je ne voie pas ses yeux rougis.

— Tu as pleuré, Isabel ?

— Au moins, Katy a été renvoyée à Grafton Ward. Elle tira sur sa manche comme pour me cacher ses mains.

— Qu'est-ce qu'il y a ? Quelqu'un t'a fait du mal ?

Cela prit du temps, mais je réussis finalement à lui faire raconter comment Katy, l'une des patientes les plus âgées et les plus costaudes, à Crowmont pour violence contre les autres et difficultés d'apprentissage, l'avait attrapée par les poignets, lui avait craché au visage et l'avait traitée de tueuse d'enfants.

Parce que c'est moi qui avais eu l'idée de permettre à Isabel de se sociabiliser, je ne pouvais pas m'empêcher de me sentir responsable de tout ce qui s'était passé depuis. C'est peut-être ma culpabilité qui me poussa à me détendre un peu et à me dévoiler un peu plus que d'habitude.

— Alors vous vivez dans une ferme ? Avec votre colocataire ?

— En bordure d'une ferme. C'est une location.

— Ça a l'air charmant. Isabel baissa la tête et continua son dessin.

Le couloir était calme ce jour-là, car le soleil brillait et la plupart des patientes étaient près des fenêtres qui donnaient sur les jardins. Regarder Isabel travailler dans le silence qui suivait ses questions me mettait dans une sorte d'hypnose, et les quinze derniers jours de sommeil haché commençaient à me rattraper lorsque je sentis mes paupières s'abaisser. J'inspirai fortement par le nez, me forçant à rester éveillée. Malgré la chaleur bienvenue et la fatigue, j'avais encore du travail. Je devais encore surveiller ma patiente.

Lorsque je me forçai à me réveiller, je vis Isabel penchée sur son bureau. Ses cheveux brun foncé dépassant de son bloc-notes. Elle était vêtue de son habituel bas de jogging et de son sweat-shirt. Bleu aujourd'hui. Tous les patients portaient les mêmes vêtements confortables. Il y avait des règles strictes sur ce qui pouvait être porté. Rien qui puisse servir d'arme. Pas de ceinture. Pas de cordons de serrage. Même les boutons pouvaient causer des dégâts.

— Vous savez, je ne me souviens toujours pas du jour où Maisie est morte, dit Isabel, la voix lointaine et rêveuse. Mais je pensais ce que j'ai dit le premier jour où je vous ai rencontrée. Je n'ai pas tué cette petite fille. Je ne pense pas que je pourrais le faire. Je n'ai pas ça en moi.

— Si tu ne te souviens pas, répondis-je gentiment, comment le sais-tu ?

Mais Isabel ne répondit pas. Elle poussa un gros soupir et s'affaissa sur le bureau. Elle semblait épuisée.

Alors que je me redressai pour étudier ma patiente, je remarquai quelques cloportes qui rampaient sur la moquette en direction de ses pieds. Je ne savais pas si Isabel avait peur des insectes et je ne voulais pas l'effrayer.

Je me levai lentement de ma chaise.

— Isabel, je ne veux pas t'alarmer, mais il y a deux gros cloportes qui rampent vers toi.

Elle leva la tête et me regarda avec intérêt avant de laisser tomber son regard sur le tapis. Puis elle releva la tête et me regarda à nouveau. Il y eut une brève pause pendant ses yeux passèrent des cloportes à moi.

— Ce n'est pas grave, Leah. Il y a des cloportes dans ma chambre de temps en temps, mais je les laisse faire. Je ne peux pas me résoudre à les tuer.

— Et si on les mettait dehors ?

Mais elle secoua la tête.

— Ma chambre est suffisamment grande pour accueillir quelques coléoptères. Elle sourit et chaque once de ce sourire me sembla authentique. Ses yeux se plissèrent légèrement. Ses dents un peu tordues étaient charmantes entre ses lèvres douces. Elle était pure, d'une innocence enfantine.

Laissez-moi vous dire un secret. Je n'ai jamais tué cette petite fille. Chuuut.

Ce moment était resté aussi clair que le son d'une cloche dans mon esprit, mais j'avais toujours pensé que ces mots étaient la façon dont Isabel jouait avec moi. Parce qu'elle les avait prononcés le premier jour, j'avais supposé qu'elle me testait, comme l'aurait fait une personne ayant des tendances sociopathes. Mais Isabel ne présentait aucun trait des sociopathes. Elle n'était pas narcissique. Elle ne parlait pas d'elle ni de ses crimes. Elle n'était pas violente. Elle était souvent nerveuse ou peu sûre de son talent, et elle n'avait pas le charme superficiel que la plupart des sociopathes utilisent à leur avantage.

Et puis je réalisai que je l'avais crue. Cela me frappa de plein fouet, envoyant des ondes de choc le long de mes membres et de ma colonne vertébrale. Je tendis le dos sur ma chaise et ma mâchoire se décrocha. Mon cœur se mit à battre un peu plus vite, et je restai là, à me demander ce que j'allais faire de la jeune fille qui se trouvait devant moi en train de dessiner sagement ma maison, jeune et vulnérable, enfermée, mise à l'écart de la société. Dans un peu plus d'un mois, elle allait être réévaluée et, lors de cette évaluation, elle serait jugée apte à aller en prison plutôt qu'à rester à Crowmont. Je le savais. Isabel était la patiente qui avait les meilleurs antécédents, qui établissait un rapport avec les membres du personnel et qui restait polie, douce et obéissante à tout moment.

Mais pire encore...

— Le tueur est toujours dans la nature.

Isabel se redressa et se tourna vers moi, remettant une mèche de cheveux derrière son oreille.

— Quoi ? Qu'est-ce que vous avez dit ? Vous avez dit quelque chose ?

J'avais parlé à voix haute sans même m'en rendre compte. Je m'essuyai le front du revers de la main et je secouai la tête.

« J'étais juste en train de marmonner à propos du dîner de ce soir. »

Elle hocha la tête.

— Vous savez, je trouve fascinant d'écouter les gens parler de leurs tâches ennuyeuses. Alesha me racontait qu'elle devait aller chercher ses enfants à l'école, faire les courses, les ramener à la maison et cuisiner pour son mari tous les soirs. Comme il travaillait plus tard, c'est elle qui assumait le plus de tâches à la maison. Je ne pense pas que j'aurai un jour un mari pour qui cuisiner.

— Tu n'en sais rien, répondis-je. Tu pourrais sortir un jour.

— Et aller en prison. Une prison pour « grandes filles » cette fois, remplie de femmes, pas les enfants avec lesquels j'étais au centre de détention pour mineurs.

— Mais tu pourrais quand même sortir de prison un jour. N'est-ce pas ?

— Oui, dit-elle. Mais pas avant longtemps. Cela n'a pas d'importance. Tenez, j'ai terminé votre dessin. Ça vous plaît ?

Elle brandit le dessin au crayon pour que je puisse le voir. J'étais là, devant mes fenêtres à la française, à regarder les merles s'agglutiner. L'un se tenait sur le rebord de la fenêtre, un autre planait dans les airs. Trois étaient perchés sur la branche d'un arbre voisin. Ils avaient tous le bec ouvert et émettaient des chants dans l'air. Je regardais le dessin et j'entendais le chant des oiseaux qui m'appelaient, qui me parlaient.

« Les merles sont de bon augure, dit Isabel. Ils représentent la timidité ou le manque de confiance en soi. La couleur noire est censée représenter le surnaturel. Croyez-vous au surnaturel ? »

Ses paroles me rappelèrent un souvenir récent que je m'efforçais d'occulter. Je voulus d'abord l'ignorer, puis je décidai de ne pas le faire.

— Lors de l'enterrement de mes parents, j'ai senti une forte présence.

Isabel reposa le dessin sur son bureau.

— Je suis vraiment désolée. Quand est-ce arrivé ?

— Il y a six mois. Ce n'est pas une belle histoire. Mon père était alcoolique et il a tué ma mère avant de se suicider. C'est pourquoi nous avons déménagé à Hutton. Je travaillais dans un autre hôpital de haute sécurité à l'époque, et je savais qu'il y en avait un ici. J'ai pensé que je pourrais y trouver un emploi, alors nous avons déménagé.

Ce n'est que quand je m'arrêtai de parler que je réalisai que j'avais agrippé les manches de ma blouse et que j'étais en train de tirer dessus, comme si j'essayais de cacher mes mains sous le tissu.

— Vous avez senti la présence de vos parents à leur enterrement ?

— Juste mon père.

— Je suis vraiment désolée, dit-elle encore.

Je souris légèrement. C'était une phrase à laquelle je m'étais habituée lorsque j'étais encore à Hackney. Les parents des enfants scolarisés avec Tom la prononçaient souvent lorsque j'allais le chercher au lycée. Mes voisins me rendaient visite avec des plats et un faible sourire, les mêmes mots sur les lèvres. Tout le monde aimait mon père. Ils n'arrivaient pas à croire à ce qu'il avait fait. Mais une fois la porte fermée, une personne n'est pas toujours celle que l'on croit.

— Alors, avec qui avez-vous emménagé ici ?

Ces mots me sortirent de mes pensées et me ramenèrent dans le couloir de Crowmont.

— Quoi ?

— Vous avez dit « nous avons déménagé ici ». Avec qui avez-vous déménagé ? Un petit ami ?

J'étais encore distraite par les pensées sur mon père, cet après-midi pluvieux dans le cimetière, lorsque j'avais entendu sa voix prononcer mon nom. La terre mouillée atterrissant sur le bois. L'odeur de moisi de ma seule belle robe noire que j'avais sortie du grenier. Le parfum de ma mère vaporisé sur mes poignets.

— Avec mon frère. Tom. Mon petit frère.

Chapitre 10

En quittant le travail ce jour-là, j'eus honte de la façon dont je m'étais confiée à Isabel. Ayant travaillé comme infirmière depuis plusieurs années, il était décevant de voir avec quelle facilité je pouvais baisser la garde. Dans n'importe quel autre hôpital, parler de sa vie privée à un patient n'est pas un problème, mais dans un hôpital de haute sécurité avec des patients souffrant de maladies telles que le trouble de la personnalité, ces détails privés peuvent être utilisés contre vous.

Mais en même temps, je m'étais sentie profondément liée à Isabel après notre longue conversation. Je ne pouvais pas nier que chaque jour, elle devenait pour moi plus qu'une patiente perturbée ayant commis un crime horrible dans son passé; c'était une artiste talentueuse qui pouvait être douce et attentionnée. Ses dessins du matin étaient souvent le point culminant de ma journée et, à nous écouter parler, on aurait pu croire que nous étions amies, nièces et tantes, ou sœurs. À l'approche de la date de sa réévaluation, je me sentis mal à l'aise à l'idée qu'elle soit transférée dans une prison de haute sécurité.

Non, me dis-je, j'avais des pensées dangereuses. Je déverrouillai ma Punto et sortis rapidement du parking, remarquant à peine Ian qui me saluait à la grille. J'étais trop proche d'Isabel désormais. Je m'étais déjà engagée sur une voie périlleuse en croyant qu'elle pouvait être innocente. En fait, j'en étais sûre. La jeune fille assise dans sa chambre et qui me regardait avec de grands yeux d'enfant ne collait pas avec l'idée d'une adolescente meurtrière matraquant un enfant à mort avant de mutiler son cadavre et d'étaler le sang sur sa bouche comme du rouge à lèvres.

Les deux ensemble n'avaient aucun sens.

Je cuisinai pour Tom ce soir-là et j'étais tellement distraite que je laissai les pommes de terre trop bouillir et brûler le poulet. Tom était bien trop poli pour dire quoi que ce soit, mais je voyais bien à sa façon de mâcher et d'avaler rapidement qu'il n'était pas impressionné par ma cuisine.

— Comment ça se passe au lycée ? demandai-je, dans l'espoir de détourner mes pensées d'Isabel.

— Bien.

— Ça fait quelques semaines maintenant. Les autres élèves sont sympas ?

— Oui.

— Cela fait un moment que tu ne m'as pas montré de dissertations. Je peux en lire ?

— Peut-être.

J'étais sur le point d'abandonner quand je remarquai que Tom tirait sur la manche de sa chemise pour la troisième ou quatrième fois. J'avais déjà observé ce même mouvement lorsque mes patientes cachaient une blessure qu'elles s'étaient infligée. Je tendis la main en travers de la table, mais il retira son bras.

« Qu'est-ce que tu fais ?! »

— Je veux juste regarder. Montre-moi.

— Non, laisse tomber.

Mais avant que Tom ne puisse se lever de table, j'avais réussi à attraper sa chemise et à tirer dessus. Sous son bracelet de perles, il y avait une ecchymose de la taille d'un pouce.

— Qu'est-ce que c'est ? Quelqu'un t'a fait du mal ?

— C'est rien, dit-il en retirant son bras. Je l'ai cogné contre la porte, c'est tout. Mais je savais qu'il mentait à la façon dont ses yeux parcouraient rapidement la pièce.

— Tom... Mais je ne savais pas quoi dire. Je sentais la rage monter en moi à l'idée que quelqu'un puisse faire du mal à mon gentil frère, mais en même temps je ressentais un profond sentiment d'impuissance, car même si j'essayais d'intervenir, cela pourrait empirer les choses pour lui. Lorsque j'avais réalisé que Tom était victime de harcèlement, j'avais fait autant de recherches que possible sur Internet, et ce que j'avais trouvé dans les premiers récits de parents désespérés, c'était que l'école n'avait rien fait ou presque, et que le harcèlement s'était intensifié après leur intervention.

— Tu peux rien y faire.

— Je peux t'écouter ! Je dus élever la voix lorsqu'il sortit de la cuisine en claquant la porte derrière lui.

Jetant ma fourchette dans mon assiette, je me levai, faisant crisser la chaise contre les vieux carreaux de la cuisine. Alors que je commençais à racler furieusement les restes de poulet brûlé pour les jeter dans la poubelle, on frappa à la porte. J'ouvris, sachant déjà que c'était Seb Braithwaite qui venait réparer la porte coincée de la cuisine. Il me fallut tirer sur la poignée pour qu'elle s'ouvre et que je me trouve face à Seb, ses yeux bleus clairs passant de moi à la table de cuisine à moitié débarrassée.

— Je dérange ? demanda-t-il.

— Non, non, entrez.

— J'ai pris mes outils. Il leva sa boîte à outils pour le prouver. J'pensais jeter un œil à cette porte.

— Merci, c'est très gentil.

Sa nature laconique me convenait, et je me mis à ranger la cuisine, m'activant à droite à gauche, toujours alimentée par ma colère à propos de l'ecchymose de Tom. Il fallait donner une leçon à ces gamins du village à l'esprit étroit. Plongée jusqu'aux coudes dans la mousse de la vaisselle, je décidai d'en parler au lycée et, si nécessaire, aux parents des enfants concernés. Je ne pouvais pas rester les bras croisés et voir mon frère malheureux à la fin de chaque journée.

— Ça ira mieux maintenant.

Seb se releva, ses larges épaules de fermier remplissaient presque l'espace étroit et l'encadrement. Il actionna la porte, en guise de démonstration, la poussant d'avant en arrière pour que je puisse voir qu'il n'y avait plus de résistance. Elle s'ouvrait et se fermait parfaitement.

— C'était rapide. Je n'ai même pas eu le temps de vous préparer une tasse de thé.

— Pas de problème. Vous avez besoin de lait et d'œufs ?

Je regardai dans le frigo.

— Une pinte ce serait bien, et peut-être une demi-douzaine d'œufs.

Il hocha la tête.

— Je passerai demain matin.

— Merci. Combien je vous dois pour les œufs de la semaine dernière ?

— Rien. C'est offert.

J'étais tellement soulagée que, pendant un moment embarrassant, je sentis mon menton vaciller et une vague d'émotion me piquer les yeux. La larme fut rapidement essuyée du revers de la main et je m'éclaircis la gorge.

— Je vous remercie. C'est vraiment gentil.

— Pas de problème.

Au moment où il s'apprêtait à franchir la porte, je l'arrêtai en posant la main sur son épaule. La cuisine était suffisamment petite pour que je n'aie pratiquement pas besoin de tendre le bras. Il se retourna lentement, le visage impassible. Pendant un instant, je me demandai si je l'avais contrarié en l'empêchant de partir, et j'envisageai d'abandonner l'idée qui m'était venue à l'esprit.

— Est-ce que je peux vous demander quelque chose ? dis-je timidement, regrettant déjà ma décision.

Il se contenta de hocher la tête.

Je fis un pas de plus, et il s'éloigna de moi.

« Vous pouvez refuser si vous voulez. C'est un grand service que je vais vous demander et... vous avez déjà fait beaucoup pour moi. Mais il s'agit de Tom. Les jeunes du lycée le harcèlent. Je jetai un coup d'œil par-dessus mon épaule, craignant qu'il ne soit entré dans la pièce au mauvais moment. Au début, j'ai cru qu'il s'agissait d'injures et des conneries habituelles des adolescents, mais maintenant il a un bleu sur le bras et je m'inquiète. Votre famille est respectée dans le village. *Elle inspirait plutôt la peur, mais je sais avoir du tact.* Pourriez-vous... accepteriez-vous... de l'emmener à l'école une ou deux fois ? Cela pourrait servir d'avertissement. Montrer à ces petits salauds que quelqu'un d'autre est de son côté. »

Seb expira par le nez et la moitié de sa bouche se souleva en un léger sourire.

— Bien sûr. Je passerai le prendre demain matin. C'est tout ?

— C'est tout, oui. Merci beaucoup.

Alors que je le regardais avancer dans l'allée, Pye surgit de la haie et Seb trébucha en évitant la trajectoire du chat sauvage. Je ne pus m'empêcher de pouffer lorsque le fermier continua à descendre le chemin jusqu'à sa Land Rover tout en jurant. Lorsqu'il monta dans la voiture, il se tourna vers moi et me fit un signe de la main, et je vis que son visage était rouge d'embarras.

— Tu lui plais.

Je pivotai sur mes talons, une main sur la poitrine.

— Tom ! Je ne t'ai pas entendu descendre les escaliers. Tu es quoi, une souris ?

— Un campagnol, en fait. Ils sont plus petits que les souris. Il mit la bouilloire en marche. Tu lui plais, j'te dis.

— Pas du tout.

Tom haussa les sourcils.

— Toi aussi, il te plaît

— Je suis désolée de t'avoir attrapé le bras comme ça, dis-je pour changer de sujet.

Il tripota les manches de sa chemise.

— C'est pas grave. Je suis désolé de ne pas te l'avoir dit.

Je traversai la pièce et je tirai doucement sur une mèche de ses cheveux teints en noir corbeau.

— Qu'est-ce que je peux faire ? Tu veux que j'aille au lycée ? Tu veux que je leur casse la gueule ? Je peux, tu sais. Hé, dis-leur que ta grande sœur bat des tueurs en série pour gagner sa vie, ça leur foutra la trouille.

— Nan, dit-il en fixant volontairement la bouilloire. Ça marche pas ces trucs.

Je vis tomber une larme sur le plan de travail, puis une autre et je sentis comme un coup de poing dans mon estomac. Il souffrait, et ça faisait peine à voir.

— Allez, mon grand. Je le pris dans mes bras et le serrai contre moi, en pensant à l'enterrement de nos parents, aux deux cercueils et à la main de Tom dans la mienne. Je pensai au moment où j'avais entendu la voix de mon père, claire comme le jour. Je pensai au vide que leur mort avait laissé, même celle de mon père, au fond de moi, et à la blessure perpétuelle du chagrin.

Mon père. Le mot m'étouffait.

À une époque, il avait été un bon père pour moi, mais ces souvenirs s'estompaient, et maintenant je ne pouvais plus me souvenir de lui autrement que comme la brute qu'il était devenu.

J'avais cessé de le considérer comme un père après ce qu'il avait fait. Certains pères ne méritent pas le titre de « papa », et il en faisait partie. Pourtant, tout le monde l'aimait tellement. C'est ce qui me touchait le plus quand je pensais à lui. Ils ne l'avaient jamais vu destructeur et dangereux, avec un estomac plein de whisky et un dégoût de soi si profond qu'il se répandait dans ses poings. Nous étions sa propriété. Que se passe-t-il lorsque la propriété se comporte mal ? On la frappe. Mais jamais le visage, parce qu'alors notre image extérieure de perfection se serait fissurée et tout le monde aurait compris.

La première chose que Tom a faite après la mort de notre père a été de se teindre les cheveux en noir. Je savais déjà qu'il cachait des bijoux gothiques dans ses poches pour les porter en dehors de la maison. Il avait l'habitude de porter autant de vêtements noirs qu'il le pouvait sans que notre père ne fasse de commentaires désagréables. Mais si Tom osait montrer une quelconque personnalité « alternative »... *paf.* Frappé. Et le code vestimentaire ne s'arrêtait pas à Tom : mes jupes étaient mesurées, mes hauts devaient être informes et à col montant. Sa fille ne devait pas ressembler à une salope.

La sienne.

Sa propriété.

Mais nous étions là. Ensemble. Plus forts. Vivants. Et il était là-bas, sous terre, bouffé par les vers.

Mais maman. Oh, elle me manquait. Les histoires qu'elle me racontait le soir en me bordant me manquaient, et aussi la façon dont elle me caressait les cheveux alors qu'elle pleurait. Elle pleurait beaucoup lorsqu'elle me disait bonne nuit - un murmure de pleurs, des larmes silencieuses coulant sur son visage. Le son de sa voix et les jolies robes qu'elle portait à la maison me manquaient. Ça me manquait de l'entendre fredonner lorsqu'elle préparait le crumble aux pommes et le pain qu'elle avait l'habitude de faire pour nous tous les week-ends. Elle me manquait tellement que même le fait de serrer Tom contre moi ne pouvait pas effacer le vide que sa mort avait laissé lorsque mon père avait craqué et nous l'avait enlevée.

Après une tasse de chocolat chaud, Tom monta se coucher et j'allumai mon ordinateur portable, avec l'intention de faire quelques recherches supplémentaires sur le harcèlement. Mais après avoir lu les mêmes histoires encore et encore, je décidai de taper un autre sujet dans le moteur de recherche : le meurtre de Maisie Earnshaw.

Bien sûr, j'avais déjà fait cela une fois quand j'avais commencé à Crowmont. Mais je m'étais arrêtée après avoir lu la page Wikipédia, ne voulant pas emprunter ce chemin sombre. Cette fois-ci, je voulais aller encore plus loin dans les détails sanglants.

Il y avait des articles de la BBC sur l'affaire et le procès. Il y avait des articles du *Guardian* critiquant la presse à scandale sur la couverture de l'affaire. Certains pensaient que les articles avaient été racistes en raison de l'ascendance indienne de Maisie. Des articles de fond avaient été rédigés au sujet d'Isabel et de ce que sa punition aurait dû être. De la réhabilitation à la pendaison.

Puis je trouvai d'autres articles d'opinion. Il ne s'agissait pas d'articles de presse, mais de blogs sur le meurtre et ce qui avait suivi la mort de Maisie. Beaucoup d'entre eux expliquaient pourquoi ils pensaient qu'Isabel Fielding était innocente.

J'inspirai profondément et m'écartai de mon ordinateur portable, j'avais besoin de prendre un moment. Il était plus de onze heures et j'aurais dû être sur le point d'aller me coucher, mais il y avait un feu en moi et il ne s'éteindrait pas tant que je n'aurais pas lu davantage. J'allai au réfrigérateur, je me servis un verre de vin et je continuai à lire.

Pour une raison que j'ignore, certains liens vers des articles de blog étaient déjà violets, ce qui montrait que j'avais déjà cliqué dessus. Mais au fur et à mesure que je les lisais, les informations me semblaient nouvelles. Tom avait-il utilisé mon ordinateur ? Ou peut-être étais-je en train de lire ces articles lorsque j'avais été somnambule. Je jetai un coup d'œil au verre de vin que je tenais à la main. Est-ce que j'avais beaucoup bu ces derniers temps ?

En sirotant lentement mon vin et déterminée à garder les idées claires, je lus les quelques articles du blog d'un certain James Gorden. Tous suggéraient qu'Isabel était soit innocente, soit qu'elle avait été poussée par son frère, son père, ou les deux, et une fois que j'eus commencé à les lire, je ne pus plus m'arrêter. Je dévorai tous les articles du blog et les commentaires, et je me sentis ivre avant d'arriver à la fin. J'étais ivre de vin et ivre des informations que je venais de lire.

Chapitre 11

Isabel examinait le formulaire d'inscription avec méfiance, le tournant dans un sens puis dans l'autre comme si elle allait trouver de nouvelles informations au verso, bien qu'il soit vierge. Ses sourcils étaient froncés lorsqu'elle me rendit la fiche, légèrement froissée.

— Ce n'est pas très long, fit-elle remarquer.

— C'est très facile de participer. As-tu choisi les pièces que tu vas envoyer ?

Elle me tendit l'illustration pour laquelle j'avais posé dans la salle commune et une aquarelle représentant un corbeau perché sur le bord de son nid.

— Je me sens mal de ne pas envoyer un dessin de Pepsi.

— Oh, je suis sûre qu'elle comprendra.

Nous avions passé la majeure partie de la matinée à emballer ses œuvres et à les apporter au bureau de poste. J'écrivis l'adresse du Koestler Trust au recto de l'enveloppe et je la mis dans la pile des envois prêts à être collectés. J'avais déjà signé le formulaire pour Isabel afin qu'elle puisse participer.

Et maintenant, je me sentais bien. Au moins, de cette façon, elle améliorait activement sa situation au lieu de rester là, de prendre ses médicaments et d'attendre que la vie lui échappe.

Après avoir terminé l'inscription d'Isabel, je sortis prendre ma pause cigarette et je restai un peu avec Alfie. Il semblait fatigué et mal en point, avec des cernes violets autour des yeux. Il ne dit rien pendant un moment, puis il me raconta une nouvelle histoire.

— L'ange de la mort, commença-t-il abruptement. Autrement connue sous le nom d'Alice Stone. C'était une jeune starlette en herbe dans les années 1920, qui menait la grande vie à Londres. À seize ans, elle a donné naissance à un enfant. Mais Alice était pauvre et vivait avec un père violent. Elle a étouffé le bébé dans son sommeil et son père l'a enterré quelque part. Je ne pense pas qu'ils ne l'aient jamais retrouvé. Alice était une jolie petite chose qui avait fait tourner la tête de quelques directeurs de casting à Londres. L'un d'entre eux a disparu peu après qu'Alice se soit présentée à une audition pour une pièce dans le West End. Une semaine plus tard, elle a trouvé son petit ami acteur au lit avec sa maîtresse. Dans un accès de rage, elle les a poignardés à plusieurs reprises avec un couteau de cuisine. Lorsque les policiers l'ont trouvée, elle était assise dans le jardin et regardait deux tombes peu profondes. Elle était assise là, à se balancer d'avant en arrière, dans une sorte d'état catatonique. Ils n'arrivèrent pas à lui faire dire quoi que ce soit. Les corps étaient toujours dans la chambre.

Alfie ne manquait jamais de me donner des frissons.

— Elle a aussi tué le directeur de casting ?

— Ils ont trouvé son corps à moitié déshabillé près de sa voiture abandonnée dans la forêt. Ils pensent qu'il a essayé de la violer, qu'elle s'est défendue et la tué en état de légitime défense.

— L'ange de la mort, murmurai-je. Quelle chance avait-elle de s'en sortir? Sans ressources, maltraitée par son propre père, et enceinte à seize ans.

— Oui, mais personne ne l'a obligée à tuer ces gens, dit Alfie. C'était son choix.

Mais était-ce le cas ? Avions-nous vraiment le choix dans la vie, ou n'avancions-nous tous pas au rythme de nos propres circonstances ? Après avoir tué cet enfant, elle avait été traumatisée et perturbée. Puis elle avait été à nouveau corrompue par les directeurs de casting, utilisée et recrachée, l'estomac rempli de promesses vides. Enfin, la personne qu'elle pensait aimer l'avait trahie de la pire des manières. Elle lui avait donné son corps. Elle pensait qu'il lui avait donné le sien. Mais elle avait réalisé qu'il donnait aussi son corps à une autre, et elle n'avait pas pu le supporter. Elle ne pouvait pas le supporter.

— Tu es plutôt indulgente avec les meurtriers. Alfie expira de la fumée et me sourit.

— Les meurtriers sont créés par la société, dis-je. Il y a toujours une raison à ce qu'ils font, si on cherche bien, si on creuse assez profondément.

Alfie se tourna vers moi, l'épaule appuyée contre le mur. Un sourire curieux se dessina sur son visage.

— Est-ce que c'est vrai pour toutes les mauvaises actions ?

— Comme quoi ?

— Comme voler, ou mentir, ou frapper sa partenaire dans un accès de rage.

Je n'aimai pas ça. Savait-il pour mon père ? Non, il ne pouvait pas savoir. J'étais trop sensible, voilà.

— Je suppose que oui.

Mais cela ne signifiait pas que je devais pardonner à mon père ce qu'il avait fait. Je ne le ferais jamais, et je m'accrocherais toujours à cette idée.

— C'est intéressant. J'aime beaucoup nos discussions. Alfie écrasa sa cigarette et s'éloigna.

* * *

Plus tard dans l'après-midi, Isabel descendit triomphante de la balance après s'être pesée.

— Cinq kilos en moins pour l'instant, déclara-t-elle. Mes joggings sont déjà un peu plus amples. Et j'ai une plus belle peau. Je suis tellement contente d'avoir décidé de faire ça.

Chi, qui passait par là s'arrêta pour féliciter Isabel.

— Continue comme ça !

— J'en ai bien l'intention, dit-elle en souriant.

— Lasagnes et frites ou salade de pâtes pour le dîner, qu'en penses-tu ?

— Vous devriez en parler à la cafétéria, Chi. On mange beaucoup trop de glucides ici. Hier, j'ai regardé une émission de cuisine à la télévision et ils ont parlé pendant des heures des glucides et de leur nocivité.

Chi me regarda avec surprise et agita un pouce en direction d'Isabel. Regardez-moi cette fille, là. Elle regarde des émissions de cuisine, elle mincit. Où est passée l'ancienne Isabel ?

— C'est grâce à Leah, dit Isabel avec un large sourire. Elle m'a beaucoup aidée. Je suis ravie que vous l'ayez engagée.

— Eh bien, c'est vrai que je prends de bonnes décisions, dit-il. Maintenant, Melle Smith, suivez-moi, s'il vous plaît. Nous avons une réunion du personnel.

— Très bien. À plus tard, Isabel.

Elle agita la main et nous nous dirigeâmes vers le couloir.

— Elle a l'air de s'améliorer, dit Chi. Nous n'avons jamais eu beaucoup de problèmes avec elle, mais depuis peu, elle sort davantage de sa chambre et fait même attention à ce qu'elle mange. C'est un bon exemple pour les autres patientes.

— Elles ne sont pas très gentilles avec elle. Je doute qu'elles prêtent beaucoup d'attention à ce qu'elle fait.

— Oh, détrompez-vous. Elles prêtent beaucoup d'attention à tout ce qu'elle fait. Une jeune fille comme elle, issue d'un bon foyer et tout le reste n'est pas accusée de meurtre tous les jours. Je sais qu'elles lui font des misères, mais elles sont aussi en admiration devant elle, vous savez ?

Je suivis Chi dans son bureau, surprise que nous ne nous retrouvions pas dans la salle du personnel ou dans l'une des petites salles de réunion habituellement réservées aux patients lorsqu'ils rencontraient leur psychologue.

— Tout va bien ? Je m'installai sur la chaise en face de son bureau, soudainement inquiète.

— Oui, dit-il. Et non.

— Ah.

— Tout d'abord, vous êtes une bonne infirmière, Leah. Je travaille ici depuis un certain temps. J'ai vu de bonnes et de mauvaises infirmières franchir ces portes. Vous êtes une bonne infirmière. Vous vous souciez des patientes. Vous êtes capable de voir au-delà de leurs crimes passés ou de leur éducation difficile, et vous leur parlez comme à des êtres humains.

— Eh bien, c'est ce qu'elles sont, répondis-je, me demandant ce qui allait suivre.

— C'est tout à fait exact. Chi tapotait la surface de son bureau. Je n'aimais pas cela. Il était nerveux et cela ne lui ressemblait pas. Mais il y a des problèmes.

— Très bien. Je m'adossais à ma chaise, essayant de rester impassible.

— Vous avez été en retard plusieurs fois. Ce n'est pas si grave... quelques minutes par-ci par-là. D'habitude, je ne m'inquiéterais pas trop, mais vous passez aussi un peu trop de temps sur vos pauses cigarette.

— Je peux arranger ça. Ce n'est pas un problème, dis-je. Je suis désolée d'avoir été en retard. Avec le déménagement et l'intégration de mon petit frère dans son nouveau lycée, je n'ai pas bien dormi. Mais les choses seront bientôt moins stressantes et je suis sûre que tout reviendra à la normale.

— C'est bien. J'en suis heureux. Il tapota son menton en réfléchissant, puis croisa directement mon regard. L'autre problème, c'est que vous passez beaucoup plus de temps avec Isabel qu'avec vos autres patientes. Il faut que cela change.

— Ah bon ? Je n'avais pas remarqué. Cette révélation fut un choc pour moi. J'avais passé du temps à poser pour elle afin qu'elle puisse me dessiner, mais je ne savais pas que je restais avec elle plus longtemps qu'avec les autres. Maintenant que j'y pensais je me rendais compte que Chi avait raison. J'avais consacré plus de temps à Isabel qu'à Tracy ou Emily. « Elle a été un peu vulnérable ces derniers temps. Certaines patientes l'ont insultée dans la salle commune et c'était de ma faute. Je l'avais encouragée à sortir de sa chambre. »

— Et c'était une bonne chose. Isabel a besoin de passer plus de temps avec d'autres personnes, et je suis heureux que vous lui ayez donné confiance en elle. Mais ne pensez-vous pas que vous pourriez aussi donner confiance à Tracy et à Emily ? Vous devez vous partager un peu plus. Je veux voir Tracy et Emily s'améliorer au cours des prochaines semaines.

— Désolée... je... je n'avais pas réalisé que je faisais ça. Je n'ai pas de favorites. Enfin, j'essaie de ne pas en avoir.

Chi commença à se lever de sa chaise.

— Nous avons tous des favorites, Leah. Allez, remettons-nous au travail. Il jeta un coup d'œil à sa montre. Oh, Sainte-Marie, je suis en retard pour une réunion avec le directeur. Il se précipita vers la porte et l'ouvrit en grand. Rappelez-vous ce que j'ai dit. Ce n'est pas parce qu'Isabel est innocente que vous devez lui donner la priorité. Traitez les autres de la même façon. Il se précipita dans le couloir et disparut.

Ce n'est que lorsque je commençai à me diriger vers la salle commune des patientes que je réalisai ce qu'il avait dit : *ce n'est pas parce qu'Isabel est innocente.*

Innocente.

Chapitre 12

Les mots de Chi résonnaient dans mon esprit en rentrant à Rose Cottage. Je n'avais pas eu l'occasion de lui demander pourquoi il pensait qu'Isabel était innocente. S'agissait-il d'un lapsus ? Pensait-il vraiment ce qu'il disait ? Est-ce que tout le monde à l'hôpital pensait qu'elle était innocente ? Les infirmières semblaient en tout cas s'intéresser à elle. Elles plaisantaient même avec elle maintenant qu'elle passait plus de temps en dehors de sa chambre.

Mais d'un autre côté, j'étais mortifiée de réaliser que j'avais fait passer Isabel avant les deux autres jeunes femmes dont je m'occupais. Chi avait raison - pourquoi n'avais-je pas appliqué le même enthousiasme à mon travail avec Tracy et Emily ? Pourquoi étais-je tant attirée par Isabel ?

Tom m'avait laissé un mot sur la porte du réfrigérateur. *Cours de soutien sur la dissertation.* Je savais qu'il était nerveux à propos de sa dissertation d'anglais pour l'examen et j'eus mal au ventre quand je réalisai que j'avais oublié. Je lui envoyai un message rapide avec des cœurs à la fin et je jetai un coup d'œil à ma montre. Je me demandais comment cela s'était passé avec Seb. La vue d'un des Braithwaites avec lui avait-elle pu effrayer suffisamment les petites brutes pour qu'elles s'arrêtent ?

Il me restait deux heures avant d'aller chercher Tom. Deux heures de solitude pour lire d'autres articles du blog de James Gorden. Si tant de gens avaient des doutes sur la mort de Maisie Earnshaw, cela signifiait que cela valait la peine d'enquêter.

Un mouvement flou attira mon attention, soulevant les cheveux fins de ma nuque. Une fine file de fourmis avançait en procession sur le plan de travail de la cuisine, aussi audacieuse que des soldats malgré les nombreuses méthodes que j'avais essayées pour tuer ces petites bestioles. J'ouvris le placard de la cuisine pour trouver l'anti-fourmi, j'en pulvérisai un peu dans l'air autour d'elles, les regardant se débattre contre le gaz toxique. L'acidité sèche de la pulvérisation atteignit le fond de ma gorge et provoqua une quinte de toux. Je reculai, fixant les fourmis qui se tortillaient.

— Isabel ne tuerait jamais une fourmi, me dis-je à voix basse. Elle ne ferait pas de mal à une mouche. Et moi, j'avais empoigné la bombe insecticide comme si cela ne signifiait rien.

Prise de vertiges, je m'assis à la table et m'essuyai le front du revers de la main. L'idée qu'Isabel soit innocente m'avait atteinte, à tel point que j'étais tendue de la tête aux pieds. Peut-être était-ce l'amalgame de tout : l'accumulation lente du stress quotidien, les brimades que Tom subissait, le déménagement à l'autre bout du pays, la vie dans une maison délabrée, un nouveau travail, l'innocence d'Isabel... Tout cela était en train de miner ma santé mentale comme un pic-vert sur un arbre. *Tac, tac, tac*. Et en même temps, *scratch, scratch, scratch*, mon passé me démangeait, et me démangeait encore.

Que se passe-t-il lorsque nous sommes lentement ébranlés ? Tout ce à quoi je pouvais penser à ce moment-là, c'était de continuer. Je me levai, je nettoyai le plan de travail et je m'assis pour faire mes recherches sur Internet, tout en gardant un œil sur l'heure. J'avais gardé le site de James Gorden en favori et je l'ouvris immédiatement. Comme je n'avais pas beaucoup de temps, je parcourus rapidement son blog à la recherche de ses coordonnées et je lui envoyai un courriel.

. . .

Cher James,

Je m'appelle Leah et je suis infirmière à l'hôpital Crowmont. J'aimerais beaucoup prendre un café avec vous pour parler de votre blog.

Costa Café à Hutton, samedi matin à 11 heures ? ça vous convient ?

Cordialement,

Leah

Lorsque j'eus cliqué sur « envoyer », mon pouls s'accéléra. Une migraine s'était formée sur mon front, d'une tempe à l'autre, lancinante, brumeuse, puissante. Qu'avais-je fait ? La règle numéro un pour travailler dans un hôpital de haute sécurité était de ne pas parler des patients. La confidentialité était la plus importante. Parlez à la presse et vous êtes renvoyé. Et pourtant, j'étais là, en train d'envoyer un courriel à un blogueur conspirationniste à propos de la tueuse d'enfants la plus célèbre de Grande-Bretagne. Je me sentais mal. J'essayai de récupérer l'e-mail, mais il était trop tard. Je me versai un verre d'eau, dans l'espoir de faire disparaître le malaise, mais j'eus un haut-le-cœur. Certaines infirmières ne prenaient pas ce genre de choses au sérieux. Certaines d'entre elles plaisantaient sur les choses les plus choquantes qu'elles avaient vues aux urgences ou racontaient à leurs amis la fois où une célébrité était arrivée en état d'overdose, mais pas moi. J'avais toujours pris mon travail au sérieux parce qu'il avait toujours été la seule partie de ma vie que je pouvais contrôler, que je pouvais faire mienne. Et maintenant, j'allais à l'encontre de tout ce en quoi je croyais.

Mais au fond de moi, je savais que je devais le faire. Si une jeune femme innocente était incarcérée pour un crime qu'elle n'avait pas commis, n'avais-je pas le devoir d'au moins examiner la situation ? Si cette jeune fille risquait d'être transférée dans une prison dangereuse, ne devais-je pas l'aider ? Rien ne m'empêchait de rencontrer James, de lui poser des questions et de ne rien lui dire en retour.

J'écartai de mes yeux des mèches de cheveux moites et respirai profondément. Voilà, maintenant j'avais un plan. Il était temps d'aller chercher Tom, je pris mes clés de voiture et je me dirigeai vers la porte de la cuisine. Alors que j'avais la main sur la poignée, un mouvement attira mon attention dans ma vision périphérique, sur la droite. Une autre colonne de fourmis était en train de cheminer le long de mon mur. Je l'ignorai et je sortis.

* * *

Le lendemain, au travail, je pris le temps de jouer aux dames avec Emily pendant une heure, lui parlant de ce qu'elle ressentait et de ce qui se passait à l'hôpital. L'avertissement de Chi avait résonné en moi, et je voulais faire du bien à toutes mes patientes.

— Vous n'êtes pas aussi bonne que Debbie, dit Emily. Je pourrais vous battre facilement.

— Je suis plutôt rouillée, admis-je.

— Pourquoi passez-vous autant de temps avec la tueuse d'enfants ? Elle me regarda droit dans les yeux et le défi que contenait son regard était clair. Elle était en colère, furieuse même que je montre autant de sympathie pour Isabel.

— C'est aussi une patiente ici, répondis-je, attentive à ne pas dire ce qu'il ne fallait pas.

Emily haussa les épaules.

— Quand j'ai réalisé que j'avais tué mon bébé, j'ai voulu mourir. J'ai passé des années à vouloir mourir. Elle retroussa une manche pour m'en montrer la preuve et un accès de dégoût me frappa l'estomac. Ces affreuses lignes rouges allaient plus tard envahir mes cauchemars. « Mais j'étais malade quand c'est arrivé. Je n'avais aucune idée de ce que je faisais, sauf que je pensais que c'était le mieux pour elle. » Elle baissa la manche avec une telle force que je craignis qu'elle ne se blesse. « Mais cette salope savait exactement ce qu'elle faisait quand elle a assassiné la petite fille. »

— Emily ! Tout le monde ici est une patiente. Cela signifie qu'elles sont ici pour se soigner. Isabel est malade et elle prend des médicaments comme toi. Elle mérite d'être traitée comme tout le monde.

Emily posa ses coudes sur ses genoux et approcha son visage du mien.

— Ils disent qu'elle vénère Satan. Ils disent qu'elle a gravé un pentagramme sur le dos de la petite fille et qu'elle l'a baignée dans du sang de mouton. Isabel faisait un sacrifice au diable.

— Ce n'est rien d'autre que des ragots malveillants, Emily. Nous n'étions pas là, nous ne pouvons donc pas porter de jugement sur un événement auquel nous n'avons pas assisté. Tu n'es pas contente qu'on t'ait donné une seconde chance et qu'on t'ait traitée avec gentillesse ?

— Oui. Mais j'étais malade.

— Isabel l'est aussi, lui rappelai-je.

— C'était un autre genre de maladie. Tordue. Isabel est tordue.

Je soupirai.

— Je comprends que le crime ait été dévastateur et qu'il suscite des sentiments très forts, mais n'as-tu aucune compassion pour Isabel ? Si elle a fait ça, c'est parce qu'elle était très malade.

Emily fronça les sourcils.

— Si elle l'a fait ? *Si* ? Vous pensez qu'elle est innocente !

— Ce n'est pas ce que je voulais dire. Je... je voulais juste dire que les seules personnes qui savent ce qui s'est passé sont Maisie, Isabel et son frère Owen.

— Son frère a dit à la police que c'était elle qui l'avait fait ! dit Emily. Tout le monde sait qu'elle l'a fait.

— Pas tout le monde.

Emily fit un roi avec ses pions et fit claquer les deux pièces ensemble. Elle émit un bruit de gorge plein de mépris.

— Peut-être qu'on devrait parler d'autre chose. Tu es allée à l'atelier de bricolage aujourd'hui ?

Elle hocha la tête et nous commençâmes à bavarder de tout et de rien. À la fin de la partie, je me sentis ébranlée. Je n'avais pas réussi à inspirer Emily comme je l'avais fait pour Isabel. Tout ce que j'avais réussi à faire, c'était de l'éloigner encore plus de moi. J'aurais dû savoir que la conversation devenait incontrôlable et qu'il fallait l'écarter du sujet d'Isabel. Pourquoi l'avais-je laissée se poursuivre jusqu'à ce que nous soyons toutes les deux agacées ? Peut-être le manque de sommeil avait-il altéré mon jugement.

J'aurais voulu parler à Chi de ce qu'il avait dit au sujet de l'innocence d'Isabel, mais il travaillait aux soins intensifs, car un nouveau patient venait d'y être admis. D'après l'infirmière qui avait été nommée responsable, il allait être absent pendant la majeure partie de la semaine. Le personnel de sécurité avait également changé et la femme de la réception avait démissionné pour travailler dans un cabinet de médecine générale. J'étais maintenant officiellement à Crowmont depuis assez longtemps pour voir à l'œuvre la forte rotation du personnel.

Après avoir emmené Isabel, calme et discrète, à son atelier d'art-thérapie, je fis une petite pause cigarette. Pour une fois, Alfie n'était pas là et je pus m'adosser au mur et réfléchir seule à mon séjour à Crowmont. Emily avait eu raison de s'interroger sur mes motivations, car même si j'avais des doutes sur la culpabilité d'Isabel, je ne devais pas laisser transparaître ces sentiments devant les autres patients. Pourtant, je repensais à l'aquarelle de l'oiseau moqueur qu'Isabel m'avait passée ce matin-là.

— De l'imitation, m'avait-elle dit. C'est ce que font les oiseaux moqueurs. Ils n'ont pas de chant propre à eux, alors ils adoptent celui des autres oiseaux. Certains peuvent imiter des sonneries ou les voix des gens. Ou les pleurs d'un bébé. J'ai lu l'histoire d'une mère qui s'était perdue dans les bois et était morte de froid parce qu'elle pensait avoir entendu un bébé pleurer. C'était un oiseau moqueur.

Le dessin était maintenant dans mon casier, attendant d'être ramené à la maison et ajouté à la collection d'oiseaux à accrocher à mon mur. J'avais une illustration de Pepsi - qui prenait maintenant du grain dans ma main et dans celle d'Isabel - un portrait de moi entouré de colombes, un pigeon, ma fenêtre entourée de merles, un oiseau moqueur et un moineau. Ma chambre était remplie de couleurs.

— B'jour.

La voix d'Alfie me tira de mes pensées avec un sursaut.

— Bonjour, répondis-je, surprise de ne pas avoir entendu la porte s'ouvrir. J'étais tellement perdue dans mes pensées que je m'étais encore coupée du monde extérieur.

— Tout va bien ?

— Très bien.

Alfie expira par le nez, comme s'il ne me croyait pas un instant.

— OK, d'accord.

Il tira sur sa cigarette et resta à côté de moi en silence. Même si nous avions passé de nombreuses pauses cigarette ensemble, nous n'avions jamais beaucoup parlé de nous-mêmes, ce qui me soulageait. Je détestais devoir couper court aux questions personnelles des autres infirmières : *Tu as un copain ? Tu as de la famille dans le coin ? Comment ça se passe avec ton petit frère ? ça doit être très dur de perdre ses deux parents en même temps.*

— Les meurtres du patio. Alfie rompit le silence à son habitude, en recrachant une bouffée de fumée. C'était en 1998. Liverpool. Un homme a déclaré avoir vu son voisin déterrer les dalles de sa terrasse à trois heures du matin. Il a pensé que c'était suspect et a téléphoné à la police. La police a creusé sous la terrasse et a trouvé cinq corps, toutes des prostituées du quartier. Mais le sixième corps était un bébé.

— Un bébé ?

Alfie acquiesça.

— La femme de Gary Hoskins, Lily, avait eu un bébé. Lily a étouffé le bébé et ils l'ont enterrée sous le patio avec les prostituées.

Je secouai la tête, l'air dégoûté.

« Gary et Lily Hoskins avaient eu cinq autres enfants. Tous vivants. »

Je tirai une bouffée de ma cigarette, je n'aimais pas cette histoire.

— C'est horrible.

— C'est vrai, admit Alfie. Les cinq enfants ont été interrogés par la police. Trois d'entre eux ont vu leurs parents assassiner des femmes dans la cave. Deux ont admis les avoir aidés.

— Putain ! Je frottai mes yeux fatigués et je regrettai d'être sortie pour ma pause.

— Lily est venue à Crowmont peu après sa condamnation. Ils pensaient que c'était une psychopathe. Je ne pense pas qu'ils appelaient ça trouble de la personnalité antisociale à l'époque. Elle était aussi handicapée mentale.

La chair de poule me parcourut les bras.

— Est-elle encore là ?

Alfie secoua la tête.

— Non, elle est morte l'année dernière. Cancer du sein.

— Tu l'avais déjà vue ? demandai-je.

— Non, répondit Alfie. Et j'en suis bien content !

Chapitre 13

Je n'ai jamais été particulièrement à l'aise avec les créneaux, ce qui faisait du village de Hutton un véritable cauchemar. Le mois de mars s'était lentement transformé en avril, amenant la première vague de touristes dans la région. Hutton était un joli endroit au milieu de la lande, ce qui le rendait idéal pour les randonneurs. C'est pourquoi le samedi où je rencontrai James Gorden était plus chargé que d'habitude et que les places de parking étaient rares.

Avec dix minutes de retard, en raison d'une tentative stressante de coincer ma Punto entre une Range Rover et une camionnette, je me précipitai vers le café Costa en transpirant sous mes vêtements. J'avais mal évalué la météo et je portais un cardigan épais et un jean alors qu'il faisait un temps parfait pour les t-shirts. J'avais encore du mal à m'habituer aux changements de température dans le nord. Vous pouviez avoir une brise hivernale et l'instant d'après, un soleil printanier éclatant réchauffait votre peau.

Dans cette salle remplie de gens de la classe moyenne et de randonneurs, James Gorden semblait une anomalie débraillée qu'il n'était pas difficile de repérer. Même si la photo qu'il avait mise sur son blog avait été prise sous un angle flatteur, je savais que c'était lui grâce à son t-shirt noir délavé et à sa barbe de trois jours. Une tasse de café et un brownie étaient posés sur la table devant lui.

— Je suis désolée d'être en retard, dis-je en posant mon sac sur la table et en prenant mon porte-monnaie. J'ai eu un mal de chien à me garer.

— Alors, c'est toi Leah ! Il me regarda de haut en bas comme si j'étais un spécimen de laboratoire, et le côté droit de sa bouche tressaillit. Ce n'est pas ce à quoi je m'attendais.

Son entrée en matière n'était pas non plus exactement ce à quoi je m'attendais, mais je décidai de l'ignorer et de passer à autre chose.

— Je vais me chercher une boisson. Je partis vers le comptoir en me demandant si j'avais pris la bonne décision de rencontrer cet homme. À part le blog, je ne savais rien de lui. Il se pouvait que ce soit un connard grossier et arrogant, et son premier commentaire le laissait supposer. D'un autre côté, il pouvait me donner des informations importantes sur Isabel, et n'avais-je pas le devoir d'écouter au moins ce qu'il en pensait ?

De retour à la table avec un café au lait, je me dis qu'il fallait laisser à James le bénéfice du doute. Peut-être qu'il ne sortait pas beaucoup et qu'il ne savait pas comment parler aux gens. Parfois, il est plus facile d'être un personnage Internet que d'être une personne réelle. J'avais suffisamment passé de temps sur des forums pour me faire grimacer de honte en pensant à mes publications et mes malheureux avatars. Une gorgée de mon café au lait m'aida à calmer mon anxiété, mais il y avait une chose que je voulais clarifier avant qu'elle ne disparaisse tout à fait.

— Je ne peux rien vous dire sur les patients ou la sécurité de l'hôpital. Je ne peux rien dire sur Crowmont.

— Alors pourquoi je suis là ? s'emporta James. Je viens de Rotherham, tu sais.

Je pouvais entendre le Yorkshire du Sud dans son accent, sa façon d'allonger les voyelles.

— Je suis désolée, dis-je. Mais j'ai une vraie raison de vous rencontrer. Je veux savoir ce que vous pensez d'Isabel Fielding. Croyez-vous sincèrement qu'elle est innocente ?

Il avait des lèvres pleines, étrangement sensuelles, qui se perdaient presque dans l'enchevêtrement de sa barbe. À ce moment-là, ses lèvres s'écartèrent lentement pour former un sourire complice.

— Tu travailles avec elle. Tu la connais. Tu la vois tous les jours et tu penses qu'elle est innocente. Il se pencha en avant sur sa chaise, excité. Je le savais, putain ! Je sais qu'elle est innocente. Je le sais, c'est tout.

— Mais comment est-ce possible ? Qui d'autre aurait pu le faire ? Vous ne pensez pas vraiment que c'est son père, n'est-ce pas ? Comment aurait-il eu le temps ? Malgré mes craintes, je devais admettre que c'était un soulagement de parler à quelqu'un de toutes les questions qui s'étaient accumulées dans mon esprit depuis que j'avais commencé à travailler à Crowmont.

James leva les mains avec enthousiasme et se pencha plus près de moi.

— C'est confidentiel, Leah. Il est important que tu ne parles à personne de notre conversation. J'ai testé quelques théories sur David Fielding. Je suis entré dans la propriété des Fielding pendant qu'ils étaient en vacances. J'ai parcouru la distance entre la porte de la cuisine et l'étang. Cela m'a pris moins de cinq minutes. Il leva cinq doigts. Trois minutes cinquante-sept secondes exactement. Combien de temps faut-il à un adulte pour tuer une petite fille à coups de matraque ? Un coup et... James haussa les épaules pour souligner la mort de Maisie Earnshaw. Ses yeux étaient animés d'une manière qui me dérangea.

— Mais les autres enfants - pourquoi n'ont-ils pas crié ? Pourquoi n'ont-ils pas appelé à l'aide ? Pourquoi auraient-ils laissé leur père tuer Maisie ? Et n'avait-elle pas des marques sur le dos ? Qui a fait ça ? Tout est plus logique si c'est Isabel et qu'elle a tellement effrayé son petit frère qu'il s'est figé. Je m'interrogeais sur tout cela depuis si longtemps que mes questions sortaient de ma bouche sans trop réfléchir. Ces doutes étaient la principale raison pour laquelle je continuais à revenir sur son innocence. Au fond de moi, j'avais l'impression de la connaître, de ne jamais l'imaginer commettre un crime, mais pouvais-je me faire confiance ? Pouvais-je faire confiance à mes sentiments ? Mes pensées et mes sentiments valaient-ils quelque chose face aux faits ?

— Le rasoir d'Occam.[1] James sirota son café. La conclusion la plus logique est généralement la bonne. Mais pas toujours. Je ne dis pas qu'il n'y a rien de mal dans cette famille. Je ne dis pas cela du tout. Il y a quelque chose de pourri au cœur de la famille Fielding, mais je ne pense pas que ce soit Isabel. Il croqua dans son brownie et sourit.

— Imaginons qu'Isabel soit innocente et que ce soit son père qui ait tué la petite fille. Isabel est incarcérée depuis des années, n'est-ce pas ? Les meurtriers qui tuent pour le plaisir finissent généralement par recommencer. Pourquoi David Fielding n'a-t-il pas tué d'autres enfants ?

James sourit encore et leva un doigt.

— Ah, mais comment savoir s'il n'a pas tué quelqu'un d'autre ? Et si David ou Owen, ou les deux étaient assez intelligents pour brouiller les pistes ? Et s'ils s'en étaient tirés pendant tout ce temps ? Tiens. James saisit son téléphone et afficha un site Internet. Les rapports de personnes disparues de ces dernières années. Tous dans la région du Yorkshire du Sud.

Il en fit défiler quelques-uns, mais je n'en compris pas l'intérêt. Ces avis de disparition concernaient des adultes, pas des enfants.

— Les victimes ne sont pas forcément des enfants. Il avait répondu à ma question implicite. Penses-y. Que se passe-t-il lorsqu'un enfant disparaît ? Les médias se déchaînent. Tous les grands journaux s'emparent de l'affaire. Que se passe-t-il si un loser sort pour acheter un paquet de cigarettes et ne revient jamais ? La plupart du temps, personne ne s'en préoccupe, car on suppose qu'il a fait une overdose dans un squat quelque part ou qu'il a sauté dans une rivière.

— Vous pensez que le vrai meurtrier pourrait choisir des victimes qui ne manqueraient à personne ? Comme des prostituées ou des sans-abri ?

— Exactement.

James sirota son café pendant que je laissais ses paroles s'imprégner dans mon esprit. Le problème, c'est qu'il y avait trop d'explications possibles pour le meurtre de Maisie et les avis de disparition. Toutes ses théories reposaient sur des bases fragiles et des spéculations.

— Avez-vous été voir la police ? demandai-je.

— Oui, répondit James. Ils croient toujours qu'ils ont la bonne personne et ils disent qu'il n'y a aucune preuve que David Fielding est un meurtrier ou que les personnes disparues aient été tuées. Apparemment, ils ne peuvent rien faire sans les corps. James avala une gorgée de son café et secoua la tête. J'aimerais bien m'introduire dans leur maison et la fouiller de fond en comble. Je sais que David Fielding est lié à toute cette histoire, mais je n'arrive pas à comprendre tout ça tout seul.

Je commençais à avoir l'impression que James avait créé une théorie du complot à partir de peu ou pas de preuves et je sentais ma détermination s'effriter. Et pourtant, il était possible qu'il ait raison. Je me tortillai contre les fourmillements dans mon estomac tandis que mon cœur oscillait d'un côté et mon esprit d'un autre. Je me revoyais à l'enterrement, avec le murmure de la voix de mon père à l'oreille. *Leah.* Peut-être que je ne pouvais faire confiance ni à mon cœur ni à ma tête.

— Je suis en train de te perdre, dit-il. Tu commences à penser que je suis obsédé par cette affaire, que j'en suis trop proche. Mais tu dois admettre que c'est bien plus compliqué que d'accuser Isabel Fielding d'être une ado psychopathe. Pourquoi une jeune fille venant d'un milieu aisé aurait-elle tué un enfant ? Les psychopathes comme John Wayne Gacy ou Fred West le sont à cause de leur enfance. Ils ne sont pas nés comme ça. Tu es infirmière psychiatrique. Tu comprends ça aussi, non ? Tu es une femme sensée, à ce qu'il paraît. Tu sais qu'il y a autre chose que ça. Tu sais que quelque chose ne va pas dans cette famille, pas seulement chez Isabel. Et tu veux apporter ton aide, hein ? Tu veux aider Isabel.

— Je ne sais pas. Je ne sais pas quoi faire. Elle... elle n'est pas comme... Je m'arrêtai avant de lâcher des informations personnelles. Il vaut mieux que j'y aille.

— Attends ! Il tendit la main pour prendre la mienne, mais il s'arrêta avant que ses doigts ne touchent les miens. Attends un peu. Je vais te montrer quelque chose. James sortit une sacoche de sous la table et en souleva le rabat pour sortir un dossier de format A4. Ce sont les lettres qu'Isabel m'a envoyées au fil des ans. Lis-en quelques-unes et tu verras par toi-même.

Je le regardai fixement, effarée.

— Vous êtes en contact avec elle ? Comment est-ce possible ?

— Cela fait deux ans que je lui écris. Il n'y a rien d'étrange à cela. Isabel a le droit d'avoir du courrier et elle a le droit de m'envoyer des lettres. Je sais que les lettres sont filtrées à l'entrée et à la sortie de l'hôpital, mais je voulais lui parler. Il haussa les épaules comme si ce n'était pas grave et me tendit la chemise.

Je soupirai et l'ouvris, en sortant la première feuille de papier. Elle était écrite à la main sur une petite feuille. Voir son écriture me rappela que nous avions rempli ensemble le formulaire pour le prix Koestler et que j'avais été fière qu'elle s'y inscrive. À présent, je ne savais plus trop quoi penser ni ce que j'allais lire.

1er juin 2015

Cher James,

. . .

Merci beaucoup pour cette lettre. C'est en fait la première lettre que je reçois depuis plusieurs mois et cela m'a fait sourire de savoir que vous pensiez à moi. Je la garderai précieusement dans mon bureau où je dessine mes oiseaux. J'ai joint un petit dessin au crayon d'un oiseau bleu, pour vous. Ils sont de bon augure. Ils représentent la joie spirituelle et le contentement général, ce que je vous souhaite, mon ami, ainsi qu'à moi-même.

La vérité est que je ne suis pas heureuse pour le moment, mais j'espère l'être un jour. S'il vous plaît, ne lisez pas ceci en pensant : « Peut-être qu'elle est folle alors ! Son esprit est dérangé ! » Ce n'est pas du tout ce que je veux dire. Tout ce que je pense, c'est que je peux améliorer ma santé mentale. Nous devrions tous nous améliorer. Nous devrions tous nous efforcer d'être meilleurs.

Meilleur que quoi ? Est-ce là la question brûlante que vous souhaitez poser ? Mieux qu'une meurtrière ?

Mais je ne peux pas répondre à votre question, car, en vérité, je ne me souviens pas de ce qui s'est passé avant l'arrivée de la police ce jour-là. Je l'ai dit à chaque fois qu'on me l'a demandé. Je ne me souviens toujours pas de ce qui s'est passé, et je ne suis pas sûre de vouloir m'en souvenir un jour. Peut-être qu'un jour je m'en souviendrai. Les psychologues veulent certainement que je m'en souvienne.

Je vous remercie pour votre lettre, et je vous remercie d'avoir exprimé votre conviction que je ne suis pas la tueuse au cœur froid que le reste du monde croit que je suis. Peut-être que oui, peut-être que non. Je crois que je serai la dernière à le savoir !

Bonheur à vous, James !

Isabel

Cela lui ressemblait, je ne pouvais pas le nier. Le papier respirait la clarté au point que je dus le poser et fermer les yeux un instant.

— Elle n'a pas l'air d'une tueuse, n'est-ce pas ? dit James.

— Cela ne veut rien dire. Certaines personnes souffrant de troubles mentaux se dissocient de leurs tendances violentes.

— Et Isabel a-t-elle déjà été violente à Crowmont ?

Je ne répondis pas à cette question. Au lieu de cela, je pris une autre feuille de papier.

30 juillet 2015

Cher James,

Je suis ravie que vous ayez apprécié l'oiseau bleu ! Je m'en doutais. Aujourd'hui, je vous ai peint une petite chouette. Elles représentent ce que l'on peut imaginer : sages, contemplatifs et éclairés, ce que je suppose que vous êtes.

Je vous remercie d'avoir créé un blog sur mon innocence, mais je crains qu'il n'attire trop l'attention sur l'affaire. Cela fait longtemps maintenant et je ne suis pas sûre d'avoir encore envie qu'on parle de moi. Ce qui est fait est fait ! Je suis bien traitée, j'ai des médicaments qui m'empêchent de me mettre en danger ainsi que pour les autres, et j'ai une pie de compagnie. Elle s'appelle Pepsi et je l'ai sauvée quand je l'avais trouvée avec le pied coincé dans une boîte de conserve.

Je suis désolée de vous décevoir, mais j'ai eu une enfance charmante. Owen pouvait être une peste, mais c'était mon frère et je l'aimais. Nous jouions comme des enfants normaux, nous construisions des cabanes, nous partagions nos jouets. Si vous insinuez que vous pensez qu'Owen a tué la petite Maisie, je ne le crois pas du tout. Il n'avait que onze ans, et c'était un petit garçon normal. Il me manque ! J'espère qu'il viendra me rendre visite quand il aura dix-huit ans.

Mes parents ne viennent plus me voir. Ils ont essayé pendant un certain temps, mais c'était trop pour eux. Ils m'ont soutenue pendant les interrogatoires de police et le procès, mais ils ont décidé que je n'étais plus leur fille. Ne les jugez pas trop sévèrement, ils ont fait ce qu'ils pensaient être juste. Que feriez-vous si votre enfant tuait un autre enfant ?

Honnêtement, je m'en suis accommodée. Je ne me souviens pas de l'événement, mais je suis presque sûr que j'ai dû le faire dans une sorte de transe étrange. C'est la seule chose qui ait un sens, n'est-ce pas ? À moins d'être possédé par un démon ou contrôlé par un extraterrestre. Croyez-moi, j'ai cherché toutes les explications possibles pour comprendre comment cela avait pu se produire !

Peut-être qu'un jour je pourrai me pardonner, mais pour l'instant, je ne pense qu'à la famille de Maisie. J'ai mal au cœur pour eux.

Je vous souhaite le meilleur,

Isabel

J'en lus d'autres, mais elles étaient toutes très similaires. Dans chaque lettre, Isabel exprimait des remords et assumait la responsabilité de ce qui s'était passé le jour de la mort de Maisie Earnshaw. Mais elle n'admettait jamais avoir tué Maisie, restant inflexible sur le fait qu'elle ne se souvenait de rien à propos du jour de sa mort.

— Rien de tout cela ne prouve quoi que ce soit, dis-je. Sauf qu'elle ne se souvient de rien.

— Tu ne crois pas qu'on dirait qu'elle couvre quelqu'un ? dit James en pointant le doigt sur la dernière lettre.

Tout ce que je veux vous dire, James, c'est que je ne me souviens pas, et à ce stade, je ne suis pas sûre de m'en souvenir un jour.

Ce furent les derniers mots qu'elle lui adressa avant que la correspondance ne s'arrête.

— Peut-être, acceptai-je finalement.

Chapitre 14

Pye le chat me laboura les chevilles pendant que je fouillais dans mon sac pour trouver les clés de la maison. En même temps, je faillis trébucher sur la douzaine d'œufs laissés sur le pas de la porte avec un mot de Seb : *On en avait trop*. Je ris et secouai la tête à la lecture de ce mot laconique. Rangeant la boîte d'œufs sous mon bras, j'entrai dans la petite cuisine et je fermai la porte à clé derrière moi. Le son de la musique métal-pop de Tom filtrait par les escaliers de l'étroite maison, remplissant chaque recoin de guitares. Mais cela ne me dérangeait pas, car cela donnait de la vie à l'endroit. Je laissai les œufs sur le plan de travail et je me précipitai à l'étage.

Le visage pâle de Tom était presque luminescent à cause de la lumière blafarde de l'écran de l'ordinateur portable. Il commença par dire : « Hé... », mais je ne le laissai pas finir.

Au lieu de cela, je traversai la pièce en deux enjambées et je le serrai fort dans mes bras avant même qu'il ne comprenne ce qui se passait.

— Put... mais qu'est-ce qui te prend ? Tu vas mourir ou quoi ?

Je pris son visage dans mes mains et déposai un baiser sur son front.

— Je suis juste contente qu'on soit partis de cette maison à Hackney.

Il n'y avait rien d'autre à dire. Nous savions tous les deux ce que c'était que de vivre avec nos parents. Nous étions deux des trois personnes sur cette planète à avoir vu de près les colères de mon père. Ma mère, qui reposait en paix, était celle qui les connaissait le mieux.

— Moi aussi. Tom ferma son ordinateur et le mit de côté. Merci. Son visage rougit d'embarras.

— Merci pour quoi ?

— Pour ne pas m'avoir laissé dans une famille d'accueil ou je ne sais quoi. Il haussa les épaules d'un air faussement nonchalant, mais je voyais bien à la façon dont ses joues étaient devenues écarlates que cela signifiait beaucoup, et qu'il luttait contre l'embarras de l'adolescence pour me dire à quel point cela comptait.

Une larme me monta aux yeux, mais je l'ignorai et je dis :

— Ça sent l'ado ici. Ouvre la fenêtre. Je vais te chercher du Febreze.

— OK. Il haussa les épaules et reprit son ordinateur.

— Alors… tu t'es fait déposer par Seb ?

Tom acquiesça.

— Et ?

Il haussa les épaules.

Je soupirai.

— Ils te laissent tranquille, Tom ?

— Oui !

Je n'étais pas convaincue, mais je décidai de ne pas insister davantage.

Et c'est ainsi que nous revînmes à la normale. Nous étions redevenus la sœur rasoir et l'adolescent bombardé d'hormones, mais en même temps, je me sentais un peu plus légère. Sur le chemin du retour, j'avais pensé aux Fielding et aux meurtres inquiétants dont Alfie m'avait parlé à l'hôpital. J'avais une expérience directe du noyau pourri d'une famille. Pour nous, c'était mon père. L'homme que tous les voisins venaient voir quand ils avaient un problème. C'est lui qui faisait démarrer leur voiture, qui les aidait à monter un hangar ou qui les accompagnait au pub pour boire un verre. Et pendant un certain temps, c'est ce qu'il avait été pour moi aussi : un père superhéros au sourire facile avec toujours une blague amusante sur les lèvres. Parfois, je me dis que c'est tout ce qu'il voulait être. Mais malheureusement, il ne l'avait pas en lui, et un jour, tout avait changé pour toujours. Je fermai les yeux et bloquai mes pensées.

— Tu as l'air bizarre.

J'ouvris les yeux pour voir Tom qui me regardait avec une expression entre l'exaspération et l'inquiétude.

— Merci.

Je roulai les yeux pour exprimer mon sarcasme.

— Tout va bien ?

— Oui, juste pleins de trucs qui se passent au travail. Qu'est-ce que tu fais ce soir ? J'ai été payée, on peut se permettre des choses maintenant. Tu veux aller au cinéma à Hutton ? Ils l'ont rénové avec des sièges confortables et un café, apparemment.

— Je dois finir ma dissertation, dit-il. Peut-être le week end prochain.

— D'accord, mais ne reste pas dans ta chambre toute la journée. Sors au moins un peu pour te promener. Tu sais qu'on vit dans une région d'une beauté exceptionnelle, hein ? Il n'y a pas de vomi ou de préservatif à tous les coins de rue ici.

Il secoua la tête, mais esquissa un sourire.

— OK, si ça peut t'empêcher de me harceler.

Mais je savais qu'il ne le pensait pas. *Trop tard, Tommy, je sais déjà que tu aimes ton emmerdeuse de sœur.*

Après avoir laissé Tom devant la lueur fluorescente de son ordinateur, je décidai de suivre mon propre conseil et d'aller me promener. Au bout de notre route, on pouvait rejoindre un chemin de terre séparé qui menait à la ferme des Braithwaites, ou continuer dans la direction opposée sur la lande qui s'étendait dans la North York Moor du National Trust. C'était un endroit bien connu des randonneurs, mais nous les voyions rarement au-delà du cottage. Ils se rendaient généralement sur la lande en empruntant les sentiers publics qui partaient du village et remontaient à travers les collines jusqu'aux landes plus plates qui surplombaient Hutton et ses environs.

L'une des premières choses que j'avais faites après avoir emménagé dans le cottage avait été d'acheter une carte des chemins autour de la maison. Je n'étais pas sûre de ne pas me perdre. J'étais là, tel un rat des villes lâché dans la campagne, sans savoir comment m'orienter si je me perdais. En enfilant mes baskets et en glissant la carte dans la poche de mon jean, je me vis comme un poisson qui s'agitait désespérément en dehors de son bocal. Je comprenais enfin ce vieux cliché, mais j'étais déterminée à changer ma situation. Je m'intégrerais ici. Tom se ferait des amis. Je trouverais la paix loin de l'agitation incessante de Londres, et je tournerais enfin la page de la mort de mes parents. Je gratterais cette démangeaison de chagrin qui n'avait jamais abandonné, pas même un instant, je rattraperais chaque morceau brisé qui tombait de mon âme et je les rassemblerais tous.

Je guérirais.

Mais pour l'instant, en sortant du cottage et en m'engageant dans la partie déserte de la lande, je décidai de penser à Isabel Fielding et à sa famille. James Gorden était un peu excentrique et peut-être pas le meilleur pour les relations sociales, mais certaines des choses qu'il disait avaient du sens. Il était bizarre qu'Owen n'ait jamais appelé à l'aide, et il était étrange que David Fielding ait disparu quelques minutes avant que Maisie ne soit retrouvée. Isabel avait insisté pendant sept ans sur le fait qu'elle ne se souvenait pas de ce qui s'était passé ce jour-là. Je n'étais pas une experte en pertes de mémoire, mais sans traumatisme crânien, cela semblait peu probable. Soit elle mentait, soit elle avait subi une sorte de rupture émotionnelle qui lui avait fait oublier ce qui était arrivé à Maisie.

Un mensonge sur ce qui s'était passé ce jour-là signifiait-il qu'elle était capable de commettre un meurtre ? Cela signifiait-il qu'elle était capable de mentir sur sa personne pendant toutes ces années ?

Un paysage accidenté s'étendait devant moi, des rochers déchiquetés émergeant de la terre sombre et moussue, et tout ce que je voyais, c'était le meurtre. Le meurtre de ma mère. Le meurtre de Maisie Earnshaw. Où était la justice pour Maisie si Isabel était innocente ? Qu'est-ce qui n'allait pas dans ce monde si les coupables n'étaient jamais punis pour leurs crimes ? Mon père n'avait jamais été puni. Il s'était suicidé avant que quiconque puisse l'obliger à passer en jugement. Je détestais l'idée de le savoir en paix et j'aspirais à ce que l'enfer existe, uniquement pour le punir de ce qu'il avait fait.

La brise de printemps se rafraîchit sur ma peau avant que je ne me rende compte que je pleurais. J'avais pris une décision, et il n'y avait plus de retour en arrière possible.

* * *

Le samedi suivant, des nuages sombres tachetaient le ciel au-dessus de la M1. À deux reprises, je dus mettre en marche mes essuie-glaces lorsque la bruine s'abattit sur le pare-brise et, à chaque fois, je pestai alors que l'eau s'étalait sur la vitre, gênant ma vision. J'avais besoin de nouveaux essuie-glaces.

Je n'étais jamais allée à Rotherham auparavant. Lorsque j'atteignis la ville, elle m'apparut aussi grise que le ciel nuageux, bordée de maisons identiques dans des rues identiques. Mais ma destination n'était pas Rotherham même ; elle se trouvait à la périphérie, à côté d'une longue étendue de verdure près du club de golf. Je tournai dans une allée privée bordée d'un bois clairsemé. L'allée menait à une grosse maison moderne, avec une longue pelouse, des murs blancs et de grandes baies vitrées. Une fontaine se dressait au centre d'un parking circulaire. Lorsque je vis l'endroit, je déglutis nerveusement, consciente que ma vieille Fiat Punto jaune verdâtre n'était pas à sa place dans ce lieu grandiose. Même à l'entrée, je m'étais sentie ridicule de donner à un interphone la raison de ma présence ici. J'avais menti en disant que j'étais une amie d'Owen, espérant que ce mensonge me permettrait au moins de franchir la porte d'entrée.

Ma main tremblait lorsque je frappai le heurtoir. Qu'est-ce que je faisais ici ? Je voulais des réponses à mes questions. Aider Isabel. Découvrir la racine du mal au sein de la famille Fielding. Eh bien, j'étais là, à quelques mètres de l'endroit où le meurtre brutal de Maisie Earnshaw avait été commis. En regardant à droite, je pouvais voir les bois où elle avait été matraquée à mort. Derrière ce monticule herbeux se trouvait la mare aux canards où son corps avait été retrouvé, ses boucles brun foncé submergées par l'eau s'étalant autour d'elle.

La porte s'ouvrit.

— Leah ? Les yeux marron d'Owen s'écarquillèrent et, pour la première fois, j'y vis Isabel. Chaque fois qu'Owen rendait visite à Crowmont, je remarquais généralement à quel point leurs traits étaient différents. Le visage d'Owen était étroit avec un menton pointu alors qu'Isabel avait plutôt un visage en forme de cœur, arrondi plutôt que pointu. « Tout va bien avec Isabel ? »

— Oui. Désolée de débarquer comme ça, mais j'espérais... voulais...te parler et peut-être à tes parents.

— D'accord, dit-il. Il n'avait pas l'air de s'interroger sur l'éthique de la situation, ce qui était une bonne chose. Entrez. Je vais demander à Irina de vous apporter un café. Nous avons une nouvelle machine qui fait des cappuccinos et des macchiatos. Qu'est-ce que vous préférez ?

— Un américano, c'est parfait. En suivant Owen dans la belle maison des Fielding, je remarquai pour la première fois qu'il était négligé et débraillé, avec des cheveux pas très propres, un pantalon de pyjama et un t-shirt ample. Il se frottait les yeux et marchait avec les épaules tombantes - tous les signes révélateurs d'une terrible gueule de bois.

— Tu es sorti hier soir ?

— Je suis allé dans un casino à Leeds. Je pense que je suis rentré à la maison vers trois, peut-être quatre heures. Il haussa les épaules. Le côté positif, c'est que j'ai gagné quelques centaines d'euros au poker. Mais mon père est assez énervé par cette histoire. IRINA !

Sa voix tonitruante me fit sursauter, me surprenant par son volume. Owen était un jeune homme mince, mais lorsqu'il criait, c'était comme si un boxeur d'un mètre quatre-vingt-dix était entré dans la pièce. Il me fit traverser un long salon ouvert qui donnait sur l'arrière du domaine et sur les vastes pelouses qui descendaient vers les bois. Mes yeux s'arrêtèrent sur le patio où les quatre parents avaient été assis en train de boire des cocktails pendant qu'Isabel avait soi-disant assassiné Maisie, âgée de six ans.

J'avais vaguement conscience qu'Owen m'appelait, mais les mots me parvenaient à peine à travers le bruit du sang qui battait dans mes oreilles. Une vague de vertige faillit me faire basculer sur le côté.

— Ah, vous êtes donc là pour ça.

M'extirpant du vertige, je me tournai vers Owen, qui fronçait les sourcils d'un air résigné.

— Qu'est-ce que tu veux dire ?

Il me montra les portes-fenêtres qui donnaient sur le patio.

— Vous êtes là pour ça. Vous voulez en savoir plus sur cette journée. C'est généralement pour cela que les gens viennent ici.

— Je suis désolée… je… Je laissai tomber, ne sachant pas trop ce que je pouvais dire pour améliorer la situation.

— IRINA ! Owen hurla, me faisant faire un pas en arrière.

Une domestique aux cheveux blonds arriva en trombe d'une autre pièce. Son regard dirigé vers Owen était d'un mépris meurtrier.

— Oui.

— Un américano pour Leah et un espresso pour moi.

Irina posa les deux mains sur ses hanches et dit avec un fort accent d'Europe de l'Est.

— Servir n'est pas dans mes attributions, monsieur.

— Oh, c'est bon, j'ai une sacrée gueule de bois, et en plus, si tu ne le fais pas, je dirai à mon père que c'est toi qui as cassé son presse-papier, pas le chien.

L'expression meurtrière d'Irina se transforma en peur. Sans un mot de plus, elle tourna raide sur ses talons et quitta la pièce.

— Asseyez-vous. Owen fit un signe de la main vers les canapés disposés en carré à côté des portes.

Je m'assis de côté par rapport à la fenêtre pour ne pas avoir à faire face au patio. Je ne pouvais pas regarder l'endroit où, toutes ces années auparavant, David et Anna Fielding s'étaient assis avec les Earnshaw et avaient décidé de laisser leurs enfants jouer à l'abri des regards. Était-ce étrange que les Fielding n'aient jamais quitté cette propriété ? Je ne pouvais pas imaginer rester dans la maison où une jeune enfant a été assassinée. Mais peut-être était-ce la raison pour laquelle ils étaient toujours là. Qui achèterait cette maison en connaissant son histoire ?

Owen s'installa sur un canapé en cuir blanc en face de moi, croisant une jambe sur l'autre, se penchant en arrière jusqu'à presque s'enfoncer dans le cuir. Bien que sa posture soit presque complètement détendue, il semblait y avoir une tension sous-jacente, car son pied s'agitait de manière frénétique.

« Vous allez cracher le morceau, Leah ? dit-il, ses petits yeux marron rencontrèrent les miens avec une férocité intense. Vous avez fait tout ce chemin depuis Hutton pour une raison, n'est-ce pas ? Qu'est-ce que vous voulez savoir ? »

Ma bouche s'ouvrit sous la surprise au moment où Irina entrait dans le salon avec deux tasses. Owen avait tout à fait le droit de me défier. J'avais fait irruption chez lui sans préavis, pour la seule raison de raviver un souvenir douloureux datant de sept ans. Je n'avais aucun droit d'être ici. J'étais l'infirmière d'Isabel ; mon devoir était de m'occuper d'elle et rien d'autre. Mais pour une raison ou une autre, je ne bougeai pas. Au lieu de cela, je pris la tasse de café que me tendait l'employée des Fieldings.

— Je suis désolée, finis-je par dire. Je ne voulais pas m'imposer, même si je sais que c'est exactement ce que je fais. Cela doit être un choc de me voir ici, dans ta maison, compte tenu de mon métier et de l'endroit où je travaille. Je sirotai mon café en essayant de voir si Irina avait quitté la cuisine et si elle était hors de portée de voix.

— Je n'avais pas l'intention de m'énerver, dit Owen. Vous faites beaucoup pour Isabel et je vous en suis... nous vous en sommes... reconnaissants. Papa et maman ne viennent peut-être pas la voir, mais je sais qu'ils se soucient toujours de son bien-être, et vous en faites partie, alors merci pour ça. Mais vous avez raison. C'était plutôt déstabilisant de voir l'infirmière psychiatrique de ma sœur malade mentale sur le pas de la porte.

Je posai ma tasse de café et tentai de me ressaisir pour mieux m'expliquer.

— Je sais de quoi a été accusée Isabel, mais malgré cela, j'ai appris à l'apprécier. Elle s'est montrée sensible et talentueuse. Je ne sais pas si elle a fait ça dans une sorte de crise où elle n'était pas elle-même, ou si je me trompe, ou encore s'il y a une autre explication. Mais je pense que je lui dois d'avoir eu envie d'en savoir plus sur ce qui s'est passé ce jour-là. Je sais que tu as déjà dû passer par tout cela avec la police et les psychologues, et je sais que je ne suis pas vraiment qualifiée pour enquêter sur ce sujet. Je perdrais probablement mon travail si mon patron savait que je suis ici, et Dieu sait que j'ai besoin de ce travail, mais quelque chose m'a poussée à venir, et je sens que je dois aller jusqu'au bout. Lorsque j'eus fini de parler, je frottai nerveusement mes paumes contre mon jean et attendis la réaction d'Owen.

Owen soupira.

— D'accord. Il me lança un sourire éclair. Vous êtes trop gentille, vous savez ? Vous m'avez conquis. Il marqua une pause et passa une main dans ses cheveux ébouriffés. Owen semblait plus âgé que son âge et avait bien plus d'assurance que ce que j'avais l'habitude de voir chez un adolescent. Les réflexions de James Gorden sur Owen me revinrent à l'esprit. Il avait vu en Owen une sorte d'enfant génie. L'arrogance viendrait-elle du fait de savoir que l'on est incroyablement intelligent ? Est-ce que c'est ce que je voyais chez Owen ? Ou bien est-ce que je réfléchissais trop à son comportement ? Qu'est-ce que vous voulez savoir sur ce jour-là ?

— As-tu vu Isabel tuer Maisie ? demandai-je, la voix beaucoup plus basse que je ne l'aurais voulu. Même si j'avais l'avantage de l'âge, Owen avait l'avantage de la confiance et cela me transformait en petite souris docile.

— Oui, dit-il. Mais il fit une pause et son pied s'immobilisa. Il fouilla dans la poche de son pyjama et en sortit un paquet de cigarettes et un briquet. Vous en voulez une ?

Je tendis la main vers lui et j'en pris une. Une fois nos cigarettes allumées, nous nous adossâmes chacun à notre siège.

« Comme je l'ai dit à la police, je l'ai regardée tuer cette gamine. »

La déclaration resta en suspens pendant au moins deux bouffées de ma cigarette. C'était si simple, si définitif. Ce n'était pas du tout ce à quoi je m'attendais. Est-ce que je le croyais ?

— Mais tu étais jeune. Et traumatisé.

Il haussa les épaules.

— Mais ceci. Mais cela. Les gens qui la croient innocente trouvent toujours un moyen d'expliquer tout cela. Je l'ai vue tuer cette gamine. Point.

— Il y a une maladie appelée syndrome de la fausse mémoire…

— Je sais. J'ai vu des psychologues. Beaucoup. Certains pensaient que j'avais raison, d'autres que cette histoire de faux souvenirs pouvait être vraie. Je n'y crois pas du tout. J'ai vu Isabel tuer cette gamine et c'est tout. J'aime ma sœur et je suis désolé pour elle, et pour la petite Maisie, mais la place d'Isabel est dans un hôpital psychiatrique. Je suis sûr que ce n'est pas ce que vous voulez entendre, mais c'est ce que je sais, alors… Il haussa à nouveau les épaules. Son attitude était nonchalante et sa voix blanche, comme si nous parlions du temps qu'il fait ou de l'endroit où nous allions partir en vacances cette année.

Alors que je m'apprêtais à poser d'autres questions à Owen, la porte d'entrée de la maison s'ouvrit et j'entendis les pas de deux personnes. Un gros rire tonitruant retentit à travers les pièces ouvertes, puis un homme aussi grand que son rire entra dans le salon.

— Bonjour, dit-il en me regardant. Je suppose que vous êtes la propriétaire de la Punto jaune qui se trouve devant la maison ? Je suis soulagé. Je pensais qu'Owen avait encore son dealer dans les pattes.

— Va te faire foutre, papa. Owen roula des yeux et jeta de la cendre dans sa tasse.

Je me levai lentement, incapable de détacher mon regard de l'homme en face de moi. De ses yeux à la forme légèrement arrondie de son visage en passant par la couleur de ses cheveux, la ressemblance avec Isabel était presque troublante. À côté de lui se trouvait une femme petite et mince, toute de blanc vêtue, mais je la remarquai à peine.

— Je m'appelle David, dit-il. Et vous êtes ?

— Leah, répondis-je. Je suis l'infirmière psychiatrique d'Isabel.

Chapitre 15

J'aurais pu concocter un mensonge en disant que j'étais une amie d'Owen et m'enfuir de cette maison aussi vite que mes jambes pouvaient me porter, mais je ne le fis pas. La réponse d'Owen à mes questions n'avait pas calmé mon intérêt pour ce qui s'était passé le jour de la mort de Maisie, elle avait servi à alimenter une soif encore plus grande pour la vérité parce qu'Owen pouvait facilement mentir. Pourquoi montrait-il si peu d'émotions à propos du jour où sa sœur avait assassiné une enfant sous ses yeux ? Je n'arrivais pas à comprendre son approche froide et objective de ce qui avait dû être le jour le plus sombre de son existence.

Mais il n'y avait pas qu'Owen. Dès que David Fielding avait franchi la porte, j'avais ressenti une étrange attirance pour lui qui me fit presque perdre pied. Il était séduisant, c'était évident, mais ce que je ressentais n'était pas une attirance sexuelle ou une quelconque alchimie, c'était plus profond que cela. David Fielding possédait ce que l'on ne peut décrire comme du magnétisme. Avant de le rencontrer, je pensais que le charisme magnétique faisait partie du monde imaginaire d'Hollywood, avec ses stars de cinéma aux dents blanches et aux pommettes saillantes, mais là, un homme venait d'entrer dans une maison de

Rotherham et captivait mon regard avec les mêmes yeux que sa fille.

Anna Fielding s'avança et me tendit la main.

— Enchantée, Leah. Je m'appelle Anna.

Je pris sa petite main froide et la serrai doucement, craignant de la briser. Anna Fielding était aussi insignifiante que la présence de son mari était imposante. Avec son jean et sa chemise en lin blanc, elle n'était guère plus qu'un meuble à l'intérieur de leur maison, se fondant avec la moquette.

Elle sourit faiblement et lâcha ma main, enregistrant à peine ce que j'avais dit. En revanche, David continuait à m'observer d'un œil inquisiteur. Pendant tout ce temps, il resta vide d'expression, cachant ce qu'il pensait. Alors qu'un silence pesant s'installait dans la maison des Fielding, je me demandai s'il n'était pas trop tard pour sortir précipitamment de chez eux et retourner à Hutton sans me retourner. Si j'avais raison au sujet d'Isabel, une ou plusieurs de ces personnes pouvaient être des meurtriers. L'Americano se retourna dans mon estomac et l'air devint très calme. Je me rendis compte que je n'avais pas respiré depuis un moment.

— Isabel va bien ? demanda David. Il jeta un coup d'œil rapide à sa femme, puis à moi. Anna Fielding s'éloigna de nous, choisissant de s'asseoir sur l'un des canapés et d'ouvrir un magazine. J'étais sûre qu'elle n'avait pas du tout retenu ce que je lui avais dit.

— Oui, elle va bien. Je ne sais pas trop comment expliquer ma présence ici. Je...

— Elle est ici pour obtenir des réponses, dit Owen en exhalant de la fumée dans la pièce. Comme tous les autres.

Pour la première fois, je me rendis compte que je fumais dans la maison de David Fielding. Je me retournai rapidement et jetai ma cigarette dans mon café

— Je ne vois pas d'inconvénient à ce que vous fumiez, dit-il avec un petit rire. Anna, qu'avons-nous prévu pour le dîner de ce soir ?

Comme sa femme ne répondait pas, David leva la main et fit claquer ses doigts. « Anna ! »

— Oui ? Elle posa le magazine sur son genou et leva enfin les yeux.

— Quels sont nos projets pour le dîner ?

La petite femme haussa les épaules.

— Ce qu'Irina veut bien préparer.

— Pourquoi ne pas vous joindre à nous ? David se tourna vers moi et haussa les sourcils d'un air exagéré du style « pourquoi pas, ça pourrait être amusant ».

Avant même de m'en rendre compte, je hochai la tête en signe d'assentiment. Derrière moi, j'entendis Owen se mettre à rire. Son petit rire résonna dans la pièce avant qu'il ne se mette à tousser.

« Bien, dit David. Je vais parler à Irina et vérifier que nous avons assez pour nous tous. Y a-t-il quelque chose que vous n'aimez pas ou à quoi vous êtes allergique ? »

— Non.

Lorsque David fut parti, je me tournai vers Owen, qui souriait de toutes ses dents.

— Ne vous sentez pas gênée, dit Owen. Personne ne peut dire non à papa.

* * *

Plus je passais de temps dans la maison des Fielding, plus je me sentais étrangère à cette maison familiale parfaite, si parfaite qu'elle étincelait d'un blanc éclatant. Je ne pouvais m'empêcher de penser que les Fielding voulaient que leurs invités sachent qu'ils étaient sans taches. Le blanc était une couleur tellement dominante lorsqu'elle était utilisée en abondance. Que disait-elle d'eux ? Qu'est-ce qu'on lui faisait dire ? Nous sommes innocents ? J'arpentai les couloirs en regardant les photos de famille, remarquant l'absence d'Isabel dans tous les cadres, et pourtant je détaillai chaque mur, chaque cheminée et chaque étagère. Anna et ses hanches osseuses me guidaient dans chaque pièce, tandis que j'écoutais poliment sa voix traînante me parler de la maison. David l'avait construite spécialement pour qu'ils puissent fonder une famille. Ils allaient vivre pour le reste de leur vie dans cet endroit magique avec les bois clairsemés derrière eux, loin de la ville, loin des autres. C'était leur havre de paix.

Elle ne le dit pas exactement comme ça, mais c'était l'essentiel de ses paroles, tandis qu'elle passait ses doigts dans ses cheveux et se grattait nerveusement le poignet. Anna Fielding était une femme étrange, cela ne faisait aucun doute. Ses os pointus saillaient sous ses vêtements coûteux, ses bras ne reposaient jamais le long de son corps, mais au contraire ses doigts s'animaient à chaque instant, et elle avait tendance à faire les yeux blancs lorsqu'elle parlait. Si je ne m'étais pas trouvée dans un cadre aussi immaculé, je l'aurais prise pour une héroïnomane. Sa diction empâtée me fit me demander si elle ne prenait pas trop de médicaments, et il était clair qu'elle semblait incroyablement anxieuse de m'avoir à ses côtés. Mais en même temps, elle n'avait même pas réagi lorsque j'avais mentionné que j'étais l'infirmière d'Isabel. C'était comme si cela n'avait pas atteint son cerveau.

Je fus soulagée de descendre les escaliers et de revenir dans le salon. La visite avait au moins pris un peu de temps avant le dîner, et David était maintenant adossé à l'îlot central, un verre de vin rouge à la main. Il sourit lorsque j'entrai dans la vaste pièce et s'avança vers moi avec un deuxième verre.

— Je ne peux pas, je conduis...

— Oh, allez, vous pouvez en prendre une petite gorgée. Il faut que vous goûtiez ce merlot. Il est exquis.

En un rien de temps, le verre de vin était dans ma main et je l'avais porté à mes lèvres pour en prendre une petite gorgée. Il était magnifique et corsé, exactement comme je l'avais imaginé. Rien à voir avec le breuvage bon marché que je buvais en cubi à la maison.

— Il est délicieux.

— C'est normal, dit David en riant. Il m'a coûté une fortune.

Je regardai le vin avec consternation. Je ne pouvais pas le laisser se perdre s'il était cher, et je ne voulais pas insulter mon hôte après m'être introduite chez lui. Mais c'était un grand verre de vin et j'avais une longue route à faire. Je devais me ménager.

C'est alors que David dit :

— Un toast pour ma fille, Isabel. Il leva son verre et but une longue gorgée de merlot.

— À Isabel, murmurai-je en sirotant le liquide céleste.

Anna nous appela de la salle à manger pour demander l'aide de David pour mettre la table, me laissant seule dans la cuisine avec mon verre. C'était étrange de porter un toast à Isabel. Pourquoi avait-il fait ça ? D'après Isabel, il ne lui avait pas rendu visite depuis des années. En tout cas, je ne l'avais pas vu lui rendre visite pendant les semaines où j'avais travaillé à Crowmont. Peut-être voulait-il me mettre à l'aise. Ou peut-être avait-il simplement trouvé l'excuse parfaite pour me faire boire le vin.

— On ne se sent pas à sa place, n'est-ce pas ?

Je me retournai pour découvrir Owen derrière moi, un sourire sardonique sur les lèvres. Il tenait dans sa main droite ce qui semblait être un verre de whisky avec des glaçons, et il faisait lentement tinter les glaçons contre le verre. Il s'était changé pour le dîner et portait un col roulé noir et un slim gris. Ses cheveux étaient plaqués avec du gel.

« Vous avez l'impression que vous ne devriez pas être ici ? Il haussa les sourcils et leva son verre. Peut-être que vous ne devriez pas. Peut-être devriez-vous partir tant que vous le pouvez. Il but une gorgée de son whisky et sourit. »

— Tu veux que je parte ? demandai-je, ayant désespérément envie de boire le verre de vin que je tenais à la main.

Il haussa les épaules.

— Je m'en fiche de toute façon. Mais ce serait plus divertissant si vous restiez.

— Divertissant ? De quelle manière ?

Il sourit largement avant de me faire signe d'entrer dans la salle à manger. Je le suivis, d'avantage perplexe à propos des Fielding. J'étais manifestement tombée sur une dynamique familiale bizarre. Mais à quoi d'autre pouvais-je m'attendre de la part d'une famille qui avait vécu les choses que les Fielding avaient endurées ? Peut-être était-ce James Gorden et ses théories du complot qui m'influençaient, mais je continuais à chercher des moyens d'attribuer leur comportement étrange à la preuve que l'un d'entre eux était coupable du meurtre de Maisie Earnshaw.

La table de la salle à manger avait été mise comme s'ils m'avaient invitée. Il y avait même un joli centre de table composé de bougies et d'un vase de roses.

« Cette pièce est magnifique », fis-je remarquer, sincèrement surprise par le décor. Contrairement au reste de la maison, qui était essentiellement blanche et aérée, la salle à manger était étroite aux murs d'un bordeaux profond, qui n'était pas sans rappeler le Merlot dans mon verre à vin. Une seule fenêtre donnait sur les jardins, encadrée par des rideaux d'un brun chocolat foncé, le même que le bois de la table. Les teintes rouges associées à la lumière des bougies donnaient l'impression de pénétrer dans une pièce d'une autre époque. Alors que les ombres vacillantes dansaient sur les visages des Fielding, j'avais presque l'impression que cette pièce était trop intime pour que je la partage avec eux.

— La salle à manger est mon domaine, dit Anna en tapotant des doigts le dossier d'une des chaises recouvertes de cuir. David avait le plein pouvoir sur le reste de la maison, mais je voulais m'occuper de la salle à manger.

— C'est pour cela qu'elle est si sombre, dit David. Anna a toujours aimé l'obscurité.

— Oh, je ne trouve pas qu'elle soit sombre, dis-je en laissant mes yeux se promener sur les moulures et les rideaux luxueux. En fait, c'est très cosy.

— C'est exactement ce que je dis. Anna semblait plus détendue dans cette pièce, même si elle bougeait encore par àcoups, comme un chaton effrayé par moments. Je vous en prie, asseyez-vous.

Je m'assis et posai mon verre sur l'un des jolis dessous de verre en argent. Je n'avais pas la moindre faim ; au contraire, j'avais tellement de papillons dans l'estomac que je craignais de ne pas pouvoir avaler une seule bouchée.

Irina déboula dans la pièce, portant des assiettes de ce qui semblait être une petite portion de pâté avec des toasts. Au moins, je pourrais grignoter et faire croire que je mangeais sans être impolie.

— D'où venez-vous, Leah ? demande David. On dirait que vous avez un accent londonien.

— Je viens de Hackney, répondis-je.

— C'est l'est de Londres, n'est-ce pas ? David étala lentement son pâté sur les toasts, tout en gardant les yeux fixés sur moi.

— C'est ça.

— Une Eastender !

— En quelque sorte, admis-je en grimaçant légèrement. Lorsque je pris mon couteau pour couper le pâté, mes doigts se mirent à trembler. David croisa mon regard pendant une fraction de seconde avant de reporter son attention sur son assiette. « C'est plus au nord-est qu'à l'est, en fait. »

Il avait vu la façon dont mes mains tremblaient ; bien sûr qu'il l'avait vu. C'était un homme qui remarquait tout. Je repensai à l'article du blog de James Gorden sur la façon dont David avait escroqué son meilleur ami et je réalisai que j'étais complètement déboussolée en sa présence. Il allait être plus malin que moi et je ne pouvais rien y faire.

— Vous vivez à Rotherham ? me demanda-t-il.

— Non, j'habite à Hutton. C'est près de l'hôpital.

— Oui, je sais que c'est près de l'hôpital, dit-il.

— Quel hôpital ? Les grands yeux d'Anna se posèrent sur moi et, pendant un instant, ils brillèrent comme si elle sortait d'un état de stupeur.

— Cela n'a pas d'importance, dit David sans regarder sa femme.

Je songeai à répondre à sa question, mais je ne voulais pas ébranler l'armistice fragile que nous avions créé. Il était clair que si David m'avait invitée à rester dîner, c'était pour pouvoir me jauger. Je forçai un petit morceau de pâté sur toast à entrer dans ma bouche et je mâchai.

Owen éclata soudain de rire.

— « Quel hôpital ?! » Oh, maman, tu es tellement drôle !

— Tais-toi, Owen, grogna David. L'augmentation soudaine du volume de sa voix me fit presque lâcher mon couteau, et faire lâcher le sien à Anna. Le visage de David rougit et il remit une mèche en place. Je m'excuse pour ma famille. Nous n'avons pas souvent d'invités pour le dîner, comme vous pouvez le constater.

— C'est très gentil de m'avoir invitée, répondis-je en buvant une gorgée de vin pour calmer mes nerfs.

— Merci. Le sourire de David fit apparaître le premier éclair blanc dans la pièce, avant qu'il ne se penche sur son assiette et ne dévore le reste de son entrée.

Le plat principal était un rôti de bœuf accompagné d'une sauce épaisse et de légumes sautés. Irina était une excellente cuisinière. Tellement bonne que j'en oubliai les papillons dans mon estomac et que je mangeai presque tout ce qu'il y avait dans mon assiette. Peut-être avais-je mangé des pâtes bon marché pendant si longtemps que la simple vue d'une vraie nourriture avait suffi à vaincre toutes mes craintes. Tout au long du plat principal, la discussion resta amicale, sur des sujets neutres comme le temps printanier, le plat, les œuvres caritatives d'Anna et l'entreprise de David. On m'interrogea sur mes antécédents à l'hôpital de Whitmore, ainsi que sur ma nouvelle maison à Hutton et mon frère, Tom. Je réussis à éviter de leur parler de mes parents, mais David essayait manifestement de faire connaissance avant d'entamer toute discussion sur Isabel. J'étais sûre que le sujet arriverait bientôt sur le tapis, mais je ne savais pas quand, et j'étais nerveuse à l'idée d'être celle qui aborderait un sujet aussi délicat.

Pendant le plat principal, Irina remplit mon verre de vin à deux reprises, malgré mon objection. Il semblait qu'elle ne comprenait pas l'anglais aux moments les plus opportuns, ce qui m'amena à me demander si David ne lui a pas demandé de remplir mon verre de vin chaque fois que j'en arrivais à la moitié.

Owen et Anna restèrent discrets comme des souris pendant le plat principal, bien qu'Owen ait fini son whisky avant que je n'aie fini la moitié de mon vin, et qu'il ait commencé à repousser sa viande autour de l'assiette sans la manger. Il resta inexpressif même lorsqu'Irina revint chercher les assiettes.

— C'était délicieux, Irina, merci, marmonnai-je, pas vraiment à l'aise avec le fait qu'une domestique me serve à table chez quelqu'un. Je n'étais pas habituée au mode de vie des Fielding.

Je jetai un coup d'œil à l'heure sur mon téléphone. Huit heures et demie. Tom m'avait envoyé un message pour me demander quand je rentrerais. Je lui avais déjà envoyé un texto pour lui dire que je ne serais pas de retour pour le dîner, mais sans excuse valable, je ne pouvais qu'imaginer ce qu'il pensait. Le problème, c'est que je ne trouvais rien à lui dire. Je n'étais pas partie depuis assez longtemps pour un service complet à l'hôpital, et où pourrais-je bien être en dehors du travail ?

Irina apporta un plateau avec quatre coupes à dessert et les plaça soigneusement devant nous. Je tapotai la meringue, la crème et les framboises de l'*Eton Mess* et j'essayai de ne pas penser à l'endroit où je me trouvais et à la raison pour laquelle j'y étais.

— Alors, Leah, dit David. Qu'est-ce que ça fait de travailler à Crowmont ?

Je jetai un coup d'œil coupable à Anna, mais la femme semblait toujours aussi indifférente.

— J'aime bien. Ce n'est pas un travail facile, mais toutes les patientes sont là pour aller mieux et j'aime les aider.

— Même si elles ont tué quelqu'un ? demanda Owen, les yeux pétillants.

— Oui, même si elles ont tué quelqu'un. Surtout dans ce cas. Ôter une vie est psychologiquement éprouvant.

Il ricana.

— Je n'en doute pas.

— C'est une situation vraiment horrible. Il n'y a pas de gagnant lorsque quelqu'un est assassiné. Beaucoup des patients avec lesquels j'ai travaillé à Whitmore étaient impliqués dans le crime organisé depuis leur plus jeune âge. Ils avaient vu la violence dès leur enfance et avaient grandi en pensant que c'était une façon normale de vivre. Lorsqu'ils avaient commis leur premier meurtre, ils avaient considéré ça comme un rite de passage. Beaucoup d'entre eux avaient fait des dépressions nerveuses à cause de ce qu'ils avaient fait. Beaucoup ne pouvaient pas faire face à la prison et s'en prenaient à eux-mêmes ou aux autres. À Whitmore, j'ai constaté un changement chez eux. Ils avaient trouvé la paix, je pense.

— Cela semble très noble, remarqua David. Et comment va notre Isabel ?

Anna leva les yeux cette fois-ci. Son regard perdu passa de David à moi.

— Isabcl ?

— Tout va bien, ma chérie. Mange ton dessert.

Anna obéit à son mari et ses yeux de biche se posèrent sur la table. Mais je sentis qu'elle écoutait cette fois.

— Isabel va très bien, dis-je hésitante. Je me sentais mal à l'aise de parler de ma patiente. Je suis désolée d'être venue ici. Je n'aurais pas dû. Je serais renvoyée si l'hôpital le savait. Je ne sais pas si mes yeux quémandèrent l'indulgence de David Fielding, mais je pense que mon cœur le fit.

— Pourquoi êtes-vous venue ici ? Il se pencha vers moi à travers la table et la lumière des bougies transforma ses yeux en deux flammes orange. Je m'éloignai automatiquement de lui.

— Franchement, je ne sais pas trop.

— Elle pense qu'Isabel est innocente, dit Owen en haussant les sourcils.

— Ce qui veut dire que vous pensez que l'un d'entre nous est coupable, dit David en souriant.

Owen laissa échapper un autre rire froid.

— Il me faut un autre whisky.

— Non, ce n'est pas ça... je voulais juste vous rencontrer tous au cas où vous pourriez m'éclairer sur ce qui s'est passé ce jour-là. Vous ne voyez pas Isabel tous les jours comme moi. C'est une fille adorable qui a beaucoup de talent. Je ne sais pas si elle est coupable ou non parce que je n'étais pas là. Tout ce que je sais, c'est ce que je vois quand je travaille avec elle. Sans réfléchir, j'attrapai mon verre et j'en pris deux grandes gorgées, le finissant presque. La chaleur se répandit sur mes clavicules et je n'avais pas besoin d'un miroir pour savoir que mon cou s'ornait de taches rouges peu attrayantes. Le vin m'était monté à la tête, comme je l'avais craint.

Les yeux de David s'attardèrent sur mon verre de vin.

— Leah, pourquoi ne m'aideriez-vous pas à débarrasser ces assiettes dans la cuisine ? Je suis sûre qu'Irina serait reconnaissante de pouvoir se reposer quelques instants.

Je me levai en ramassant les coupes à dessert et lui emboîtai le pas en les emportant à la cuisine. L'alcool et l'adrénaline circulaient dans mes veines, réchauffant mon sang qui battait dans mes oreilles. L'atmosphère de la maison était enivrante à cause du vin et de la tension, ce qui me donnait envie de partir au plus vite. En fait, je me rendais compte qu'il n'y avait pas de conclusions gratifiantes à trouver ici, seulement plus de questions que je ne pouvais pas poser, et des réponses auxquelles je ne pouvais pas croire.

David se tenait près de l'évier et rinçait les coupes à dessert. Les manches de sa chemise étant relevées, je pus apercevoir ses avant-bras puissants et le tatouage à l'intérieur du gauche. Je fus surprise de voir les ailes d'un oiseau étirées en plein vol. Isabel aurait su immédiatement de quel oiseau il s'agissait, mais si je reconnus un oiseau de proie, je n'en connaissais pas l'espèce exacte.

— Vous aimez aussi les oiseaux, remarquai-je. Isabel me dessine un oiseau tous les matins et me raconte leur signification dans les contes populaires.

— Isabel est une jeune fille malade, dit David. Il sortit les mains de l'eau, les secoua et les sécha sur une serviette. Puis il redescendit ses manches et franchit l'espace qui nous séparait, me poussant contre les placards de la cuisine.

Son visage étant à quelques centimètres du mien, il leva la main et l'enroula doucement autour de mon cou, en le serrant très légèrement.

« Tu n'es pas la première idiote à penser qu'Isabel est innocente. Tu crois que je n'ai jamais vu de psychologues, de policiers, de médecins, d'infirmières, toutes sortes de personnes se présenter à ma porte avec des théories conspirationnistes sur le fait que je sois le vrai meurtrier et que je devrais être en prison ? Tu crois que je n'ai pas déjà tout entendu ? Il serra plus fort, son pouce commençant à s'enfoncer dans ma trachée. Ne me prends pas pour un con et ne t'imagine pas que tu peux entrer chez moi et jouer les copines avec mon fils. Ne reviens plus jamais ici, et ne te mêle pas des affaires de ma famille. »

David me lâcha et recula, me laissant là, la sueur collant mon haut à mes omoplates, et les larmes aux yeux. Je ne sais plus si je marmonnai des excuses, ou si je laissai échapper autre chose qu'un gémissement à cause de ma gorge irritée, parce que mon départ de cette maison est encore un peu flou.

Chapitre 16

Ce dont je me souviens de cette nuit-là, c'est que j'avais bu au moins deux très grands verres de vin. J'avais dépassé la limite, mais je ne pouvais pas rester dans cette maison, et je ne pouvais pas non plus y laisser ma voiture. Mes doigts raides et tremblants firent tomber mes clés deux fois avant que je ne parvienne à monter dans la Punto, puis je manquai de reculer dans un pot de fleurs en faisant demi-tour dans l'allée. Lorsque je dus m'arrêter pour attendre l'ouverture des grilles, je fis caler la voiture, ce que je n'avais pas fait depuis plus d'un an.

J'étais trop énervée pour mettre l'application GPS de mon téléphone en marche, alors je conduisis jusqu'à ce que je me rende compte que je ne savais pas où j'étais, puis je cherchai des panneaux indicateurs jusqu'à ce que je parvienne à trouver mon chemin hors de Rotherham vers le nord. J'avais mal à la gorge, mais je ne pensais pas que David avait exercé une pression suffisante pour laisser un bleu. Il avait proféré sa menace avec juste assez de force pour me faire trembler et transpirer. Cet homme n'était pas quelqu'un que l'on pouvait contrarier, c'était certain.

Il était plus de vingt et une heures et les routes étaient sombres. Mes minables phares n'amélioraient guère la visibilité et j'avais trop peur de conduire sur l'autoroute après avoir bu. Lorsque je fus sur une petite route, je décidai de m'arrêter et de régler enfin le GPS du téléphone pour retrouver le chemin de la maison, tout en prenant le temps de me ressaisir. La température avait baissé, mais je transpirais sous mes vêtements, sauf que mon odeur était devenue aigre à cause de l'alcool qui se frayait un chemin à travers mes pores. Le haut de mon corps tremblait sous l'effet du froid, de l'alcool et de la peur de David Fielding.

Quelques instants plus tard, je m'engageai sur une route sans lampadaire, avec au moins désormais une meilleure idée de la façon de retourner à Hutton. Obligée de conduire courbée sur le volant pour pouvoir voir où j'allais dans l'obscurité, même avec les pleins phares, je réduisis ma vitesse en espérant arriver bientôt sur une route mieux éclairée. C'est alors qu'il se mit à pleuvoir. Les essuie-glaces étalaient l'eau sur le pare-brise, rendant tout flou et réduisant ma visibilité à une petite section rectangulaire.

Lorsque je fus surprise par le dernier virage serré à gauche, mon cerveau imbibé de vin décida d'essayer de prendre le virage, de le dépasser de quelques mètres et de s'écraser contre un grand arbre sur le bord de la route. Comme il n'y avait pas d'airbag dans ma vieille voiture, ma tête partit brusquement en avant puis en arrière. Mon front faillit heurter le volant, mais je fus sauvée in extremis par la ceinture de sécurité. Je coupai le moteur et je sortis de la voiture pour constater les dégâts, en utilisant la torche de mon téléphone pour voir dans l'obscurité.

Merde ! Le pare-chocs était complètement défoncé et pendait. Mon capot était plié au centre. Je ne pouvais pas conduire cette voiture jusqu'au village de Hutton en l'état, mais je ne pouvais pas non plus appeler l'assistance routière ou les services d'urgence - j'étais ivre. Je fixai mon téléphone. Je n'avais pas de meilleurs amis ou de membres de la famille fiables. Tom n'avait même pas encore son permis de conduire. Qu'allais-je faire ? Rester là et me faire assassiner dans le noir par un fou ?

Ou bien, David Fielding allait revenir pour me faire taire pour de bon !

Mais il y avait un numéro de téléphone que je pouvais essayer, et je devais espérer qu'il soit de bonne humeur.

* * *

Je revins à Hutton dans la cabine du tracteur de Seb, ma Punto tractée derrière nous. Le voyage fut silencieux, Seb ne parla que pour me demander si j'étais blessée et pour m'informer que ma voiture devrait aller au garage dans la matinée. S'il savait que j'avais bu, il n'en dit rien. Bien sûr qu'il le savait ; n'importe qui aurait pu voir que j'avais bu. J'étais tellement en sueur et les yeux vitreux que c'était un miracle d'avoir réussi à sortir de Rotherham.

Le temps que je rentre au cottage, que j'enlève mes chaussures et que j'arrive dans notre petit salon, il était minuit et Tom était assis en train de regarder *Les griffes de la nuit*, notre film préféré à tous les deux, avec *Die Hard* et *Hellraiser*.

— Qu'est-ce qui t'est arrivé ? Je t'ai appelée.

— Je sais. Je sais, je suis désolée. J'ai eu un accident et Seb a dû venir me chercher.

— Quoi ? Mais t'étais... ? Comment ça un accident ? Qu'est-ce que t'as fait ?

Je m'effondrai sur le canapé et je posai un coussin sur mes genoux.

— C'est une longue histoire.

— Tu sens la clope et l'alcool. T'as bu ? Tom se leva d'un bond, les yeux pleins de colère. J'y crois pas !

— Tom, ne...

— T'es comme papa en fait !

Ce fut comme un coup de poignard dans le ventre de l'entendre me comparer à notre père. Je jetai le coussin par terre et je me levai pour lui faire face. Mon petit frère se tenait devant moi, les bras croisés sur sa poitrine, les yeux brillants de larmes de colère.

— C'était injuste. Retire ce que tu as dit.

— Non, je ne le ferai pas ! Pas tant que tu n'auras pas arrêté de boire. J'en ai marre de te trouver dans la cuisine complètement bourrée. J'en ai marre de te voir assise dans le jardin en train de boire du vin. Ça craint, Leah. T'es trop bizarre, putain !

Avant même que je puisse ouvrir la bouche, il était déjà en train de sortir de la pièce. Je tressaillis lorsque la porte claqua derrière lui. Des pas lourds montèrent les escaliers avant que sa musique ne commence à retentir dans sa chambre. Je ne pouvais même pas lui dire de baisser le volume pour les voisins, parce qu'on n'en avait pas. A la place je me recroquevillai sur le canapé et je m'endormis au milieu des cris de Freddy Krueger en train se frayer un chemin toutes griffes dehors parmi des dizaines d'ados.

L'horreur du film s'infiltra dans mon subconscient, contaminant mes rêves fiévreux. David Fielding me poursuivait sur une route sombre, les mains tendues pour me rattraper. À bout de souffle, je tournais à gauche, puis à droite, essayant désespérément de me débarrasser de lui. Alors que je pensais l'avoir enfin perdu, il passa au-dessus de moi sur de larges ailes d'aigle, plongeant pour m'attraper. Il était monstrueux, à la fois oiseau et homme. Il avait un bec à la place du nez et des griffes à la place des doigts. Je criais et criais en m'enfuyant, me précipitant sur une route noire.

Mais les lampadaires s'allumèrent un par un, en commençant par le bout de la rue, jusqu'à ce que la lumière la plus proche éclaire une silhouette qui se tenait au milieu de la route, juste en face de moi. C'était la première fois que je voyais son visage depuis des mois : mon père, debout, tenant ma mère dans ses bras alors qu'elle saignait, une horrible entaille rouge au niveau du cou. Il pleurait, et pour une raison ou une autre, cela ne faisait qu'empirer les choses

Je me réveillai, couverte de sueur, en entendant frapper à la porte.

Freddy Krueger ne terrorisait plus les lycéens ; la télévision s'était éteinte d'elle-même au cours de la nuit. Mon téléphone n'avait plus de batterie et j'avais mis ma montre en gage il y a quelques mois. Je n'avais donc aucune idée de l'heure qu'il était, si ce n'est qu'il était tôt le matin à en juger par la lumière qui filtrait à travers les fenêtres. Je me passai les doigts dans les cheveux et je me dirigeai vers la cuisine, toujours inquiète d'ouvrir la porte et de trouver David Fielding sur le pas de ma porte, un couteau ensanglanté à la main.

Mais ce n'était que Seb.

— Bonjour, dis-je. Merci encore pour hier soir. Qu'est-ce que je vous dois pour le remorquage ?

Il haussa ses lourdes épaules et plissa les yeux sous ses sourcils broussailleux.

— Je connais un mécanicien qui peut vous réparer ça si vous l'amenez lundi. Ce sera pas donné, mais il vous arnaquera pas non plus. J'vous ai amené ça.

Je me rendis compte qu'il tenait un thermos. Il me le fit passer avec la carte de visite de son ami mécanicien.

« J'ai pensé que vous auriez besoin d'un café fort. Après ça vous pourriez aller vous promener, non ? »

— Merci. Je... je vais faire ça.

— OK, c'est bien. Seb se retourna et prit le chemin vers son tracteur, me laissant dans l'embrasure de la porte, un thermos de café dans les mains.

Je retournai à l'intérieur et je bus une gorgée du café. Il était fort, délicieux et brûlant. Je décidai d'en verser une tasse pour Tom et de la lui apporter. Peut-être me pardonnerait-il assez vite pour accepter une promenade dans la lande après que nous nous soyons habillés. Mais il dormait encore profondément, les couvertures tirées sur sa tête. Je posai le café sur sa table de nuit et le laissai tranquille.

En prenant mon petit-déjeuner et en réfléchissant à la nuit précédente, je pris une décision. Il était temps de mettre fin à mon obsession pour l'innocence d'Isabel. Trop c'était trop. Ce n'était pas à moi de la sauver ou de faire ce que j'essayais de faire. Sa réévaluation approchait, je ne pouvais pas le nier, et il y avait peut-être une dernière chose que je pouvais faire pour essayer de l'aider, mais j'avais vu de mes propres yeux que David Fielding était une brute et que sa femme avait peur de lui. J'avais aussi vu le comportement étrange d'Owen au dîner, qui montrait clairement qu'aucun des enfants de David n'était particulièrement équilibré. James Gorden avait raison de dire qu'il y avait un noyau pourri au cœur de la famille Fielding, et c'était David, en toute évidence. Les hommes innocents ne mettaient pas leurs mains autour de la gorge des femmes.

Je finis le café et je mis la vaisselle du petit-déjeuner dans l'évier. Je ne pouvais pas affirmer avec certitude que David Fielding avait tué Maisie Earnshaw sept ans plus tôt. Je n'étais pas une experte. Pourquoi pensais-je pouvoir percer ce mystère ? Il était temps de rassembler tout ce que j'avais appris au cours des dernières semaines et de l'envoyer à quelqu'un qui pourrait résoudre le mystère. Il était temps de passer le flambeau.

Une fois la vaisselle du petit-déjeuner nettoyée, je tapai un courriel contenant tout ce que je savais sur les Fielding. J'avais d'abord décidé de ne pas mentionner ma visite chez eux, mais je me rendis compte que je devais le faire. Sans mentionner que David avait perdu son sang froid, tout cela n'avait aucun sens.

J'y inclus des liens vers les personnes disparues que James avait remarquées, puis je l'envoyai à la police locale. Le message était clair : je crois qu'Isabel Fielding est innocente du meurtre de Maisie Earnshaw.

Tom semblait déterminé à m'ignorer ce matin-là, alors je partis sans lui, en direction de la lande à travers les champs de la ferme. Cette fois, je continuai à monter une colline escarpée qui surplombait Hutton et les environs, et je trouvai une petite ferme abandonnée nichée au creux d'une vallée. Les murs s'effritaient, mais il restait une vieille porte. Il me fallut quelques secousses pour la pousser, mais je parvins à l'ouvrir et à pénétrer à l'intérieur de la bâtisse miteuse.

Il y avait encore quelques placards d'une ancienne cuisine et une salle de bain avec des toilettes vertes couvertes de poussière, la cuvette étant remplie de vieux mégots de cigarettes. Les meubles qui restaient étaient pourris depuis longtemps et le vieux papier peint s'affaissait dans les coins, mais il était clair que cette maison avait été un jour un foyer. Quelqu'un avait vécu dans ce bel endroit, et peut-être avait-il été heureux. Je me promenai dans la pièce, laissant mes doigts traîner dans la poussière, souriant à l'idée de la famille qui avait pu vivre là autrefois. Cette famille n'aurait rien eu à voir avec celle dans laquelle j'étais née. Ces prétendus membres s'aimaient, ils ne se faisaient pas de mal.

Lorsque je réalisai que cette maison me rappelait en fait celle dans laquelle j'avais grandi, les murs semblèrent se refermer sur moi et la poussière m'obstruer la gorge. Il fallait que je sorte de là.

CHAPITRE DIX-SEPT

Je n'eus pas d'autre choix que de prendre quelques jours de congé pour amener la Punto au garage afin de la faire réparer, comptant une fois de plus sur Seb pour remorquer le véhicule avec son tracteur. Sur le chemin du garage à Hutton, j'aperçus trois pies agglutinées sur un mur de pierres sèches et je ne pus m'empêcher de leur faire un signe de la main. Seb le remarqua et sourit, ce qui était peut-être la première fois que je le voyais sourire.

— Je ne vous prenais pas pour quelqu'un de superstitieux, dit-il. Vous avez l'air trop intelligente pour ça.

— Eh bien, les apparences peuvent être trompeuses. Je pensais arrêter là la conversation, mais Seb était si silencieux que je finis par bavarder. Mon père avait une mère irlandaise très superstitieuse. Il sortait toujours par la même porte que celle où il entrait, saluait toujours les pies, surtout s'il n'y en avait qu'une, et il me disait de mettre ma dent de lait sur le rebord de la fenêtre quand j'en perdais une.

— Ça marchait ?

— Quoi, le truc de la dent ? Je ne sais pas.

— Il a eu de la chance ?

J'y réfléchis en regardant la lande. Des nuages blancs et cotonneux s'étiraient dans le ciel pastel.

— Oui. Mais il ne le savait pas, et il a tout gâché.

Ce que j'aimais chez Seb, c'est qu'il ne posait pas trop de questions. En fait, les conversations avec lui étaient plutôt rares, mais il était toujours là quand j'avais besoin de quelqu'un. Je préfère toujours les actes aux paroles. Le reste du trajet jusqu'à Hutton se déroula en silence, mais lorsque nous arrivâmes au garage, il parla pour moi, marchandant avec le mécanicien jusqu'à obtenir un prix raisonnable, puis il me ramena directement au cottage. J'avais persuadé Tom de ne pas aller au lycée, alors pendant le reste de l'après-midi, nous avons regardé des films d'horreur des années quatre-vingt et ri des mauvais effets spéciaux.

Je ne pensai pas une seule fois à l'e-mail que j'avais envoyé à la police, et j'accordai à peine une pensée à Isabel. Pour une fois, je me sentais heureuse et satisfaite. Du moins, c'est ce que je pensais.

Le jeudi soir, je récupérai la Punto avec son pare-chocs et son capot tout neufs. J'avais eu la chance de ne pas endommager la suspension, cela n'avait pas pris trop de temps à réparer. J'avais également opté pour la solution la moins coûteuse possible et n'avais pas pris la peine de faire repeindre le pare-chocs avant et le capot d'occasion, ce qui me laissait une voiture jaune avec un capot et un pare-chocs verts. Le genre de voiture qu'un enfant aurait créé avec des Lego. Sur le chemin du retour à la ferme, je gardai la tête baissée et j'évitai le contact visuel avec les piétons qui me montraient du doigt en riant, tout en essayant d'ignorer le picotement de la honte qui remontait le long de ma nuque. Quand on est pauvre, la honte vient aussi naturellement que la respiration, mais contrairement à la respiration, on ne s'y habitue jamais. J'avais besoin de la voiture pour me rendre au travail, et j'avais besoin de l'argent du travail pour payer les factures et nourrir Tom. C'est tout ce qui comptait.

Tom prépara des spaghettis pour le dîner, tandis que je préparais un dessert, un pudding au pain et au beurre, l'une des spécialités de maman, mais aussi un bon moyen d'utiliser le pain rassis. On regarda une série en mangeant une deuxième portion de dessert avec de la crème anglaise instantanée, puis Tom monta à l'étage pour finir ses devoirs, me laissant seule dans la cuisine. Pour la première fois, je pensai à Isabel et à sa famille. Mes doigts parcoururent la zone de mon cou où David Fielding m'avait plaquée contre les meubles de sa cuisine, son visage si près du mien que je pouvais sentir l'odeur du vin rouge de luxe dans son haleine. Je n'avais pas eu de nouvelles de Chi au travail, et au moins David n'était pas allé directement à l'hôpital pour se plaindre de ma venue chez lui. Pendant que je me concentrais sur la réparation de ma voiture et mes tentatives de réconciliation avec Tom, je n'avais pas eu le temps de penser à ce que ce serait de retourner à l'hôpital et d'affronter à nouveau Isabel.

Je me servis du vin, juste un verre pour me détendre et m'aider à dormir. J'étais assez nerveuse pour croire que je ferais des cauchemars indésirables. Le problème, c'est que j'avais le genre de cerveau qui aimait se plonger dans les profondeurs et me révéler régulièrement mes pires craintes. Si ça vous arrive de vous retrouvez un jour seul avec votre esprit qui tourne en boucle avec toutes les pires choses qui vous sont arrivées, vous savez exactement ce que je veux dire, et la seule chose qui l'arrête, c'est l'alcool.

***

J'avais raison pour le cauchemar. Mon esprit glissa facilement dans le même rêve que celui que j'avais fait quelques nuits auparavant, celui qui s'était terminé avec mon père, portant ma pauvre mère mourante au milieu de cette rue sombre où j'avais massacré la voiture. Mais cette fois, au lieu de me réveiller, je courus vers eux, poussant mon père loin de ma mère. Je pleurais si fort que j'avais du mal à respirer, mais malgré les grosses larmes qui coulaient sur mes joues, je continuai à appuyer sur ses blessures, essayant désespérément d'arrêter l'hémorragie. Alors que le dernier souffle de maman passait ses lèvres, je levai les mains pour voir qu'elles étaient couvertes de sang. Lentement, je me redressai, les phares de la voiture m'aveuglant presque. Au moment où je me rendis compte que je me réveillais, le visage d'Isabel apparut.

Mes mains n'étaient pas couvertes de sang quand je me réveillai - elles étaient couvertes de poussière. Mes cheveux étaient emmêlés dans des pierres cassées et j'avais mal au dos. J'avais été jusqu'à la maison abandonnée en pleine crise de somnambulisme.

En grimaçant à cause de la raideur de mes membres, je me dépêchai de sortir du bâtiment aussi vite que possible, émergeant dans l'aube naissante tout en époussetant les toiles d'araignée de mes vêtements. Je palpai mes poches et y trouvai mon téléphone. Heureusement, il était là. Il était cinq heures trente du matin. Aucun appel manqué de Tom, et j'avais encore le temps de rentrer chez moi, de me doucher et de partir au travail.

Mais qu'est-ce qui s'était passé ? Mon somnambulisme s'intensifiait, et il était maintenant clair qu'il était lié à l'alcool. J'avais la tête embrouillée par le vin, mais je ne me sentais ni malade ni tremblante. Étais-je alcoolique comme mon père ? L'idée que Tom puisse avoir raison était presque trop difficile à supporter. L'alcool avait conduit mon père à la violence et au meurtre. Si j'étais vraiment comme lui, serais-je capable de faire la même chose ?

Quarante-cinq minutes plus tard, j'étais sur la route en direction de Crowmont. Grâce à la douche la plus courte du monde, j'étais encore à l'heure, mais je devais me dépêcher. La Punto se frayait difficilement un chemin sur les routes étroites et irrégulières, tandis que je tapais des doigts sur le volant en souhaitant qu'elle aille plus vite. Chi m'avait déjà donné un avertissement pour mon retard au travail, et je ne voulais pas le décevoir à nouveau. Ian et Brian me saluèrent alors que je me dirigeais vers le parking. Je faillis trébucher et tomber en sortant de la voiture, mais je réussis à garder l'équilibre au dernier moment, ce qui m'évita de me retrouver face contre terre.

Lorsque j'arrivai à mon casier, je jetai pratiquement mes affaires à l'intérieur et j'accrochai mon laissez-passer à mon chemisier en même temps.

Il était huit-heures trente passées d'une minute lorsque j'entrai dans la salle. Ce n'était pas si mal.

— Leah, je peux vous parler ?

Mon cœur fit un bond. J'avais été si près du but.

— Bien sûr. Je repris le chemin inverse, vers le bureau de Chi.

Lorsqu'il ferma la porte derrière moi, j'examinai son visage pour savoir s'il était en colère ou agacé, ou s'il s'agissait d'un entretien ordinaire sur les affaires courantes de l'hôpital. Ce ne servit à rien - Chi semblait toujours aussi joyeux, ce qui pouvait signifier n'importe quoi. Cet homme était imperturbable.

— Comment va la voiture ? demanda-t-il.

— Réparée, Dieu merci.

— J'ai vu le capot sur le parking. On dirait la voiture de Oui Oui ! Ma fille adore ce livre. Il me sourit, les yeux brillants.

Ça ne pouvait pas être trop grave. N'est-ce pas ?

— Elle va du point A au point B. Enfin, à peu près. Elle est un peu plus lente que la plupart des autres voitures. Je suis désolée d'avoir été un peu en retard ce matin, j'essaie de mieux dormir, mais c'est un long processus...

Il secoua la tête.

— Il ne s'agit pas de cela. Leah, depuis que vous êtes partie, il y a eu des développements avec Isabel. Ou plutôt, des revers. Il y a eu une altercation dans la zone commune qui a malheureusement eu un effet déstabilisant sur elle. Elle va mal depuis un certain temps. Elle s'est blessée assez gravement aussi.

Je fis un pas vers Chi, surprise et bouleversée par cette nouvelle.

— Qu'a-t-elle fait ?

— Elle a volé une fourchette en plastique dans la cuisine, l'a aiguisée et s'est tailladé les bras. Elle va s'en sortir. Elle a eu quelques points de suture. Heureusement, le plastique n'était pas assez tranchant pour faire trop de dégâts, mais elle est toujours très déprimée, et l'événement a stressé les autres patientes. Elle l'a fait devant tout le monde dans la salle commune, vous voyez.

Pour moi, cela ne ressemblait pas beaucoup à Isabel. Ce n'était pas quelqu'un qui semblait avoir besoin d'attention. Chi dut remarquer mon froncement de sourcils, car il se fit l'écho de mes pensées.

« Ça n'est pas dans ses habitudes de se comporter de manière aussi choquante, mais j'ai parlé longtemps avec son psychologue et nous sommes tous les deux d'accord pour dire qu'il s'agissait d'un appel à l'aide. Il y aura une réunion plus formelle plus tard dans la journée, mais il est clair qu'Isabel devra être sous surveillance pour les prochains jours. »

— Je suis là pour vous, Chi. Vous le savez.

Il acquiesça.

— Je vous remercie. Nous allons avoir besoin de votre aide, c'est certain.

Chapitre 17

Autour de moi, une pièce vide, plus du tout le lieu coloré et vivant que j'avais connu. Les murs étaient vides. Le bureau était vide. Le sol était nu. C'était une pièce stérile où il était difficile d'imaginer rire, pleurer ou même respirer, et c'était la chambre d'Isabel.

Elle entra lentement, traînant ses baskets sur la moquette. Elle avait la tête baissée, mais je baissai les yeux pour bien la voir. Bien que notre dernière rencontre remonte à moins d'une semaine, c'était comme si elle avait changé. Isabel avait lentement perdu du poids au fil des semaines, et je remarquais maintenant que cette perte de poids avait accentué ses traits, presque au point que ses joues étaient creusées et décharnées. Ses cheveux pendaient sur son visage dans un style différent. Je vis qu'elle avait coupé sa frange. Était-ce mon imagination ou ses cheveux étaient-ils un peu plus foncés ? Il y avait un coiffeur qui venait de temps en temps dans le service, alors peut-être qu'Isabel avait demandé ce nouveau look. Quoi qu'il en soit, cela la rendait plus pâle, l'air moins sain, plus fatigué.

— Comment s'est passée l'art-thérapie aujourd'hui ? demandai-je en m'écartant de son chemin pour qu'elle puisse aller s'asseoir sur son lit et que je puisse m'asseoir sur la chaise devant la porte, qui était ouverte, comme toujours. Je ne restais jamais seule dans la pièce avec elle la porte fermée.

Isabel s'affala sur le lit.

— Pas mal, je suppose.

— Quel genre d'oiseau as-tu dessiné aujourd'hui ?

— Je n'ai rien dessiné.

— Tu ne m'as pas donné de dessin aujourd'hui, qu'est-ce que tu vas dessiner pour moi ?

Elle posa ses coudes sur ses genoux et mit sa tête dans ses mains.

« Isabel ? »

Mais elle ne répondit pas. Ce n'était pas la première fois que je voyais un patient ne pas répondre à mes questions, mais j'étais surprise de voir Isabel dans cet état.

« Qu'est-il arrivé à tes œuvres d'art ? La pièce semble vide sans, tu ne trouves pas ? »

Je restai patiemment assise alors qu'Isabel se taisait. Après avoir parlé à Chi, j'avais assisté à une réunion avec le psychologue d'Isabel pour discuter de la suite à donner à ses soins. Il avait été conclu qu'elle devait être surveillée 24 heures sur 24, 7 jours sur 7, jusqu'à ce que son état s'améliore à nouveau, et que si ce n'était pas le cas, il était suggéré qu'elle soit transférée dans le service de soins intensifs pour une courte période. Dans ce service, Isabel ne pourrait pas utiliser l'espace commun et serait surveillée lorsqu'elle sortirait de sa chambre. Je ne voulais pas que cela se produise.

La réunion avait été courte et agréable et le psychologue d'Isabel avait expliqué que ses actes étaient apparus comme un appel à l'aide, et peut-être aussi à l'attention. Mais Isabel ne m'avait jamais semblé être une personne qui cherchait à attirer l'attention.

— Lorsque j'étais à Brookhill, l'institution pour jeunes délinquants dans laquelle ils m'avaient placée peu de temps après... le crime, j'ai appris assez rapidement que je n'aurais plus jamais une vie normale. Les courbes d'apprentissage ont tendance à stagner lorsque vous vous faites frapper au visage par un membre d'un gang de filles qui pèse quatre-vingt-huit kilos. Tout le monde pensait déjà que j'étais coupable, et pourquoi pas ? Le jury pensait que j'étais coupable. Tout le monde le pensait - même moi parfois, même si j'avais aimé pouvoir en être sûre. Isabel retroussa les manches de son pull-over pour que je puisse voir les cicatrices des coupures. Je fis la grimace, mais je me forçai à ne pas détourner le regard. Puis elle fit descendre son pull-over jusqu'à sa clavicule, de sorte que je pus voir les légères lignes des anciennes cicatrices. Elles aimaient bien aiguiser leurs ongles et les faire glisser sur ma poitrine. Elles le faisaient à tour de rôle.

— Cela a dû être dur.

Elle soupira et renversa la tête en arrière jusqu'à ce qu'elle repose contre le mur de la pièce.

— Bien sûr que ça l'a été. De la main gauche, elle tapota son genou et me regarda avec des yeux endormis. Vous êtes ici tard ce soir. Vous avez intégré l'équipe de nuit ?

Je hochai la tête.

— Oui.

— Vous avez besoin d'argent ? Elle fit un demi-sourire.

Même si c'était un peu abrupt, c'était vrai; j'avais même fait une sieste dans la salle de repos et mangé des trucs du distributeur automatique pour le dîner afin de pouvoir continuer la journée - j'étais soulagée de voir un léger sourire sur ses lèvres. C'était mieux que l'expression impassible avec laquelle elle était entrée dans la pièce.

— Je suis ici pour m'occuper de toi, comme tu le sais. Certaines des autres infirmières ont une famille, alors qu'il est plus facile pour moi de travailler plus tard.

— Vous avez un frère, n'est-ce pas ? Mon frère me manque parfois. Le vôtre vous manque-t-il quand vous travaillez ici ? demanda-t-elle.

— Franchement, je suis tellement occupée que je n'ai pas

l'occasion d'y penser. Mais je pense à des choses amusantes à lui dire quand je rentre à la maison, alors oui, il me manque.

— Cela doit être agréable de voir son frère tous les jours.

— Tu aimerais voir d'autres membres de ta famille ?

— Certains.

— Tu as l'air fatiguée, Isabel. Tu devrais peut-être te reposer, suggérai-je. Il se fait tard.

Isabel posa un doigt sur ses lèvres.

— Chut, on éteint la lumière. Les gens essaient de dormir ici.

Cela me rappela mon premier jour, quand Isabel m'avait confié un secret. *Je n'ai pas tué cette fille.* Je la croyais toujours, mais le problème était plus important que ce que je pouvais gérer seule. Une part de moi avait l'impression de l'avoir laissée tomber.

Je me rappelai que j'avais fait tout ce que je pouvais. C'était à la police de jouer maintenant.

— Vous avez l'air fatiguée, vous aussi, dit Isabel. Vous ne dormez pas très bien, n'est-ce pas ?

Je marquai une pause, me demandant si je ne devais pas changer de sujet pour en aborder un autre moins personnel. Puis je changeai d'avis.

— Non, c'est vrai, je ne dors pas très bien.

— Pourquoi ?

— Je fais des cauchemars.

Isabel s'écarta du mur.

— Ah bon ? Des mauvais ?

Je pensai à mon père, debout au milieu de la route, tenant le corps mourant de ma mère. Il y avait le sang qui coulait de ses doigts et qui s'accumulait sur le macadam froid. Il y avait la chemise de nuit soufflant dans la brise. Et puis, je repensai à l'appel téléphonique de l'hôpital et à la longue conversation que j'avais eue avec les médecins et les officiers de police, m'informant que mon père avait tué ma mère, puis lui-même. J'étais là, à l'hôpital, assise sur une chaise, à surveiller une fille pour m'assurer qu'elle ne se blessait pas, mais peut-être qu'Isabel n'était pas la seule à avoir besoin d'être surveillée.

— Oui, ce sont vraiment de mauvais rêves.

— Moi aussi je fais des cauchemars, répondit-elle. Mais j'aime les rêves où je deviens un oiseau et où je m'envole loin de l'hôpital. Parfois, je vole aux côtés de Pepsi. Parfois, je suis seule. D'autres fois, je sors d'ici avec Owen parce que je suis enfin libre. Toutes les infirmières sont alignées dans les couloirs et applaudissent à ma sortie. Vous me serrez fort dans vos bras.

— Et les cauchemars ?

— Je ne veux pas en parler.

Même si j'en avais envie, je n'insistai pas. Une part de moi se demandait si les cauchemars d'Isabel pouvaient révéler un secret qui permettrait de résoudre le meurtre de Maisie. Mais ce n'était pas le cas. C'était un vœu pieux qui ne reposait pas sur la réalité.

— Je suis somnambule. Les mots sortirent de ma bouche avant même que je n'y pense.

— Ah bon ? Les yeux d'Isabel s'écarquillèrent. Ses joues étaient légèrement rosées, ce qui faisait plaisir à voir après la pâleur qu'elle avait à mon arrivée.

— Oui. Ça a commencé quand j'ai emménagé ici.

— Pourquoi ? demanda-t-elle. Devant mon hésitation, elle ajouta : vous n'êtes pas obligée de me le dire si vous ne voulez pas. Je sais que je ne suis qu'une patiente. Vous n'avez pas à me raconter votre vie.

— Ce n'est pas grave. J'ai peut-être besoin d'en parler. Peut-être que tu mérites de savoir que même les gens en dehors de Crowmont ont des difficultés.

— Ça m'aiderait, dit-elle. Parfois, je ne pense qu'à la chance qu'ont les autres. C'est comme si mon esprit était bloqué sur une boucle et que je ne pouvais pas l'arrêter, et tout ce que j'imagine, c'est des gens qui mangent des glaces au soleil, qui rient, qui plaisantent et qui se tiennent par la main. Mais ce n'est pas toujours comme ça, n'est-ce pas ?

— Non, admis-je. Ce n'est pas toujours le cas. Ça ne l'a jamais été pour moi. Mon père a eu un accident de travail quand j'avais six ans, et il s'est retrouvé au chômage pendant un certain temps. Il a commencé à boire pour combler les trous dans ses journées, et il n'a jamais arrêté, même après avoir trouvé un nouvel emploi. L'alcool le rendait violent, mais pendant longtemps, il a réussi à se maîtriser, du moins en dehors de la maison. J'ai déménagé dès que j'ai eu seize ans et je suis allée vivre avec un petit ami qui fumait de l'herbe et écrivait de la poésie. Il était étudiant à l'université jusqu'à ce qu'il abandonne en deuxième année. J'ai laissé mon frère à la maison et je ne me le pardonnerai jamais.

J'ai trouvé un emploi, j'ai économisé, je suis allée à l'université et j'ai passé mon baccalauréat en suivant des cours du soir, puis j'ai suivi une formation d'infirmière. Whitmore a été le premier endroit à me donner du travail, et c'est ainsi que je suis devenue infirmière psychiatrique. Je tirai sur la manche de mon chemisier avant de continuer. Mais personne ne devient infirmier pour être riche. Après une mauvaise rupture avec un autre petit ami, je suis retournée vivre chez mes parents. Je ne voulais pas, mais maman insistait sur le fait que mon père allait mieux. Ce n'était pas le cas. Aujourd'hui, quand je repense à tout ce qui s'est passé, je pense qu'elle voulait que je sois là parce qu'elle espérait que je l'aiderais. Au moins, je pouvais enfin protéger Tom.

Un jour j'ai emmené mon frère pour la journée afin de l'éloigner de notre père. Maman devait venir avec nous, mais elle ne se sentait pas bien. La veille, il l'avait frappée violemment dans les côtes. L'une d'elles était fracturée, mais je ne le savais pas à l'époque. Maman ne s'est jamais plainte. J'aurais aimé qu'elle le fasse.

Tom avait seize ans et aurait dû passer du temps avec ses amis plutôt qu'avec sa sœur aînée pas très cool, mais il n'avait pas beaucoup d'amis, alors ça ne le dérangeait pas d'aller au zoo avec moi. Nous avons passé la majeure partie de la journée à observer les singes dans l'enclos, et nous avons mangé des frites avec de la sauce, au café du zoo. J'expirai profondément par le nez. J'ai déposé Tom à la maison parce que je devais aller chercher des affaires chez mon ex. Si je pouvais revenir en arrière et changer ce moment, je le ferais.

— Qu'est-ce qui s'est passé ? La voix d'Isabel était douce, encourageante.

— Tom a trouvé mes parents morts dans la chambre du haut. Mon père avait tranché la gorge de ma mère avant de se poignarder dans le cou. Le jet artériel avait imbibé les rideaux de sang.

Je me permis de lever les yeux de la manche de mon chemisier pour observer la réaction d'Isabel. Elle avait les yeux écarquillés et la bouche tordue par l'horreur.

— Je ne sais pas quoi dire. Lentement, elle se leva du lit, traversa la pièce et me prit la main, la serrant doucement. Ses mains étaient chaudes et douces.

Timidement, je tapotai sa main avant de me dégager.

— Ce n'est pas grave. C'était une période difficile pour nous deux, mais nous l'avons surmontée.

— Pas indemne, dit Isabel en se réinstallant sur le lit. Personne ne marche sur cette terre sans cicatrices ; vos cauchemars et votre somnambulisme, par exemple.

— Oui, ils ont commencé après que nous ayons emménagé à Hutton. Je me réveillais et me retrouvais à la table de la cuisine, souvent effondrée devant l'ordinateur portable. L'autre matin, je me suis réveillée dans une ferme abandonnée dans la lande, près du cottage où j'habite. Je ris. J'ai dû courir à la maison, prendre une douche et me rendre directement au travail.

Isabel s'installa sur le lit, levant les genoux pour se mettre plus à l'aise.

— Pauvre petite, Leah. Elle posa les mains sous sa tête et ferma les yeux. Demain matin, vous pourriez m'aider à remettre mes dessins au mur ?

Je ne pus m'empêcher de sourire.

— Bien sûr que je peux.

Chapitre 18

Il n'y avait pas de réponse au mail que j'avais envoyé à la police, mais j'avais reçu plusieurs messages de James Gorden me demandant si j'avais d'autres informations sur Isabel et sa famille. Je choisis de ne pas lui parler de mon aventure chez les Fielding. Il n'avait pas mis à jour le blog sur les crimes depuis un moment - peut-être attendait-il que je le contacte ?- mais je n'avais pas envie de lui parler. Je voulais oublier les mains de David Fielding sur ma gorge. Je voulais même oublier la main d'Isabel sur la mienne alors qu'elle me consolait de la mort de mes parents. Même maintenant, après avoir juré de ne plus être obsédée par le meurtre de Maisie Earnshaw, je m'autorisais tout de même être trop proche d'Isabel.

C'était la deuxième nuit de surveillance après sa tentative de suicide. J'avais dormi une bonne partie de la journée suite au changement de mes horaires, manquant Tom qui était parti à l'école et Seb qui avait laissé une bouteille de lait sur le pas de la porte. Le chat ne prit pas la peine de m'attaquer lorsque je sortis de la maison et que je me dirigeai vers la Punto. Peut-être que cette sale bestiole était en train de se domestiquer. Même si, pour une fois, j'avais bien dormi, je me sentais à cran. La veille, quand j'avais tout raconté à Isabel, j'avais cru un instant que dire à quelqu'un ce que j'avais vécu allait m'aider, mais il y avait toujours en moi un je ne sais quoi qui me disait le contraire. Depuis que mon père avait tué ma mère, le chagrin avait fait son chemin sur mon corps comme une râpe à fromage sur ma peau. Je mangeais, je dormais, je respirais, je me rendais au travail, je parlais aux autres et je conservais mon emploi, mais tout ça ne tenait qu'à un fil. Si j'étais honnête avec moi-même, je devais bien admettre que moi aussi je ne tenais qu'à un fil depuis leur mort.

Tom était à l'étude après la classe, mais je m'étais arrangée avec Seb pour qu'il aille le chercher plus tard. Pas avec le tracteur cette fois ! Pour autant que je sache, les brimades s'étaient calmées depuis que Seb veillait sur Tom. C'était un petit village et beaucoup de parents d'élèves connaissaient les Braithwaites de réputation. Les rumeurs se propagent rapidement dans un petit village ; la machine à ragots avait probablement déjà noté que Tom avait les Braithwaites de son côté, et j'étais sûre que même des adolescents boutonneux n'étaient pas assez stupides pour contrarier une famille composée principalement de fermiers costauds.

J'étais en avance pour mon service, alors je décidai de fumer une cigarette avant de commencer. À ma grande surprise, Alfie se pointa là où je fumais habituellement. Il me fit un signe de tête et me sourit.

— Ça fait un moment que je ne t'ai pas vue.

— J'ai pris un peu de temps pour faire réparer ma voiture, lui répondis-je. Tu as d'autres histoires à me raconter ?

— Voyons voir... Il s'appuya contre le mur de l'hôpital Crowmont et la poussière de brique se mêla à ses cheveux bruns cendrés. Ouais, il y a eu une autre patiente célèbre à Crowmont. Je crois que c'était à la fin des années cinquante. Elle venait de Londres, cette fille. Elle s'appelait Laura quelque chose, Laura Simpson. C'était pas vraiment une meurtrière, en fait elle n'avait tué qu'un seul homme : son père.

Un frisson me parcourut.

— Que s'est-il passé ?

— Le père était un sale type qui abusait d'elle. Il l'enfermait dans la cave pendant des jours, battait sa femme, buvait. Un jour, Laura a craqué et l'a tué. Elle l'a poignardé soixante-quinze fois, uniquement dans la poitrine. Lorsque la police l'a arrêtée, elle avait des hallucinations et disait que des fourmis courraient sur tout son corps. Elle s'était fait des petits trous dans les bras avec le même couteau.

— Ces histoires que tu me racontes, dis-je en secouant la tête. Il faut que j'arrête de les écouter.

— Le monde réel est dérangeant, répondit Alfie.

— Tu penses que Laura méritait d'être punie pour avoir tué son père violent ? demandai-je.

Il tira une bouffée de sa cigarette en regardant le ciel au-dessus des grilles qui entouraient Crowmont.

— C'est pas moi qui fais les lois, hein ? Il hésita. Mais je ne l'aurais pas punie. Il y a eu une affaire une fois, une autre à Crowmont. Graham Edwards a été reconnu coupable du meurtre de Susan Brown. C'était avant les empreintes digitales et la médecine légale. Edwards a été amené ici, quand Crowmont était encore un asile, parce qu'il avait un QI de 51 et qu'il n'aurait pas survécu en prison. Il est mort ici quinze ans plus tard. Trente ans après, la police scientifique a réexaminé les preuves et s'est rendu compte que c'était le mari de Susan Brown qui l'avait violée et tuée, et non Graham Edwards. Il est mort ici et il n'avait rien fait de mal. Il haussa les épaules. C'est pas juste, hein ?

— Non.

Il se retourna et me regarda droit dans les yeux.

— Mais qu'est-ce qu'on peut y faire ?

Alors qu'il écrasait sa cigarette sur le sol, une pie passa devant nous et se posa sur la pelouse à gauche du parking. C'était Pepsi ? Je n'en étais pas sûre.

« Bonjour, Madame la pie », dit Alfie en se retournant et en s'éloignant.

* * *

Isabel était à son bureau cette fois. Elle dessinait à nouveau, ce que je considérai comme un bon signe.

— Comment te sens-tu aujourd'hui ? demandai-je en approchant une chaise et en la plaçant près de la porte ouverte de sa chambre. C'était la fin de la journée et je savais que le soleil était en train de se coucher - ce qui n'était pas évident de l'intérieur de l'hôpital. Ce genre d'établissement était toujours étanche au monde extérieur, n'en laissant passer qu'un aperçu. Les hôpitaux me rappelaient les écoles, où l'on pouvait observer les orages depuis la fenêtre, entassés avec sa classe, soudés pour un après-midi. On avait l'impression que l'orage ne vous toucherait jamais si vous étiez en classe avec le professeur. Peut-être parce qu'à l'école, à l'hôpital ou en prison, vous confiez le contrôle de votre vie à un représentant de l'autorité : un professeur, un médecin, un gardien, un patron.

— Comme si j'avais dormi pendant une semaine, dit-elle en souriant. Et vous ? Vous avez été somnambule ?

— Pas une fois

— Des cauchemars ?

— Aucun.

Son sourire s'élargit.

— Vous guérissez, Leah.

— J'espère que toi aussi.

— Il est trop tard pour moi, dit-elle tristement. Elle retourna à son bureau, un crayon à la main.

— Qu'est-ce que tu dessines aujourd'hui ? demandai-je.

— Pepsi, répondit-elle. Je ne l'ai pas vue depuis quelques jours et elle me manque.

— Je crois que je l'ai vue dehors.

— Pendant que vous faisiez une pause cigarette ? Elle leva les yeux de sa feuille et m'adressa un demi-sourire. Je le sens dans votre haleine.

— Désolée.

— Ce n'est pas grave. J'aime les odeurs du monde extérieur. Parfois, vous sentez aussi un peu l'alcool.

J'étais choquée. Je n'étais jamais venue au travail en état d'ébriété.

— Je... Isabel, ce n'est pas possible.

— Si, dit-elle. Seulement un peu. Vous essayez de le cacher avec du chewing-gum et du déodorant, mais je le sens un peu. Vous buvez le soir ?

Je ne pouvais rien dire. Je jetai un coup d'œil inquiet dans les deux directions du couloir. Il était possible que j'aie eu la gueule de bois quelques fois, mais je n'avais jamais dépassé la limite autorisée en conduisant. Mais si ça avait été plus que je ne le pensais ? Et si Chi avait remarqué l'odeur ?

« Ce n'est pas grave, dit Isabel. Je ne le dirai jamais à personne. Vous êtes mon infirmière préférée, vous savez. Vous êtes l'infirmière la plus gentille que j'aie jamais eue. Vous m'avez aidée à poser ma candidature pour le prix Koestler, vous me laissez vous dessiner et vous me parlez de vous. Vous vous souciez même de ma réévaluation et du fait que je pourrais aller dans une prison pour adultes. Aucune des autres ne s'est jamais souciée de moi de la sorte, pas même Alesha. Je vous aime trop pour le dire à qui que ce soit. »

— Je ne bois jamais au travail, dis-je à voix basse, paranoïaque à l'idée qu'une autre patiente puisse l'entendre.

— Oh, je sais. Ce n'est pas grave. Je ne le dirai à personne. Elle me fit un clin d'œil avant de reprendre son dessin. Après une courte pause, elle dit : je pense que les pies sont mes oiseaux préférés. Elles sont tellement intelligentes. Pepsi m'apporte des choses pour que je fasse mon propre nid. Parfois, j'aimerais pouvoir le faire. Ce serait beaucoup plus confortable que cette chambre. Peut-être que je pourrais faire un petit nid dans les bois quelque part et vivre seule. Comme ça, personne ne me dérangerait et je ne les dérangerais pas non plus.

— Ça te plairait ? demandai-je.

— Peut-être. Tant qu'Owen peut me rendre visite. Il est venu aujourd'hui, en fait. Il est déçu que je me sois fait du mal.

Cela m'inquiéta qu'elle mentionne Owen. Et s'il avait dit à Isabel que j'étais venue chez eux ? Trouverait-elle que j'avais dépassé les bornes ? Et si elle allait voir Chi et lui racontait ce que j'avais fait ? Je cherchai sur son visage une preuve qu'elle savait, mais l'expression d'Isabel était vide. Je m'adossai à ma chaise et j'essayai de me détendre. Pourquoi Isabel dirait-elle quoi que ce soit à Chi ? D'un autre côté, il était étrange qu'elle parle de l'alcool. Elle n'avait pas l'air dans son assiette aujourd'hui. Ce n'était pas souvent qu'elle parlait d'un sujet aussi négatif que celui-ci ; d'habitude, elle se concentrait sur les aspects positifs. Peut-être était-ce la vague de dépression qui l'avait saisie toute la semaine.

« Parfois, cet endroit me rend claustrophobe, dit-elle. Il y a trop de monde ici. Je ne peux pas marcher dans le couloir sans être accompagnée. Les seules fois où je suis seule, c'est la nuit et dans les toilettes. Je suffoque. »

— Je sais que ça peut te donner cette impression. Mais c'est dans ton propre intérêt pour l'instant.

— Mon propre intérêt ? Ou est-ce dans l'intérêt du reste du monde ? Elle roula des yeux. Je suis une meurtrière, après tout. Du moins, c'est ce que le système judiciaire a décidé quand j'avais quatorze ans. Elle tapota le dessus de son bureau avec son crayon et baissa les yeux.

— As-tu pensé à ta condamnation, Isabel ?

— Plus que d'habitude, oui, dit-elle. C'est peut-être à cause de ces sales garces qui me font des croche-pieds quand je passe devant elles. Elles me poussent contre les murs. Laissent des mots dans ma chambre qui disent que je suis le diable. Peut-être que tout cela s'accumule en moi. Je ne peux plus respirer. Elle tapa le crayon si fort que j'eus peur qu'il se brise ou qu'elle se blesse le poignet.

— Je suis désolée que cela t'arrive, dis-je, et je le pensais vraiment.

— Ce n'est pas de votre faute. Elle jeta le crayon sur le bureau et se retourna pour me faire face, croisant une jambe sur l'autre. Je me souviens mieux de ce jour-là maintenant.

— Ah bon ?

Bien que j'aie essayé de rester calme, mon cœur réagit avec mon excitation. Elle se souvenait ?

— Pas de tout, de quelques petits détails ici et là. Je peux vous dire ce dont je me souviens ?

Je frottai mes mains moites contre mes cuisses.

— Oui.

— Il faisait chaud et ensoleillé. Je portais une robe d'été blanche que je n'aimais pas beaucoup, mais maman voulait que je la porte parce que les Earnshaw venaient et que c'étaient des gens importants. Je voulais porter un jean et un t-shirt, mais cela ne donnait pas la bonne image. Owen avait été contraint de porter une chemise élégante avec des boutons qu'il n'arrêtait pas de défaire. Maman voulait qu'ils soient boutonnés jusqu'au col, mais Owen avait l'impression que ça l'étranglait. Lorsque les Earnshaw sont arrivés, nous étions censés nous aligner comme des soldats de plomb et leur dire bonjour. Nous devions faire semblant d'être une petite famille heureuse.

J'essayais d'imaginer à quoi avaient ressemblé les Fielding ce jour-là. S'étaient-ils tenus debout, un sourire forcé aux lèvres, les joues crispées par l'effort ? Dans mon esprit, la maison blanche était si éblouissante qu'elle créait une étrange toile de fond à leur perfection plastique.

— Pourquoi deviez-vous faire semblant ? Vous ne viviez pas dans un foyer heureux ? demandai-je.

— Ça allait, dit-elle en haussant les épaules. Mais papa travaillait tout le temps et maman avait l'air d'être à l'écart la plupart du temps. Ni l'un ni l'autre ne se souciait de passer du temps avec nous. C'est pourquoi nous jouions souvent seuls. Owen aimait jouer à cache-cache dans les bois près de la mare aux canards. Parfois, il faisait semblant d'être un loup et moi le petit chaperon rouge. J'avais même un manteau avec une capuche que je portais à ce moment-là.

Un frisson me parcourut le corps. Je crois que je tremblai visiblement, car Isabel me jeta un regard étrange, comme si elle avait remarqué mon dégoût.

« C'était parfaitement innocent, dit-elle sur la défensive. Nous aimions les contes de Grimm. Parfois, nous faisions semblant d'être Hansel et Gretel, en laissant des miettes de pain au pied des arbres. Owen a cru aux fées pendant un certain temps. Il leur construisait même des petites maisons avec des brindilles et des feuilles. »

Est-ce que j'interprétais leurs jeux innocents ? Si je n'avais pas su qu'une petite fille avait été sauvagement assassinée sur la propriété des Fielding, est-ce que j'aurais pensé que jouer aux contes de fées était effrayant ?

— Est-ce que vous avez joué à ça le jour où Maisie est morte ?

— Nous ne sommes pas allés tout de suite à la mare aux canards, dit-elle. Je me souviens que maman avait acheté des amuse-gueules et les avait disposés sur la table de la cuisine. Les portes-fenêtres étaient ouvertes et Owen et moi avons couru sur le patio avec Maisie. Elle mangeait un rouleau à la saucisse et nous poursuivait de ses doigts gras. Que portait-elle ce jour-là ? Une robe bain de soleil jaune ? Je crois me souvenir de marguerites, mais je n'en suis pas sûre. C'était peut-être du rouge. Ou peut-être que je me souviens du rouge de... d'autres choses. Elle était perdue dans ses souvenirs, fixant le mur au-dessus de ma tête. Quand maman a ouvert une bouteille de champagne, les adultes se sont installés dans le patio, et nous nous sommes lassés de l'espace restreint, alors nous nous sommes poursuivis sur la pelouse pendant un moment. Ils avaient fini la bouteille quand nous avons décidé de montrer la mare aux canards à Maisie. Ils buvaient des boissons pour adultes avec beaucoup d'alcool et nous commencions à nous ennuyer. En plus, maman était fâchée contre moi parce que j'avais glissé sur le talus et que ma robe était tachée d'herbe. Lorsqu'elle m'a emmenée dans la salle de bains pour me nettoyer, elle m'a dit que j'étais trop grande pour courir avec mon frère et que je devais commencer à me comporter comme une dame. J'avais une image à défendre, et cette image n'incluait pas les taches d'herbe.

J'ai pensé à la mère d'Isabel, assise à la table pendant que son mari contrôlait tout. Peut-être que cette femme avait l'impression d'avoir au moins une chose qu'elle pouvait essayer de contrôler : Isabel. Mais quand Isabel lui avait été enlevée, elle avait craqué.

« Bref, nous avons emmené Maisie voir la mare aux canards. Les anciens propriétaires l'avaient fait creuser, apparemment, et papa nous avait permis d'acheter des canards pour qu'ils vivent là. C'était une assez grande mare qui s'étendait là où la pelouse descendait en pente. Nous n'avions jamais eu le droit d'y aller seuls. Pas avant mes douze ans, en tout cas. À partir de ce moment-là, j'avais été jugée assez grande pour veiller à ce que mon petit frère ne se noie pas. J'ai toujours aimé cet étang. Papa m'y emmenait quand j'étais petite. Il me tenait la main et apportait quelques tranches de pain pour nourrir les canards. Elle marqua une pause. Nous n'y allions pas très souvent. Plus tard, j'y allais avec notre gouvernante, qui était toujours réticente à l'idée de s'asseoir sur l'herbe et de nourrir les canards. Elle avait peur des oiseaux. »

— Tu te souviens de ce qui s'est passé quand vous étiez à l'étang ? Comment vous êtes-vous retrouvés dans les bois ?

— C'était l'idée d'Owen. Elle tourna la tête vers la gauche et regarda le mur de sa chambre.

Je suivis son regard pour voir ce qu'elle fixait. C'était l'image d'une pie.

« Il voulait jouer à un jeu », dit-elle d'une voix calme. On aurait dit qu'elle était en transe. Avait-elle oublié que j'étais là ?

— Quel jeu, Isabel ? Mon cœur battait à tout rompre. J'étais si près de découvrir la vérité sur ce qui s'était passé le jour de la mort de Maisie. Isabel était la clé de tout, je le savais. Si elle voulait bien me le dire...

— Je... commença-t-elle. Je crois que je me souviens. D'un

seul coup, elle laissa tomber sa tête dans ses mains et se mit à gémir.

— Isabel ? Je me levai, alarmée par sa réaction.

Elle se leva et nous nous retrouvâmes face à face. Ses joues étaient mouillées par des larmes qu'elle essuya rapidement.

« Tu te souviens ? »

Elle acquiesça. Ses épaules étaient affaissées et ses lèvres étaient légèrement entrouvertes, comme si elle était sous le choc.

— Je... je veux vous le dire. Sa lèvre inférieure tremblait pendant qu'elle parlait.

Je m'approchai.

— Tu peux me faire confiance.

— Je sais. Elle s'approcha de moi. S'il vous plaît, écoutez mon histoire.

— Je vais le faire.

Et avant même de m'en rendre compte, j'entrais dans sa chambre.

DEUXIÈME PARTIE

Au milieu de la nuit, l'alarme retentit dans le village de Hutton. La sonnerie aiguë en sortit plus d'un de son sommeil paisible.

En cinquante-deux ans, l'alarme n'avait jamais retenti. Certains ne savaient même pas de quoi il s'agissait, mais beaucoup d'autres le savaient, et ils savaient que cela ne signifiait qu'une seule et épouvantable chose.

Une patiente s'était échappée de l'hôpital Crowmont.

Chapitre 19

Je vérifie encore une fois.

Un. Deux. Trois. Clac, clac, clac.

La porte est absolument verrouillée, mais alors que je m'en détourne, ma peau me démange tellement que j'ai envie de vérifier une dernière fois. Je laisse mes doigts courir sur les serrures robustes qui ont été installées sur l'épaisse porte en bois. Personne ne peut entrer par cette porte.

Mais qu'en est-il des fenêtres ? Chaque soir, je me pose cette question avant d'aller me coucher. Les fenêtres du rez-de-chaussée sont le moyen idéal d'entrer par effraction. Une grosse brique, et la vitre se briserait facilement. Je resserre la couverture en laine autour de mes épaules et j'essaie d'ignorer la peur glaciale qui coule dans mes veines. Il est temps d'aller se coucher.

Ces jours-ci, j'emporte une tasse d'Ovomaltine au lit. Les cubis de vin ont disparu. Ils ne font pas bon ménage avec mes médicaments. Je suis sous traitement maintenant. Cela fait partie de ma vie.

Il y a six mois, la sécurité de l'hôpital Crowmont m'a trouvée à moitié inconsciente et délirante sur le sol de la chambre d'Isabel Fielding. La porte était fermée à clé et Isabel n'était plus là. Au cours de la nuit, j'avais avalé dix-huit comprimés de clozapine de 100 mg ; après que les professionnels de la santé m'ont fait un lavage d'estomac à l'hôpital de York, j'ai passé deux heures à halluciner et à croire qu'une volée d'oiseaux m'attaquait. Les médecins ont été contraints de m'immobiliser, ce qui a permis aux oiseaux de me crever les yeux dans mon hallucination, pendant que je restais immobilisée sur le lit.

Parfois, lorsque je m'endors le soir, je ressens encore la sensation de leurs becs contre mes paupières.

Les six mois qui m'ont menée jusqu'à ce moment - vérifier les serrures, fermer les rideaux, me barricader dans ma chambre - ont été une période de révélation et de prise de conscience. Je devrais peut-être commencer par ce dont je me souviens, car il y a beaucoup de choses dont je ne me souviens pas.

Après m'être remise de mon overdose, la police m'a appris qu'Isabel Fielding s'était échappée de l'hôpital Crowmont en portant mes vêtements et en utilisant mon laissez-passer. Au début, je n'ai pas compris ce qu'ils me disaient. Je n'étais même pas sûre que c'était réel. Comment Isabel avait-elle pu quitter l'hôpital en se faisant passer pour moi ? Comment avait-elle pu franchir les portes ? Mais la police m'a dit qu'il était tard - plus de minuit - et Isabel a gardé la tête baissée dans les couloirs, a montré mon laissez-passer à la réceptionniste, a pris les clés de ma voiture dans mon casier et a conduit ma voiture jusqu'à la porte d'entrée.

Le gardien a vu ma Fiat Punto jaune et verte si particulière et a automatiquement ouvert le portail. Pourquoi aurait-il soupçonné que la femme à l'intérieur, avec la même couleur de cheveux et la même corpulence, était en fait quelqu'un d'autre ? Elle portait mes vêtements et mon laissez-passer autour du cou.

Comment a-t-elle pu avoir mes vêtements ?

Comment a-t-elle eu mon laissez-passer ?

Comment savait-elle quelle voiture était la mienne ?

Comment a-t-elle su quel casier était le mien ?

La police m'a posé ces questions encore et encore, mais je n'ai pu répondre à aucune d'entre elles. La dernière chose dont je me souvienne, c'est d'être assise devant la chambre d'Isabel. Elle m'avait dit qu'elle se souvenait mieux de la mort de Maisie. J'étais sur le point d'entrer dans sa chambre.

Et puis plus rien.

Ensuite, des oiseaux me picoraient le visage, leurs pattes griffues se posaient sur ma poitrine. Des becs déchiraient ma peau. Des griffes qui font mal. Des plumes qui volent. C'était furieux et douloureux, et je ne veux plus jamais revivre une telle expérience. Pourquoi aurais-je pris de la clozapine ? Pourquoi me serais-je infligé cela ? Je connais les effets secondaires potentiels et je sais exactement à quel point une dose aussi importante peut être dangereuse. Je ne comprends rien. Tout ce que je sais, c'est qu'une patiente sous ma surveillance s'est échappée et maintenant je ne sais plus que croire.

Les révélations se sont succédé. Quelques jours après l'évasion d'Isabel, après m'être remise de l'overdose, j'ai été interrogée par un policier, l'inspecteur Murphy, qui pensait clairement que j'avais laissé Isabel partir avant de prendre les médicaments, par remords pour mes actes. Mon côté têtu refusait cette théorie, car je n'aurais jamais fait ça, pas après avoir vu de mes propres yeux ce qu'une overdose pouvait faire à une personne.

C'est alors que j'ai été admise à l'hôpital Oakton, un établissement psychiatrique situé à Harrogate.

Les chambres étaient fermées à clé la nuit et j'ai été forcée de porter des vêtements sans boutons, sans fermetures éclair et sans cordons de serrage, exactement comme les patientes de Crowmont. Je me déplaçais en pantoufles et n'étais autorisée à me rendre dans la zone commune que si je me comportais de manière appropriée.

Après avoir été l'infirmière pendant si longtemps, j'ai découvert ce que c'était que d'être la patiente.

C'est dans ce nouvel hôpital que j'ai été présentée à un thérapeute, le Dr Ibbotson, qui reste mon médecin à ce jour. Aujourd'hui, les séances sont hebdomadaires et je ne vis plus dans le service. Pendant nos séances, il s'assoit, ses longs doigts de pianiste posés sur ses genoux, tout en écoutant attentivement. Même en pensant à lui maintenant, j'ai la nausée, non pas parce que c'est un homme désagréable, mais à cause des choses honteuses qu'il m'a forcée à réaliser au cours de nos séances de thérapie.

En montant les escaliers, je ferme les yeux pour essayer de faire disparaître les souvenirs de son visage. Cet air patient et vide qu'il avait alors que je réalisais peu à peu les mensonges que je me racontais depuis que j'avais quitté Hackney. C'est le Dr Ibbotson qui m'a finalement forcée à affronter la vérité, et je crois que je le détesterai toujours pour cela, même si cela m'a aidée au final.

Il fait froid ce soir. Septembre apporte la promesse de l'hiver ; la morsure glaciale du vent s'infiltre à travers les fenêtres à simple vitrage. Je suis seule dans le cottage. Tom a été placé dans une famille d'accueil pendant que j'étais en hôpital psychiatrique. Même à cette période je savais que c'était pour le mieux, parce que je voulais qu'il soit en sécurité, et qu'il ne l'était plus à mes côtés. Mais son absence dans la maison est immense et si je m'attardc sur la façon dont il me manque, je commence à me sentir sombrer dans le genre de désespoir que seul un cubi de vin peut réparer. C'est une rustine, un ruban adhésif qui ne fonctionne que jusqu'à ce que les coins commencent à se décoller à nouveau.

Tous les soirs à vingt et une heures, j'appelle sur le portable de Tom pour vérifier qu'il va bien, puis j'inspecte les fenêtres et les portes pour m'assurer qu'elles sont toutes verrouillées, je monte mon Ovomaltine à l'étage, j'éteins toutes les lumières et je me mets au lit. Ce n'est pas vraiment une vie, mais cette routine m'aide à me sentir un peu protégée de tout ce qui se cache là, à l'affût.

Je ne sais pas exactement ce que j'attends. Je ne sais même pas si je suis en danger. Je ne sais pas si je sais ce qui est réel et ce qui ne l'est pas. Tout ce que je sais, c'est que j'ai besoin de me sentir en sécurité. J'ai besoin de savoir qu'elle - ou qu'il - ne va pas m'attaquer. Je ne sais pas quel Fielding est le plus dangereux - peut-être sont-ils tous aussi dangereux les uns que les autres - mais je sais qu'ils sont tous là et qu'au moins l'un d'entre eux est un meurtrier.

Lorsque j'étais dans le service psychiatrique, le Dr Ibbotson s'était efforcé de confronter les mensonges et les illusions que je me racontais. Dans une pièce blanche et propre, avec un bureau ressemblant davantage à une table d'école qu'aux bureaux que l'on voit dans les films avec des thérapeutes, il m'avait arraché la vérité que j'avais enfermée depuis longtemps.

— Qu'est-ce que vous vous rappelez de l'enterrement ? m'avait-il demandé, assis en tailleur, un petit carnet posé sur les genoux. Son long visage était détendu et neutre. Ses yeux clignaient de temps en temps, ce qui était le seul mouvement dans son inertie physique.

— Je tenais la main de Tom près de la tombe. L'après-rasage de mon père s'est propagé dans le vent et il sentait si fort que mon estomac s'est retourné et que je me suis sentie mal. Je pleurais beaucoup. Je me souviens du vent sur les joues mouillées. Tout le monde était en noir.

— Vous avez senti l'après-rasage de votre père, avait déclaré M. Ibbotson. Mais vous m'avez dit qu'il s'agissait d'un enterrement pour vos deux parents.

— C'est exact. Mais j'ai senti que mon père était là. Je ne comprends pas pourquoi. Je n'ai jamais cru aux fantômes. Je... je ne suis pas folle, je vous jure.

Je reconnaissais l'ironie de mes paroles, compte tenu de l'endroit où je me trouvais, mais j'étais convaincue que c'étaient les médicaments présents dans mon organisme qui m'avait rendue folle, après avoir été trouvée dans la chambre d'Isabel. Tout ce qui s'était passé avant était... C'était dur et stressant et j'avais fait des erreurs, mais je n'avais jamais été folle ? Si ?

— Je dois passer en revue tout ce que vous m'avez dit au sujet du crime commis par votre père, avait dit le Dr Ibbotson, suivi d'un lent clignement des yeux. Votre père a poignardé votre mère avant de se suicider. Vos deux parents sont morts dans ce meurtre-suicide. Plus tard, vous avez assisté aux funérailles de vos deux parents, où vous avez senti la présence de votre père.

— C'est exact. Je ne comprends pas pourquoi nous parlons encore de cela. Je me suis passé les doigts dans les cheveux, tirant sur les pointes en signe d'agacement. La thérapie n'est pas censée être facile, mais ressasser la mort violente de mes parents ne semblait pas m'aider. Cela ne faisait que raviver mes vieux sentiments de chagrin et de culpabilité, de désespoir et d'obscurité.

— Leah, je dois vous montrer quelque chose, et ça va être difficile à voir.

J'ai empoigné mes cheveux.

— Me montrer quoi ?

Le Dr Ibbotson avait feuilleté son carnet jusqu'au bout et en avait sorti une feuille de papier avec une image en noir et blanc au recto. Une sorte de photocopie. Il y avait jeté un coup d'œil rapide avant de la poser sur la table et de la faire glisser vers moi.

— C'est une copie de l'article qui était paru dans votre journal local. Pourriez-vous me le lire ?

Je le lisais déjà. La tête baissée, le bout blanc de mes doigts agrippés à la feuille, j'ai lu les mots, puis je les ai relus.

— C'est faux. Ça a été trafiqué. C'est faux. Quand j'ai entendu le tremblement de ma voix, j'ai reposé la feuille sur la table et je l'ai repoussée. C'est faux !

— Vous êtes sûre ? Le Dr Ibbotson avait fait cliquer son stylo et avait commencé à écrire dans son carnet. Je détestais l'idée qu'il écrive des observations secrètes sur moi dans son petit carnet.

— Cet article dit que mon père a été arrêté après la mort de ma mère. Il dit qu'il était vivant. Mais ce n'est pas vrai. Mon père s'est suicidé.

Une fois que le Dr Ibbotson avait eu fini d'écrire ses notes, il avait repris son carnet et y avait récupéré un autre bout de papier. Il avait à nouveau jeté un coup d'œil dessus avant de le poser sur la table et de le faire glisser vers moi.

Les doigts tremblants, j'avais pris le petit papier brillant et rectangulaire. Une photo, de mon père, imprimée sur du papier bon marché. Il était plus gros, chauve, et portait un pull mal ajusté, d'une teinte trop vive pour sa peau pâle. C'était bien lui, mais ce n'était pas non plus lui. Je connaissais toutes les expressions du visage de mon père, de l'homme aimable qui aidait ses voisins à l'ivrogne complètement dingue qui terrorisait sa famille, mais je ne reconnaissais pas le visage avachi de cet homme.

— Cette photo de votre père a été prise la semaine dernière dans l'hôpital de haute sécurité où il est incarcéré. Il a été reconnu coupable du meurtre de votre mère, mais il n'a pas été jugé mentalement apte à purger sa peine en prison. Il a été conduit à l'hôpital Broadmoor, où il est placé dans une aile sécurisée. Votre père a assisté aux funérailles de votre mère sous la garde de la police.

— Non. J'avais secoué la tête. Non !

Mais au fond de moi, je savais que c'était vrai. Pendant que le Dr Ibbotson parlait, je me suis souvenue de ce jour où l'after-shave de mon père avait dérivé jusqu'à moi dans le vent. Je me suis souvenue de la main froide de Tom dans la mienne, et du fait que je ne voulais pas regarder à ma droite, où mon père se tenait menotté, courbé de telle sorte que ses larmes tombaient sur l'herbe. Ses sanglots avaient été si forts que nous avions à peine entendu le célébrant. Je me souviens avoir pensé que j'aurais aimé que ce soit lui qui soit enterré.

Lorsque le Dr Ibbotson m'avait pris doucement la photo des mains, je m'étais rendu compte que je l'avais serrée si fort qu'il y avait une déchirure dans le coin.

« Qu'est-ce qui m'arrive ? » Ma petite voix faisait écho dans la pièce blanche. J'avais l'impression d'être l'ombre de la femme que j'étais auparavant.

— Je pense que vous avez fait une dépression nerveuse. Je pense que vous avez eu une crise psychotique qui s'est traduite par des délires et des hallucinations.

— Je suis donc folle.

— Non, avait-il dit en se rapprochant de moi. Votre esprit est un peu déséquilibré chimiquement en ce moment, mais avec les bons médicaments, nous pouvons vous remettre sur les rails.

Je m'étais penchée en avant, en posant ma tête dans mes mains.

— Je ne peux pas me faire confiance. Je ne sais pas ce qui est réel et ce qui ne l'est pas. Et si j'avais laissé Isabel sortir délibérément ? Et si j'étais aussi mauvaise que les autres ? Comme ceux dont Alfie m'a parlé ? Et si j'étais comme eux ?

— Alfie ?

— Un gardien qui travaillait au pavillon Morton de l'hôpital Crowmont. Nous faisions des pauses cigarette ensemble, et il me parlait de tous les tueurs en série et de tous les assassins qui avaient séjourné à Crowmont.

— C'est intéressant que vous preniez plaisir à entendre ces histoires. Croyez-vous que vous êtes une meurtrière ? avait demandé le Dr Ibbotson.

— Oui, avais-je répondu sans hésiter. Je ne l'ai jamais arrêté, n'est-ce pas ? Je l'ai laissé la tuer. Maman serait en vie si...

— C'est votre père qui a tué votre mère, Leah. Vous n'avez rien fait de mal et ce n'était pas de votre faute. Il avait un peu plus griffonné dans son carnet. Il faut qu'on parle de cet Alfie.

— Qu'est-ce qu'il a ?

— Il porte le même nom que votre père.

Non, non, non, non.

Le Dr Ibbotson avait tressailli pour la première fois lorsque je lui avais repris la photo. Je ne sais pas pourquoi j'avais besoin de cette photo pour me souvenir ; je sais à quoi ressemble le visage de mon père, mais en même temps, j'avais besoin qu'on me le rappelle encore une fois pour que je comprenne vraiment. L'homme sur la photo était une version plus âgée et plus grosse de l'homme avec qui j'avais partagé toutes les cigarettes.

Oh, j'avais réussi à changer quelques petites choses - des yeux un peu plus fendus, des lèvres plus minces, des cheveux plus épais. Mais c'était bien lui. Pendant tout ce temps, j'avais été hantée par l'homme que je détestais le plus au monde, et je ne m'étais pas contentée de le conjurer avec mon esprit brisé. Je m'étais aussi liée d'amitié avec lui.

— Je ne me sens pas bien, avais-je dit. Toutes ces conversations avec... avec Alfie. Elles étaient toutes dans mon esprit.

— Voulez-vous un verre d'eau ?

— Ça va aller.

— Dites-moi si vous avez besoin d'arrêter. Le Dr Ibbotson avait poussé vers moi une boîte de mouchoirs qui était sur le bureau. Mais je pense qu'il est temps de parler de votre père maintenant.

J'avais acquiescé, j'étais d'accord avec lui.

— La première chose que vous devez savoir, c'est que Tom n'est pas seulement mon frère. C'est aussi mon fils.

Accro Aux Crimes Authentiques

Isabel est libre

Par James Gorden

Je ne sais pas quoi dire. J'ai passé tellement de temps à étudier l'affaire Maisie Earnshaw, à parler ici de mes soupçons concernant David et Owen Fielding, à spéculer sur l'innocence éventuelle d'Isabel Fielding, mais je n'aurais jamais imaginé que cela se produirait. Et vous ?

Isabel Fielding est libre, mais pas comme je l'avais imaginé.

Alors, que savons-nous ?

Nous savons qu'une infirmière (qui restera anonyme par égard pour elle) est entrée dans la chambre d'Isabel et que la porte était fermée. La police n'a pas dit combien de temps l'infirmière est restée dans la chambre, mais nous savons qu'Isabel s'est échappée de l'hôpital à une heure trente du matin. Elle a quitté l'hôpital en portant les vêtements de l'infirmière et en utilisant son laissez-passer pour sortir par l'aile ultra-sécurisée (pff !) de l'hôpital. Elle a ensuite récupéré les affaires de l'infirmière dans son casier, est montée dans sa voiture et s'est enfuie dans la nuit.

Pendant ce temps, l'infirmière a été retrouvée en pleine overdose neuroleptique.

Que s'est-il passé dans cette chambre ?

L'infirmière croyait-elle qu'Isabel était innocente ? L'a-t-elle libérée avant de se droguer en guise *d'after* de la soirée? L'infirmière s'est-elle droguée avant qu'Isabel ne soit libérée ou ne s'échappe ? Ou bien Isabel a-t-elle tout manigancé ?

Quoi qu'il en soit, maintenant Isabel Fielding est là dehors, quelque part. Il faut espérer qu'elle soit vraiment innocente, sinon nous risquons d'avoir des ennuis.

Qu'en pensez-vous ?

COMMENTAIRES :

TrueCrimeLover : L'infirmière l'a laissée sortir. Comment une infirmière qualifiée peut-elle être aussi stupide pour permettre à une prisonnière de s'échapper ? Cela n'a pas de sens.

James Gorden : On a tous de mauvais jours...

Bundy's bitch : C'est Isabel qui l'a fait. Elle est le cerveau derrière tout ça. Elle attendait des fruits faciles à cueillir et cette infirmière est arrivée au bon moment.

RedRose : C'est son frère. Il a fait chanter l'infirmière et a fait sortir Isabel. Je parie qu'ils vont commettre des crimes maintenant. Comme Bonnie et Clyde, mais à la manière des Lannister.

James Gorden : Euh, beurk...

Chapitre 20

— J'avais treize ans quand je l'ai mis au monde. Tout était flou. Tout ce dont je me souviens, c'est des cris, pas seulement les miens, mais aussi ceux de Tom. Son petit visage rouge était crispé par la colère. C'est tout ce dont je me souviens : des cris, du sang et ma mère qui me tenait la main. L'acte de naissance ne mentionne pas le nom du père, et je n'ai jamais dit à ma mère qui était le père. Je ne lui ai jamais dit, donc je ne peux pas lui reprocher de ne pas avoir su. Je peux lui reprocher de ne pas être partie quand il continuait à la frapper, mais je ne peux pas lui reprocher ce qu'il m'a fait. Peut-être que si je le lui avais dit, elle l'aurait enfin quitté, et elle serait encore en vie aujourd'hui.

— Je ne suis pas sûr que vous puissiez vous reprocher quoi que ce soit. Vous étiez une enfant, avait dit gentiment le Dr Ibbotson.

— Non, je suppose que non. Mais j'ai eu l'occasion de m'exprimer. J'avais treize ans. J'ai dû parler à la police, mais j'ai refusé de leur dire qui était le père. Ils ont fini par laisser tomber et sont passés à une autre affaire. J'ai eu l'occasion de leur dire et je ne l'ai pas fait.

— Pourquoi ne l'avez-vous pas fait ?

— J'avais honte ! J'avais laissé échapper un rire amer qui s'était répercuté sur les murs et qui m'était revenu. Et je pense qu'une part de moi l'aimait encore, mon père. Je ne voulais pas qu'il s'en aille. C'était avant qu'il ne devienne très violent. Avant que sa consommation d'alcool n'empire. Il était encore... il pouvait encore être, parfois, un père aimant. J'avais inspiré bruyamment, dégoûtée par mes propres paroles. Écœurée par le fait qu'il me manquait, peu importe ce qui s'était passé, peu importe ce qu'il avait fait. Ce n'est arrivé qu'une seule fois, et quelquefois je me demande s'il s'en souvient même. J'ai l'impression parfois que j'ai tout inventé dans ma tête. Si Tom n'avait pas existé, je pense que j'aurais tout enfoui dans ma mémoire.

— Vous vous en voulez pour ce qui s'est passé. Ce n'était pas une question, car c'était tellement évident. Je le savais moi-même, et depuis longtemps.

— J'ai supplié maman d'élever Tom elle-même. Personne ne savait que j'étais enceinte, ils pensaient juste que j'étais grosse. Puis, lorsque j'ai cessé d'aller à l'école, une rumeur s'est répandue selon laquelle j'avais été admise à l'hôpital après une tentative de suicide. Ils ont dit que j'étais grosse et déprimée et que je voulais mourir. Ils n'avaient pas tort. Je voulais vraiment mourir. J'avais pris une profonde inspiration, me ressaisissant au fur et à mesure que les souvenirs me revenaient en mémoire. Ce n'était pas une période dont j'aimais me souvenir. En ce qui concernait Tom, j'essayais surtout de me convaincre que la grossesse et l'accouchement n'avaient jamais eu lieu. « Je ne l'ai pas tenu dans mes bras lorsqu'il était bébé. Je ne l'ai jamais allaité. Il n'était pas à moi, me disais-je. C'était mon petit frère et je n'avais aucune raison de le nourrir. C'était le travail de maman. »

— Et vous n'avez jamais rien dit de tout cela à Tom ? avait demandé le Dr Ibbotson.

— Non. Vous plaisantez ? Comment pourrais-je lui dire ?

— Ce serait très difficile, avait-il admis. Mais ce n'est pas un cas unique, malheureusement. Vous n'êtes pas la première personne à survivre à ce genre d'abus, et Tom n'est pas le seul enfant né d'un viol. Si vous voulez le lui dire, vous pouvez le faire.

Mes yeux me brûlaient lorsque j'avais croisé le regard du médecin. Ma peau aussi. Chaque part de moi avait besoin de verser des larmes, mais je n'y parvenais pas.

— J'ai toujours pensé que Tom était né avec cette tache de naissance pour me punir de ce qui m'était arrivé. C'était de ma faute.

— Les taches de naissance sont le résultat de cellules pigmentaires et de vaisseaux sanguins. C'est peut-être génétique, mais cela n'a rien à voir avec ce que vous avez fait. Vous n'êtes pas à blâmer, Leah. Réfléchissez-y. Vous n'avez rien à vous reprocher.

Mais je ne le croyais pas. Je ne pouvais pas.

* * *

Maintenant les oiseaux sont silencieux le matin. Ils construisent leur nid pour l'hiver ou migrent vers un climat plus ensoleillé. Les oiseaux sont tranquilles, mais les araignées sont agitées. Je les entends se faufiler dans ma chambre la nuit. Sauf que je ne les entends pas, pas vraiment.

Le Dr Ibbotson m'a dit que l'une des hallucinations les plus courantes dans les troubles schizoïdes est de voir des insectes. C'est logique quand je pense aux fourmis que j'ai vues envahir la cuisine. Tom m'a dit qu'il ne les avait jamais vues, ce qui m'a toujours semblé bizarre à l'époque. Puis il y a eu les chauves-souris qui sillonnaient le ciel la nuit et les insectes que j'ai vus voler autour de l'hôpital.

Tout cela n'était pas réel. Tout était dans ma tête.

Nous nous efforçons de trouver exactement le traitement neuroleptique qu'il me faut. C'est un processus. Le dernier marchait bien, jusqu'à ce que je commence à entendre les araignées. On est en septembre, et c'est toujours à ce moment-là qu'elles entrent dans la maison pour échapper à la pluie. Je me suis même forcée à en tenir une dans ma main pour prouver qu'elle était réelle. Mais la peur de la tenir a déclenché quelque chose dans mon esprit, laissant revenir les hallucinations.

Je me lève, me douche, m'habille et prends mon petit-déjeuner. L'une des autres patientes de l'hôpital Oakton m'a parlé des flocons d'avoine à préparer la veille au soir, alors je les ai essayés. Elle avait raison, ils sont délicieux. Je n'ai plus de gueule de bois. Je commence la journée avec de l'eau, de l'avoine et une vérification matinale pour m'assurer que tout est en ordre. J'ai besoin de savoir que personne ne s'est introduit dans la maison pendant que je dormais.

Dès mon réveil, je dois vérifier que les fenêtres et la porte de la cuisine sont toujours verrouillées. Et surtout, tout doit être dans l'état où je l'ai laissé avant de me coucher. Je dois m'assurer que je n'ai pas fait de somnambulisme et que je n'ai rien touché.

Le somnambulisme semble avoir cessé, mais je n'ai plus confiance en moi ni en mon jugement, c'est pourquoi tous ces rituels sont devenus si importants pour moi. Peut-être que la composante somnambulique de ma psychose était davantage induite par le vin que par la maladie mentale.

Alors que je m'apprête à ouvrir la porte de la cuisine, le téléphone sonne. Je sais qui c'est avant même de répondre et, comme d'habitude, je me prépare à ce qu'ils pourraient avoir à dire.

— Bonjour.

— Leah, c'est James Gorden.

— Bonjour, James.

— Il n'y a pas de nouvelles.

— Merci d'avoir appelé.

— Pas de souci. Je resterai à l'écoute.

Je raccroche. Je déteste la façon dont James parle comme si nous vivions dans un film. Je pense toujours qu'il croit que tout cela n'est qu'un jeu. Mais d'un autre côté, il a tendance à avoir de bons contacts et il m'en dit plus que la police.

Après qu'Isabel s'est échappée de Crowmont, une vaste chasse à l'homme s'est engagée, mais j'étais le plus souvent inconsciente ou délirante tandis que les lumières des hélicoptères balayaient le village de Hutton et ses environs. Des chiens pisteurs ont fouillé les landes et les bois. La police s'est rendue dans toutes les gares, stations de bus et stations-service de la région. Le public a été encouragé à communiquer toute information. La photo la plus récente d'Isabel a fait la une des journaux.

Il semble qu'on l'ait vue à plusieurs endroits. Londres. Manchester. York. Édimbourg. Partout, des gens pensent avoir vu son visage, mais ils se trompent ou ils sont fous. L'inspecteur Murphy, qui dirige l'opération, m'a parlé d'une seule fois où elle aurait réellement été aperçue, ou que du moins ça soit possible ; c'était dans l'est de Londres, il y a trois mois. Depuis lors, il n'y a rien eu de nouveau. Elle a disparu. Certains jours, je me réveille suffisamment positive pour croire qu'elle est innocente et qu'elle vit quelque part à l'étranger, profitant de sa nouvelle liberté. D'autres jours, je me réveille en croyant qu'une meurtrière psychotique est là, quelque part, et qu'un jour elle me fera subir un jeu malsain du chat et de la souris. Parfois, je me dis qu'Isabel se fiche éperdument de moi, que je n'étais pour elle qu'un moyen de parvenir à ses fins. Mais je n'y crois jamais tout à fait.

Nous avons tissé des liens à l'hôpital Crowmont, et je ne peux pas me défaire du sentiment que nos destins sont liés l'un à l'autre.

Mais quand on n'est même pas sûre de ses propres souvenirs, il est difficile de savoir ce qu'il faut croire.

Isabel est-elle innocente ?

Suis-je innocente ?

David Fielding est-il un meurtrier ?

Tous les Fielding sont-ils des meurtriers ?

La police a fouillé la propriété des Fielding et n'a trouvé aucune trace d'Isabel ni aucune raison de soupçonner l'un ou l'autre d'être un meurtrier.

Et pourtant, je me surprends à vérifier régulièrement les comptes de David Fielding sur les réseaux sociaux. Où est-il ? Que fait-il ? Cet homme voyage beaucoup pour le travail, il tweete depuis Londres, il poste une photo de son déjeuner sur Instagram depuis un bistrot à Paris. Partout où il se rend, je cherche des articles de presse sur les personnes disparues, juste au cas où. Même après tout ce temps et tout ce qui s'est passé, je n'arrive toujours pas à oublier.

Au moins, je comprends maintenant pourquoi je suis devenue tellement obsédée par les Fielding. Cela faisait diversion avec ce qui se passait dans ma tête. Mais maintenant qu'Isabel est dans le monde réel et que je sais ce qui m'est arrivé, je ne me sens plus en sécurité. Je ne me souviens pas de ce qui s'est passé dans sa chambre avant qu'on me trouve ce matin-là. J'ai imaginé tous les scénarii possibles. J'ai imaginé Isabel en train de me raconter une histoire terrible, si dérangeante que je lui ai tout donné - mes vêtements, mes clés - et que j'ai abandonné la carrière que j'avais fièrement construite au fil des ans pour m'assurer qu'elle obtienne sa liberté. J'ai imaginé Isabel en train de me maîtriser et de me forcer à lui remettre tout ce dont elle avait besoin. Mais dans aucun de mes scénarii, je n'arrive à comprendre comment j'ai pu me retrouver avec 1800 mg de clozapine dans l'organisme. Est-ce qu'Isabel a essayé de me tuer ? Est-ce que j'ai essayé de me suicider ? Si c'est le cas où me suis-je procuré les médicaments ? Il aurait fallu que je vole les boîtes, ce qui voudrait dire que tout était prémédité.

Mais ce que je sais, c'est que je ne peux pas exclure l'idée qu'Isabel a essayé de me tuer, ce qui signifie qu'elle pourrait recommencer à tout moment, sans aucun avertissement. En plus de ma peur de ce dont elle est capable ou non, j'ai toujours le sentiment glaçant que le violent David Fielding est là, toujours en colère après la façon dont j'ai interféré dans la vie de sa famille. Il croit maintenant que j'ai laissé partir sa dangereuse fille et il veut peut-être se venger de cet acte.

Chaque fois que je cherche le nom de David Fielding, je me retrouve à cliquer sur le même lien, encore et encore, parce que je ne peux pas m'en empêcher.

La vidéo YouTube commence par une publicité - généralement pour des tests de grossesse ou le dernier aliment diététique - que je saute avec empressement après l'avoir regardée pendant le temps imparti. Puis le visage de David apparaît à l'écran. C'est sur Newsnight, et Kirsty Wark est assise derrière un bureau dans un studio sombre, avec David à sa droite, allongé sur un canapé noir. Des lumières bleues éclairent son visage d'une lueur sinistre, tandis que le public du studio le regarde avec intérêt. Kirsty présente David, explique le passé d'Isabel et lui parle des défaillances du NHS. J'ai vu cette vidéo tellement de fois que je pourrais presque en citer tout le dialogue.

« Je ne blâme pas le NHS, mais la vérité c'est qu'ils l'ont laissée tomber, et qu'ils ont laissé tomber ma famille. Le budget du NHS a été réduit tellement de fois que les mesures de sécurité dans ces établissements sont épouvantables ». Il lève les bras et le public l'applaudit.

Je me surprends à serrer les poings. Qu'est-ce qu'il sait du travail dans un hôpital psychiatrique ? Qu'est-ce qu'il sait de tout cela ? Il n'a même jamais rendu visite à Isabel.

« Nous ne nous sentons plus en sécurité chez nous, poursuit-il. Ma femme s'endort en pleurant la nuit parce qu'elle pense qu'Isabel va revenir à la maison. Elle veut qu'elle rentre à la maison, vraiment - nous n'avons jamais cessé d'aimer Isabel, mais nous savons ce qu'elle est, et nous savons à quel point elle est dangereuse, surtout lorsqu'elle ne prend pas ses médicaments. Certaines nuits, je reste éveillé à regarder le plafond, croyant vraiment qu'Isabel va rentrer à la maison et nous tuer tous. »

Son expression semble décalée. Comme toujours, je mets la vidéo en pause et je fixe l'homme dans les yeux, observant l'inquiétude sur son visage. C'est peut-être mon imagination paranoïaque, mais David Fielding me semble être un homme qui a observé et imité ce à quoi doit ressembler une personne inquiète. Il est là, assis, les sourcils froncés, la mâchoire serrée et un soupçon de larmes dans les yeux. Je ne peux m'empêcher de le regarder pendant qu'il dupe toute l'assistance. Je suis convaincue que c'est un sociopathe. *Convaincue.*

Je soupire, je clique sur « play » et laisse la vidéo progresser jusqu'à la partie que j'adore détester : celle qui parle de moi.

« Et l'infirmière qui était en charge à l'époque ? demande Kirsty. Vous lui en voulez ? Il est dit ici qu'Isabel était surveillée vingt-quatre heures sur vingt-quatre. Comment cela a-t-il pu se produire ? Isabel est partie en portant les vêtements de l'infirmière, avec son laissez-passer. C'est presque incroyable ce qui s'est passé. »

« Non , répond David en secouant la tête et en regardant le sol. Pour accentuer l'effet dramatique, il lève la tête et regarde directement la caméra. Ce n'est pas incroyable, pas si vous regardez les faits. Depuis l'évasion d'Isabel, l'infirmière a été admise dans un établissement psychiatrique. Elle est profondément perturbée. Est-ce que je lui en veux ? Non. Elle est malade. Elle n'aurait jamais dû être autorisée à travailler. Comment sa maladie mentale a-t-elle pu passer inaperçue ? Pourquoi personne n'a vu que cette femme n'était pas apte à être infirmière ? »

« Mais que croyez-vous qu'il se soit passé dans cette chambre ? demande Kirsty. Isabel a-t-elle maîtrisé l'infirmière ? »

David secoue à nouveau la tête. « Non, je ne le crois pas. Cette infirmière était juste assez perturbée pour laisser sortir ma fille. Elle s'est bercée d'illusions en croyant qu'Isabel était innocente, et à cause de son cerveau malade, elle a laissé une dangereuse criminelle retourner librement à la société. »

« Vous pensez qu'elle a agi par sens de la justice ? Elle a libéré votre fille intentionnellement ? »

« Oui, dit David. C'est exactement ce que je crois. »

Chapitre 21

S'il y a un point positif dans cette situation chaotique, c'est que j'aie réussi à tenir Tom à l'écart de tout cela. Après qu'on m'eut trouvée délirante et bavante sur le sol de la chambre d'Isabel, puis internée à l'hôpital d'Oakton, Tom a été placé en famille d'accueil. À dix-sept ans, il pourrait légalement vivre seul ou demander à rentrer chez moi, mais j'ai suggéré qu'il reste avec la famille d'accueil jusqu'à ce que tout soit réglé. Je les ai rencontrés plusieurs fois depuis que j'ai quitté l'hôpital, et ce sont de bonnes personnes avec beaucoup de patience. Tom est heureux avec eux pour le moment.

Ils vivent à dix minutes de Hutton, dans une agréable maison de cinq chambres située à l'écart des grands axes routiers, avec un long jardin à l'arrière et une clôture brune. Mary et Gavin ont trois enfants, dont deux ont quitté la maison pour aller à l'université, et ils accueillent des enfants depuis cinq ans. Lorsque j'ai appris que Tom serait placé dans une famille d'accueil, j'ai imaginé une maison de soins où rôderait le mal, avec des brutes plus âgées et un personnel abusif, mais je ne pouvais pas être plus éloignée de mes craintes. Rusty, l'épagneul de Mary, m'accueille comme toujours avec un aboiement amical et en remuant la queue lorsque j'ouvre la porte du jardin, et Cora, la plus jeune de leurs filles, me fait signe depuis la balançoire au bout de la pelouse.

— Bonjour, Leah. Mary se sèche les mains sur un torchon. Ses cheveux sont en désordre, plus gris que noirs, et elle a des rides profondes autour des yeux, mais elle a aussi le sourire facile et détendu d'une femme qui a bien vécu. Tom est à l'étage. Il a hâte de vous voir. Montez.

— Merci. Je me frotte les mains sur mon jean, je me sens toujours mal à l'aise quand je vois Mary ou Gavin. Je ne sais jamais ce qu'ils savent de mon passé. Savent-ils pour Tom ? Savent-ils ce que mon père m'a fait ? Savent-ils que Tom est mon fils et mon frère ?

Je n'arrête pas de penser aux paroles du Dr Ibbotson lors de mes séances de thérapie. Il pense que le fait de dire à Tom qui est son vrai père m'aiderait à guérir de la culpabilité que je porte. Il pense que je ne me sens plus coupable des abus réels, et que ma culpabilité actuelle provient des mensonges que j'ai racontés pour protéger Tom de la vérité. Mais comment puis-je lui faire ça ?

— Hé, coucou toi ! dis-je en passant la tête par la porte ouverte de sa chambre. Comme toujours, j'ai un coup au cœur en le voyant, surtout dans cette mansarde spacieuse et agréablement décorée, qui n'a rien à voir avec les chambres minables du cottage, avec des traces de moisissure dans les coins du plafond.

Tom est assis à son bureau, dos à la porte. Lorsqu'il entend ma voix, je vois son corps tressaillir et sa main se poser rapidement vers la souris pour cliquer sur la page web qu'il était en train de consulter. Je ne vois pas bien la page, mais j'en vois assez pour savoir que ce n'est pas du porno, ce qui est un soulagement.

« Tout va bien ? »

Mon fils a les yeux de son père, qui sont actuellement rouges et mouillés. Il s'efforce d'essuyer une larme avant que je n'entre dans la pièce, mais il est trop tard, je l'ai repérée.

« Hé, qu'est-ce qui se passe ? » Je me précipite vers le bureau et je tends le bras pour le prendre par l'épaule et le serrer contre ma taille. Qu'est-ce qui s'est passé ? »

Quelques instants s'écoulent avant que Tom ne se ressaisisse suffisamment pour pouvoir parler.

— C'est tous des enfoirés et je les déteste.

— Détester qui ? Je m'éloigne et m'assois sur le bord de son lit, toute mon attention sur Tom. Une émotion protectrice se répand sur ma peau, hérissant les poils de mes bras. Je ne sais pas si c'est maternel ou fraternel, et peut-être que je ne le saurai jamais. Tout ce que je sais, c'est que je veux faire du mal à ceux qui lui ont fait du mal.

— Eux. Les gens qui ont fait ça. Il clique sur la souris et le site s'affiche à nouveau.

Cette fois-ci, je peux voir toute la page, qui s'intitule cruellement « Les nichons de Tommy » et contient des photos de Tom à l'école dans des poses peu flatteuses, zoomées de façon à ce que ses pectoraux, malheureusement gros et flasques, apparaissent à travers son t-shirt. Certaines sont zoomées pour montrer sa tache de naissance et son double menton.

« Il y a pire », me dit Tom.

Il clique sur une autre page où il y a des photos de son visage placées sur le corps de lutteurs de sumo, d'hippopotames, de pandas et de tout ce qui a une forme ronde. Il fait défiler la page lentement pour que j'aie une bonne vue de la cruauté imaginative infligée par les adolescents.

« Les gens peuvent télécharger ce qu'ils veulent. Elles viennent toutes de différentes personnes de l'école. Il y en a des dizaines. »

— Mary et Gavin sont au courant ?

Il secoue la tête.

« Je vais les tuer, putain, dis-je, et pendant un instant fugace, j'ai vraiment envie d'assassiner ces petits salauds qui pensent qu'il est amusant de démoraliser et de cibler un jeune homme vulnérable comme Tom. Attends, reviens au début. »

Tom fait défiler la page vers le haut, passe une image photoshopée de lui sur un scooter dans un centre commercial en Amérique, et une autre image de lui à côté d'un énorme cheeseburger, jusqu'à celle que je veux regarder une deuxième fois.

« Stop ! »

— Qu'est-ce qu'il y a ? demande-t-il.

— Rien, c'est juste que... celle-là est un peu bizarre. Différente des autres, tu ne trouves pas ?

— Ouais, c'est vrai.

L'image représente un grand oiseau gras à la poitrine rouge. Un rouge-gorge. La tête de l'oiseau a été remplacée par une photo de Tom, dont je remarque qu'il s'agit de la même photo de Tom que celle utilisée dans quelques autres images. Mais ce Photoshop a été réalisé avec plus de soin. La composition est plus agréable à l'œil et l'arrière-plan est joli. L'oiseau est sur une branche à côté de la fenêtre d'une maison qui ressemble un peu au cottage.

La position de l'oiseau regardant la fenêtre de la maison est troublante et artistique. C'est trop familier.

— Ferme-moi ce truc, lui dis-je, abruptement.

Mary et Gavin ont la gentillesse de m'accompagner à l'école pour parler au directeur, M. Kallas. Nous voulons montrer un front uni contre les brimades dont Tom est victime à Hutton Comprehensive.

« Je ne m'attendais pas à cela de la part d'un lycée rural, admets-je, alors que nous sommes assis dans le bureau qui donne sur le terrain de rugby. Le niveau de malveillance est franchement inquiétant. Et de la part d'élèves en terminale ! Ils devraient être moins bêtes. »

— Je suis tout à fait d'accord. M. Kallas lève les mains. Les créateurs du site seront exclus. C'est sans aucun doute l'incident le plus choquant que j'ai jamais vu ici à Hutton. Je suis vraiment désolé que Tom ait dû vivre cela.

Sont présents à la réunion avec nous, le directeur de l'école, la psychologue scolaire, le responsable des surveillants et un officier de police, l'inspecteur Abbott. La police est impliquée pour essayer de savoir qui a créé le site web. Aucun d'entre eux ne semble me croire au sujet d'Isabel Fielding, mais on m'a dit qu'ils cherchaient également l'origine de l'image de l'oiseau. Je n'ai pas beaucoup d'espoir.

Alors que j'expire lourdement, Mary pose sa main sur mon bras. Je ne peux pas supporter l'idée que Tom ait à subir tout cela. Savoir qu'il est en sécurité a été le seul point positif de ce gâchis, et c'est la seule chose qui me rend heureuse quand je suis seule dans ce cottage. Il me manque, bien sûr, mais le savoir en sécurité, c'est tout ce qui compte. *Tout.*

Quelqu'un essaie de m'enlever ça, et je pense que c'est Isabel. Et si j'ai raison, ça veut dire qu'elle était coupable depuis le début.

— Il veut quitter l'école, dis-je au directeur. Mais il n'y a pas d'autre endroit où il puisse passer son baccalauréat. Il n'a pas encore de voiture - nous n'avons pas les moyens d'en acheter une - et tous les établissements sont à plus d'une heure de bus. S'il vous plaît, réglez ce problème pour que mon... J'hésite. ...frère puisse poursuivre ses études. Il n'a rien fait de mal. C'est moi qui ai fait des erreurs et c'est probablement pour cela qu'ils s'en prennent de nouveau à lui.

Les yeux bleus de M. Kallas se posent sur les miens et je sais qu'il pense à la criminelle psychotique qui s'est échappée de l'hôpital Crowmont et à mon séjour dans le service psychiatrique. Je suis sûre qu'il fait partie des gens qui chuchotent dans mon dos dans le village de Hutton. Je les vois tous, jetant des regards accusateurs dans ma direction avant que leur bouche ne disparaisse derrière leurs mains pour parler de moi. Ils se demandent tous si c'est moi qui l'ai fait. Moi aussi.

— Je sais que sa vie familiale a été perturbée ces derniers temps, dit M. Kallas avec tact. Mais ses notes sont encore correctes et je vois qu'il fait des efforts. Nous aimons beaucoup Tom, ici. Il a le sens de la créativité et ses dissertations sont très réfléchies. Vous avez fait du bon boulot en l'élevant, Leah.

Les mots me frappent à la poitrine, et mon menton vacille

tandis que j'endigue l'envie de fondre en larmes. J'ai beau être la mère de Tom, je n'ai jamais eu l'impression de l'être. Pourtant, en même temps, je l'ai élevé, parce que mes parents n'étaient plus en mesure de le faire eux-mêmes. Je l'ai élevé et je ne veux pas le laisser tomber. Pas maintenant.

Mary me passe un mouchoir.

Accro Aux Crimes Authentiques

Voyage en voiture

Par James Gorden

La dernière fois qu'Isabel Fielding a été aperçue, c'était dans le nord-est de Londres, il y a deux semaines. Votre intrépide blogueur a décidé de se rendre dans la région dans l'espoir d'apercevoir fugitivement la femme. Qu'est-ce que je m'attendais à voir ? Une femme innocente profitant de sa liberté ? Une femme innocente qui n'a nulle part où aller et personne à voir, vivant sans domicile fixe dans les rues de Londres comme tant d'autres ? Une femme coupable à la recherche de sa prochaine victime ? Une femme coupable cherchant à échapper à la police grâce à d'habiles déguisements ?

Ou, plus probablement, je m'attendais à ne pas la voir du tout. Mais je devais essayer.

J'ai donc pris une copie de la photo fournie par la police lorsqu'Isabel s'est échappée, et j'ai parcouru les rues de Londres en demandant aux gens s'ils l'avaient vue. Ce faisant, j'ai été victime d'un pickpocket une fois et agressé deux fois par des gens serviables de la ville de Londres, mais personne ne l'avait reconnue.

Cela fait une semaine que je me suis installé dans un B&B bon marché (pas de note de frais pour moi ! Allez sur Kiss kiss bang bang et faite un don, mes chéris), mais je garde espoir. Isabel Fielding est quelque part par là, et je veux être celui qui la trouvera.

En attendant, devinez qui d'autre est à Londres ? Selon son compte Twitter, David Fielding y est pour affaires. Alors qu'il a une réunion au Gherkin, sa fille se cache quelque part. Le sait-il ? Est-il venu la rencontrer ? Est-ce une coïncidence ?

Qui sait ?

Peut-être que c'est moi qui le découvrirai !

COMMENTAIRES :

Bundy's bitch : Reprends-toi, James, tu ne seras pas celui qui trouvera Isabel. Elle est clairement aidée financièrement par son père. Je parie qu'elle est en train de se faire faire de la chirurgie esthétique en ce moment.

TrueCrimeLover : SOIS PRUDENT, James ! Ces gens sont dangereux.

Chapitre 22

Il y a un endroit, au-dessus du cottage, au-dessus de la ferme abandonnée, et au-dessus du village de Hutton et de toute la campagne qui s'étend en contrebas, où je peux trouver la paix. C'est un endroit tranquille, à l'écart du chemin principal, où le vent froid me pique la peau et où mes poumons ressentent cette bonne douleur qui me rappelle que je suis en vie.

C'est là que je me trouve en ce moment, laissant toutes mes peurs s'envoler une à une. Isabel dévale la colline et s'éloigne de moi. Tom se perd dans l'herbe. L'argent s'infiltre dans le sol. Je suis libre.

Seb avance à mes côtés, les mains enfoncées dans ses poches. Depuis qu'Isabel s'est échappée de Crowmont, il m'accompagne dans mes promenades occasionnelles, me témoignant son soutien par son silence, comme toujours. Son silence est aussi familier et chaleureux qu'un gant bien ajusté. Lorsque je m'assois sur un rocher surplombant la colline, il s'assoit à côté de moi et nos jambes se frôlent avec désinvolture. L'intimité est là, mais nous ne sommes pas encore passés à l'acte. Je ne suis pas prête, et je pense qu'il le sent.

Nous ne nous regardons pas, mais je vois un mouvement du coin de l'œil et je sais qu'il a tourné la tête pour me faire face. Je fais de même jusqu'à ce que nous nous regardions dans les yeux. Que dois-je dire à l'homme qui m'a discrètement sauvé la vie ? Sans Seb, je serais sans abri, j'aurais peur et je n'aurais personne au monde que je puisse considérer comme un ami.

Mon téléphone sonne, rompant brutalement le silence. Je fouille dans ma poche et réponds à l'appel.

— C'est l'inspecteur Rob Murphy. Vous m'avez demandé d'enquêter sur l'un des messages publiés sur le site Internet de harcèlement, celui en rapport avec Isabel Fielding.

— C'est exact. Et donc ? J'écarte ma jambe de celle de Seb. Je passe mon temps à me rapprocher et m'éloigner de lui. Je me prépare à entendre le pire.

— Le message a été posté depuis une bibliothèque de l'est de Londres, explique l'inspecteur. Alors que le site Internet et les autres messages ont tous été créés à Hutton et dans ses environs. Vous avez peut-être raison au sujet de l'implication d'Isabel Fielding dans le site. Je ne sais pas comment elle a pu entendre parler de ça, à moins qu'elle n'ait surveillé les réseaux sociaux de près. Votre frère a-t-il un profil Facebook ?

— Oui, bien sûr, il a dix-sept ans. Il a tellement de comptes sur les réseaux que je n'arrive pas à suivre. Je n'ai jamais entendu parler de la moitié d'entre eux.

— Dites-lui de les désactiver tous, dit Murphy.

J'ai la gorge nouée. Voilà que ma pire crainte prend vie à l'endroit même où je trouve la paix. Je ne peux pas le supporter.

— Vous devez vous assurer de sa sécurité.

— Et vous aussi, Leah. Si Isabel vous harcèle tous les deux, vous devrez être prudents. Y a-t-il quelqu'un chez qui vous pouvez séjourner ?

— Non.

— Alors je vais voir ce que nous pouvons faire. Et vous m'appelez à ce numéro tous les soirs pour me dire que vous êtes en sécurité. C'est clair ?

— C'est clair.

— Ça ne me plaît pas que vous restiez dans cette maison, dit

Murphy en soupirant. Il l'a déjà mentionné lors de conversations précédentes, mais j'ai toujours insisté pour rester au cottage. Je veux être proche de Tom et je ne veux pas abandonner le travail que Seb m'a confié. « Il n'y a pas d'hôtel où vous pourriez aller ? »

— Je n'en ai pas les moyens.

Seb me regarde d'un air sévère, avec des yeux qui me scrutent. Je suis sûre qu'il se demande combien d'argent il peut me prêter avant que je ne me vexe et me taise. Un petit hochement de tête de ma part lui enlève ces pensées de l'esprit.

« Je me sens en sécurité ici, dis-je. La ferme des Braithwaites est à quelques minutes d'ici. Elle ne sait pas où je vis, je ne lui ai jamais dit et je ne suis pas sur les réseaux sociaux. C'est vrai, mais il y a des choses que j'ai révélées à l'hôpital qu'elle pourrait être en mesure de collecter. Mon autre inquiétude est que David Fielding pourrait utiliser son pouvoir et ses relations pour savoir exactement où je suis.

— Vous avez mon numéro, me dit-il avant de raccrocher.

Je suis convaincue que la pitié qu'il éprouve pour moi est profonde. Pour l'inspecteur Murphy, j'ai laissé Isabel partir, pensant que j'agissais en chevalier blanc pour la sauver de sa condamnation. Pour ce que j'en sais, il pourrait être dans le vrai. Je croyais vraiment qu'Isabel était innocente et que l'affaire du meurtre de Maisie Earnshaw devait au moins être rouverte. Le mail que j'ai envoyé à la police ne m'a pas aidé. Il était là, en noir et blanc, avec des indices sous-jacents d'obsession entre chaque ligne. Tout le monde savait que mon intérêt pour Isabel était à la limite du suspect, et ma conduite à l'hôpital n'avait pas été brillante non plus. J'avais reçu un avertissement pour être arrivée en retard au travail et mes collègues avaient remarqué que j'étais souvent un peu débraillée.

L'inspecteur Murphy se base sur le principe du rasoir d'Occam, selon lequel la solution la plus logique et la plus probable est très probablement la vérité, comme James Gorden me l'avait expliqué au café Costa en ce chaud samedi de printemps. Je commence à arriver à la même conclusion.

De retour au cottage, Seb me laisse du lait frais et des œufs pour que je puisse au moins manger, mais je n'ai pas faim. Au lieu de cela j'appelle Tom et je grimace quand j'entends l'inquiétude dans sa voix.

— Quitte ce lycée, lui dis-je avec insistance. Je sais que je t'ai dit de ne pas le faire, mais c'est différent maintenant. Si tu es en danger, d'une manière ou d'une autre, ta sécurité est plus importante que les examens ou tenir tête aux harceleurs. Pendant que tu es à l'école, Isabel sait où tu es. Il n'y a qu'un seul lycée dans le secteur de Hutton et elle s'en rendra compte. Au moins, si tu es à la maison avec Mary, Gavin et une escorte policière, je n'ai pas à m'inquiéter pour toi.

— Viens séjourner ici.

Le téléphone est glissant dans mes mains moites. J'ai envie de le faire, mais cela ne le mettrait-il pas encore plus en danger ?

— Mary et Gavin sont des gens bien, mais je pense que ce serait aller un peu loin, mon pote.

— Ils seront d'accord, dit-il, la voix aiguë et effrayée. Ils comprendront.

— Hé ! Qui c'est la grande sœur ? C'est moi qui suis censée te dire quoi faire.

— Même si j'ai jamais fait ce que tu demandais, me fait-il remarquer.

Je laisse échapper un rire.

— Tu n'as pas été si vilain, petit frère. J'ai les Braithwaites. Ils assurent mes arrières, ainsi que les tracteurs et les pelleteuses, et une centaine de porcs en quête de sang. Je vais m'en sortir.

Une courte expiration est tout ce que j'obtiens après ma tentative de faire de l'humour.

— Leah, je peux te poser une question ?

— Bien sûr. Qu'est-ce que tu veux savoir ? Malgré le bon sens qui me dit le contraire, je suis saisie de peur à l'idée que Tom ait découvert d'une manière ou d'une autre la vérité sur notre lien.

— Tu l'as laissée sortir ? Je ne t'en voudrai pas si c'est le cas.

Tu étais malade, et tu pensais faire ce qu'il fallait pour quelqu'un d'innocent. C'est bon, tu peux me le dire.

— J'aimerais pouvoir te le dire, mais je ne me souviens de rien de ce qui s'est passé dans la chambre avant qu'elle ne quitte l'hôpital. Tout a disparu de ma mémoire.

— Qu'est-ce que ça fait ? demande-t-il.

— C'est horrible. Comme si quelqu'un avait volé mes souvenirs intentionnellement. Je suppose que c'est comme rentrer de vacances et se rendre compte que quelqu'un a cambriolé ta maison. Mais ce n'est pas grave. Je m'en remettrai. Je vais mieux maintenant, et je sais très bien ce qui est réel et ce qui ne l'est pas. Les choses étaient devenues un peu floues pendant un moment.

Tom soupire.

— Parfois, j'aimerais croire que papa est mort lui aussi.

Mon cœur bat à tout rompre.

— Moi aussi. Et puis je me sens mal, comme si j'étais aussi mauvaise que lui.

— Moi aussi.

— Tom, dis-je, et ma voix se brise. Je te jure que je ne bois plus, d'accord ? Je suis désolée que tu aies dû me voir comme ça avant que tout ça n'arrive et que je perde mon travail.

— C'est bon.

— Merci.

— Tu n'es pas comme lui, tu sais. Tu n'as pas ce truc qu'il a.

Ma main s'agrippe à la table de la cuisine et mes yeux se remplissent de larmes tandis que je fixe la fenêtre.

— Ça veut dire beaucoup pour moi, merci.

— C'est juste la vérité.

— Mais ça représente quand même beaucoup. J'essuie mes larmes du revers de la main et j'essaie de ne pas renifler pour que Tom sache que je pleure. Cela se traduit par un filet de morve qui se fraye un chemin le long de mes lèvres. Je dois aller travailler à la ferme. Je t'appelle demain, d'accord ?

— Oui, à demain.

L'après-midi se déroule sans incident, je passe mon temps à peser la viande, à compter les œufs et à emballer les pots de confiture. C'est un soulagement d'avoir ce temps pour essayer de faire abstraction de tout le reste. Plus tard, après avoir mangé des toasts et du beurre devant l'évier de la cuisine, en regardant Pye avancer avec confiance le long des murs de pierres sèches autour du cottage, je me rends soudain compte que je n'ai pas eu de nouvelles de James Gorden aujourd'hui.

Laissant le toast sur le comptoir de la cuisine, je sors mon téléphone et compose son numéro. C'est étrange qu'il n'ait pas appelé. Nous sommes tombés dans une routine qui n'a pas été rompue depuis que je suis sortie de l'hôpital.

Son téléphone sonne, mais il ne répond pas. Je prends une bouchée de mon toast et j'essaie à nouveau. Toujours pas de réponse.

Avant d'essayer une troisième fois, je me dépêche de faire le tour de la maison, de vérifier les serrures des portes et des fenêtres. Tout est fermé, verrouillé, et rien n'a été dérangé. Je tombe à nouveau sur le répondeur de James, mais cette fois je laisse un message lui demandant de m'appeler.

Sans nouvelles de lui, je ne me sens pas en sécurité, alors je vérifie à nouveau les serrures et les fenêtres, en tirant tous les rideaux. Il me reste une demi-tranche de pain grillé, mais je n'ai soudain plus beaucoup d'appétit. J'attrape mon ordinateur portable et j'envoie rapidement un mail à son site web. Peut-être que son téléphone n'a plus de batterie ou qu'il n'a pas de réseau. C'est alors que je lis le dernier article du blog. James est à Londres, dans le quartier où Isabel a été aperçue pour la dernière fois.

Chapitre 23

Dans une pièce qui pue l'eau de Javel, je baisse les yeux et je vois les liens de cuir autour de mes poignets et de mes chevilles, qui me maintiennent sur un lit. Une fine blouse blanche me couvre du cou aux genoux, mais le tissu est si mince que la brise froide pénètre facilement jusqu'à mes os, me glaçant jusqu'à la moelle.

Je me souviens de la dernière fois où je me suis sentie aussi vulnérable, et ce n'est pas un souvenir que je souhaite revivre. Dans ce souvenir, j'étais aussi attachée. Pas avec du cuir, mais par des mains. Je ferme les yeux et me concentre.

Il y a une raison pour laquelle je suis ici, mais je ne sais pas laquelle. Est-ce pour trouver la pièce manquante ? Je sais qu'il y en a une, mais je ne sais pas comment la trouver. Peut-être que quelqu'un me laissera partir et que je pourrai lui expliquer que je m'en sortirai quand je l'aurai trouvée. C'est tout ce dont j'ai besoin, j'en suis sûre. Mais la chambre est vide, à part moi, attachée au lit, vêtue d'une blouse d'hôpital.

Je ne peux pas regarder derrière moi, car je peux à peine bouger la tête, mais j'entends un bruit étrange, comme si l'air bougeait. Peut-être qu'un ventilateur a été mis en marche, ou que des papiers sont tombés par terre. C'est peut-être un battement d'ailes, mais je ne vois pas comment un oiseau pourrait entrer dans cette pièce fermée. Pour une raison ou pour une autre, ce bruit m'effraie et une sensation de froid se répand jusqu'à mes orteils, comme si quelqu'un versait lentement de l'eau froide sur ma peau.

Lorsque les battements d'ailes recommencent, je fais de mon mieux pour tendre le cou en arrière afin de voir derrière moi, en m'étirant le plus possible, les sourcils levés pour avoir une meilleure vue. Mais ça ne marche pas. J'ai du mal à regarder au-delà des oreillers. L'air ébouriffe mes cheveux tandis que les battements s'intensifient jusqu'à ce que je puisse sentir la direction du mouvement venant de derrière moi. C'est évident maintenant : il y a un oiseau dans la pièce avec moi, et je n'aime pas ça du tout.

Les liens restent serrés, peu importe à quel point je tire dessus. Le cuir est épais et je n'arrive pas à me libérer. Un battement d'ailes me fait grincer des dents alors que le son se répercute de façon inquiétante dans la pièce vide, augmentant de volume comme si la pièce se remplissait de créatures ailées. Et puis les croassements commencent - des croassements frénétiques qui résonnent d'un coin à l'autre. Pourquoi ne puis-je pas voir ces choses ? D'où viennent-elles ? Comment pénètrent-elles dans la pièce ? La sueur dégouline le long de mon visage, brûlant mes yeux, tandis que je tire sur mes liens, provoquant des spasmes dans mon corps.

L'air se déplace à nouveau, et cette fois, je sens le frôlement d'une plume contre mon oreille, ce qui me fait reculer et me tordre le cou en essayant de m'éloigner de son contact. Je crie, espérant que le bruit soudain puisse l'effrayer, ou les effrayer. Mais ce qui se trouve dans la pièce avec moi n'est pas un simple pigeon citadin rongé par la maladie - c'est bien pire, bien plus maléfique, et cela me fait penser à tous ces présages surnaturels dont je me moquais autrefois.

Une pie tant pis.

La rime est connue de tous, n'est-ce pas ? Je l'ai apprise de mon père qui l'avait apprise de sa mère. Une pie tant pis. Deux pies tant mieux. Trois pies, une fille. Quatre pies, un garçon.

Bonjour, Mme la pie.

Je prononce les mots à voix haute, comme si j'étais en assemblée scolaire et que je m'adressais aux professeurs. Peut-être que si je le dis, la créature m'épargnera, mais j'en doute.

Une plume effleure ma joue et je ferme les yeux, frissonnant sous mes liens. Ils ne s'enlèvent pas, quoi que je fasse, alors mon corps s'immobilise, abandonnant le combat. Un poids se pose sur ma poitrine, ses griffes s'enfoncent profondément dans ma blouse et dans ma peau. J'ai froid partout et j'ai du mal à respirer. Voilà ce que c'est que de mourir, me dis-je soudain, dans une épiphanie surréaliste et hallucinogène.

Lorsque j'ouvre les yeux, je vois ce que je craignais avant de les fermer. La pie est la plus grande que j'aie jamais vue, avec de petits yeux noirs au-dessus de son bec redoutable. Elle penche la tête vers la gauche et me regarde avec malice. Lorsqu'elle hérisse ses plumes et gonfle sa poitrine, des ondulations bleues se répandent le long de ses ailes comme une nappe d'huile.

Elle fait un pas, et le poids de sa patte ressemble à un battement de cœur. Mon souffle se bloque dans ma gorge lorsqu'elle baisse la tête et attaque ma chair avec son bec.

Mes cris sont étouffés par le chœur des oiseaux qui descendent du plafond pour me couvrir de la tête aux pieds.

Je suis un festin.

* * *

Les cauchemars sont-ils le reflet d'un esprit perturbé ? Si c'est le cas, le mien est en miettes.

Presque chaque nuit, je rêve des terribles hallucinations que j'ai vécues à l'hôpital après l'évasion d'Isabel. Les battements d'ailes peuvent transformer mes jambes en gelée et réduire mon ventre en eau. Chaque fois que je vais travailler à la ferme, je m'éloigne le plus possible du poulailler, redoutant ses bruits de caquètements et de battements d'ailes.

J'ouvre la boutique de la ferme et j'y entre, j'allume les lampes et je mets la caisse en marche. Avant qu'Isabel ne s'échappe, je n'avais jamais aimé nettoyer ou ranger, mais maintenant j'ai besoin d'avoir les mains occupées en permanence, alors je me mets au travail, époussetant le comptoir et réarrangeant les présentoirs. Seb dit que le magasin n'a jamais été aussi propre.

C'est encore une journée calme, ce qui signifie que je sursaute chaque fois que la sonnette rompt un long silence. Mes yeux scrutent immédiatement le visage de la personne qui entre, ce qui ne met pas vraiment nos clients à l'aise, mais je ne peux quand même pas m'en empêcher. Ce sont tous des inconnus aujourd'hui. Le magasin attire quelques habitués, et il approvisionne certains des pubs de la région, mais aujourd'hui, la plupart des clients semblent être des touristes qui viennent chercher des friandises pour leurs maisons de vacances : des œufs fermiers, des conserves coûteuses, des fromages rangés dans des paniers. Ils viennent en couple et laissent leurs chiens attachés à l'extérieur pendant qu'ils parcourent les allées, choisissant entre des tartes au stilton et au brocoli ou des pâtisseries au cheddar.

À la fin de la journée, je suis fatiguée et Seb n'a pas appelé à l'heure du déjeuner, comme il le fait souvent. Je n'ai pas beaucoup mangé aujourd'hui. Mon sandwich est à moitié rogné et j'ai gâché une belle tranche de jambon du comptoir de charcuterie. Je décide de l'emballer et de l'emporter à la maison. Je ne supporte pas de jeter la nourriture. Ceux qui n'ont pas toujours été sûrs de manger le lendemain ne supportent pas de jeter ne serait-ce qu'un morceau que beaucoup d'autres considèrent comme un dû. En fermant la boutique, je réalise comme c'est étrange de travailler parmi les riches alors que la pauvreté frappe à ma porte. Dès que j'arrive à la maison, j'essaie encore de joindre James Gorden, mais il ne répond toujours pas. Je n'ai pas de nouveau mail et j'ai un SMS de Tom me racontant sa journée avec Robin et Mary. Je suis rassurée qu'il ait décidé de rester à la maison plutôt que d'aller au lycée. Ils ont tous les trois regardé non stop des séries de science-fiction sur Netflix. Néanmoins, lire son message me pince le cœur. Il me manque. Même sa musique forte me manque le soir et sa mine boudeuse d'ado le matin. Je me suis sentie seule aujourd'hui, mais j'ai de la chance d'avoir des gens qui se soucient assez de moi pour s'assurer que je suis en bonne santé et en sécurité. Seb m'a procuré une maison, un travail, et la plupart du temps c'est lui qui me donne de quoi manger aussi. Tom ne passe pas un jour sans prendre de mes nouvelles. Tout en vérifiant chaque verrou et chaque fenêtre de la maison, je me dis tout ça.

Le soleil commence à se coucher tandis que je verrouille la porte de la cuisine et actionne la poignée plusieurs fois. La maison s'assombrit alors que je me déplace systématiquement à travers le cottage, que j'éteins les lampes et tire les rideaux. Toutes les portes, même les portes intérieures, sont fermées, m'enfermant dans l'espace minuscule du salon. J'ai besoin qu'elles soient fermées, car si quelqu'un se trouve dans la maison, il devra ouvrir la porte pour se déplacer et je l'entendrai. Je tire chaque rideau bien droit et laisse mes doigts traîner sur chaque surface, vérifiant tout. Les tableaux sont-ils aussi droits que je les ai laissés ? La télécommande de la télévision est-elle au même endroit ? Quelqu'un a-t-il déplacé la table basse d'un centimètre sur la gauche ? Ma literie est-elle rangée comme je le fais ?

D'habitude, après avoir fait le tour de la maison, je peux me détendre en sachant que personne n'est entré par effraction et que je suis complètement seule, mais cette fois-ci, ce sentiment de détente ne vient pas. Mes vérifications se terminent toujours par la chambre de Tom, qui est toujours la plus difficile à inspecter, car je ne me souviens jamais de l'endroit où il a tout laissé. Je n'ai pas l'habitude de toucher à quoi que ce soit dans sa chambre, donc je ne me souviens pas de la façon dont ses affaires se sont retrouvées là où elles sont.

Après avoir terminé la chambre de Tom, je retourne à la cuisine et je recommence, lentement, en laissant mes yeux errer sur les tasses sur le comptoir de la cuisine, dans le salon où les magazines sont empilés près du canapé, dans le couloir étroit avec les manteaux au mur, dans les escaliers jusqu'à la salle de bain où les bouteilles de shampoing sont posées de façon précaire sur le bord de la baignoire, dans ma chambre avec mes vêtements en tas, dans la chambre de Tom où ses posters me fixent. Cela ne sert à rien. Je ne me détends toujours pas.

Quelque chose n'est pas à sa place. Quelque chose est différent.

Mais quoi ?

Chapitre 24

Le docteur Ibbotson étire ses longs doigts comme s'il était à un concert et se préparait à jouer, avant de soulever sa jambe droite par-dessus sa jambe gauche et de s'installer confortablement dans son siège. Maintenant que je ne suis plus hospitalisée, je viens le voir une fois par semaine dans son bureau, qui est décoré de façon beaucoup plus agréable que la chambre d'hôpital avec la table. Je m'assois dans un luxueux fauteuil en cuir et le Dr Ibbotson est assis derrière un grand bureau en acajou. Des aquarelles de coquelicots sont encadrées sur le mur derrière sa tête, et il y a un mur entier d'étagères remplies de manuels et de revues de psychologie.

— Vous faites toujours des cauchemars ? me demande-t-il.

Je hoche la tête.

— Pas toutes les nuits, mais fréquemment.

— Avez-vous entendu des voix ou vu quelque chose que vous pensez être une hallucination ?

— Pas de voix. Pas d'hallucinations à ma connaissance. Parfois, j'entends des araignées se déplacer dans la maison.

— Mais vous vous sentez confiante dans votre capacité à distinguer ce qui est réel de ce qui est le fruit de votre imagination ? Il tapote son carnet avec son stylo et se penche en arrière.

— Oui, dis-je, un peu timidement. Il y a des moments où je vois une pie dans le ciel, ou des fourmis dans l'herbe, et où je me demande si tout cela n'est pas dans ma tête. Ce sont les petites créatures dont je ne suis jamais trop sûre.

— Vérifiez si elles agissent de manière inhabituelle. Vous comprenez les lois de l'univers. Les lois fondamentales de la physique. Si un objet commence à enfreindre ces lois, c'est une hallucination.

Je hoche la tête.

— Je sais ça, mais je ne pense pas que mes hallucinations n'aient jamais enfreint les lois de la physique. Elles sont... sans intérêt, je suppose. Parfois j'aimerais voir des choses dingues, mais ça ne m'arrive pas. J'ai eu des conversations avec un homme et vu des fourmis dans ma cuisine. Rien d'anormal.

— C'est vrai, admet le Dr Ibbotson. Peut-être avez-vous besoin de comprendre vos propres déclencheurs. Comme penser à votre père ou à Isabel. Alfie a toujours été la personnification de votre père. Il vous a parlé de meurtriers résidant là où vous travailliez, ce qui pourrait être dû au fait que votre père représente la façon dont vous voyez votre côté sombre. Qu'en pensez-vous ?

— C'est logique, dis-je en me tortillant sur mon siège.

Penser à mon côté sombre n'est pas quelque chose que j'aime faire, mais je ne suis que trop consciente de la façon dont tout est lié à mon père. Mon principal vice est la boisson, que j'ai en commun avec lui, ainsi que des problèmes psychologiques similaires. Parfois, je me demande si je n'ai pas la même nature violente enfouie au fond de moi, et je me demande ce qu'il faudrait faire pour réveiller cette nature violente. Pourquoi son côté monstrueux ne sommeillerait-il pas en moi ? J'ai tout le reste de mon père.

« Je sais que c'est moi qui ai fait des recherches sur tous ces criminels. Je me saoulais, j'allais sur mon ordi faire des recherches sur tous les résidents tristement célèbres de l'hôpital Crowmont, puis je m'écroulais sur la table de la cuisine. » Quand je le dis à voix haute, la honte me brûle les joues. J'écarte ma frange de mon front pour éviter qu'elle ne colle à ma peau moite. « Mais je ne comprends pas pourquoi j'ai inventé cet *homme* pour qu'il me raconte toutes les histoires des meurtres. »

— Peut-être parce que votre subconscient ne voulait pas que vous réalisiez combien vous aimiez en apprendre sur tous ces crimes, suggère le Dr Ibbotson. Pourquoi pensez-vous que c'est le cas ?

— Eh bien, dis-je, pensive. À cause de maman. Elle a été victime d'un crime horrible et insensé commis par son propre mari. Après sa mort, il y a eu des journalistes et des curieux qui en ont parlé, et j'ai détesté ça. Je les détestais de raconter des ragots sur la mort de ma mère comme ça, mais en même temps... Je m'interromps, ne voulant toujours pas l'admettre.

— Vous êtes aussi fascinée par les meurtres que la plupart des gens, conclut le Dr Ibbotson.

Cette fois, je détourne la tête en acquiesçant.

« Leah, c'est normal d'être comme ça. »

— C'est malsain.

— C'est ce que vous ressentez parce que vous êtes si proche d'une victime de meurtre. C'est personnel et douloureux. Mais la nature humaine est curieuse des choses que nous ne comprenons pas, et la plupart des gens ne comprennent pas pourquoi une personne choisirait d'ôter la vie à une autre personne. Vous avez raison, c'est très désagréable de voir comme les gens peuvent aimer les ragots sur les victimes et les auteurs de tels crimes, mais d'une certaine manière, cela les aide à faire face aux horreurs de la vie quotidienne. Vous comprenez ?

Honnêtement, l'entendre dire cela est un soulagement.

— Oui, je comprends.

— Vous avez le droit de vous intéresser aux meurtres. Vous avez le droit de vous demander pourquoi ces personnes ont commis ces crimes. Nous sommes tous fascinés par cela. Vouloir en savoir plus ne fait pas de vous une mauvaise personne.

— Non, mais je suis assez folle pour créer une personne dans mes hallucinations, alors je sais de quoi je parle.

Il baisse la tête et hausse un sourcil.

— Vous savez que le mot en F n'est pas autorisé dans ce bureau.

Je roule des yeux, mais je souris en même temps.

— Parlez-moi de ce que vous avez appris sur ce qui a déclenché vos troubles, demande le Dr Ibbotson.

— Je sais que mes parents sont les principaux éléments traumatisants. C'est le stress lié à la mort de ma mère qui a tout déclenché. Je me suis convaincue que mon père était mort et j'ai eu une sorte de crise psychotique. Mes habitudes de sommeil sont devenues erratiques. Je buvais trop, ce qui n'a pas aidé, et j'ai commencé à avoir des hallucinations d'insectes et de personnes qui n'existent pas. Puis... Je marque une pause.

— Continuez. Le Dr Ibbotson sent que j'ai de nouvelles informations à lui communiquer, et il se penche plus près, impatient.

— Il y a deux ou trois choses que j'ai entendues et qui, maintenant que j'y repense, ne me semblent pas réelles. Je parlais à Isabel une fois et elle a commencé à dire des choses très sombres et inquiétantes à propos de sa chambre et du fait qu'elle se sentait piégée. Cela ne lui ressemblait pas à l'époque et je ne pense pas qu'elle l'ait dit. Et puis il y a eu une autre occasion où je m'éloignais de Chi dans le couloir, c'est le cadre de santé, et il a dit quelque chose qui n'avait pas lieu d'être.

— Qu'est-ce qu'il a dit ?

— Il a dit qu'Isabel était innocente. Ça ne lui ressemblait pas. Il ne donnait jamais son avis personnel sur les patients. Mais sur le moment, cela m'a semblé tellement réel.

— C'est un bon progrès, dit le Dr Ibbotson.

— Au moment où Chi a dit ça à propos d'Isabel, je... je me sentais tellement concernée par son innocence. J'en étais obsédée. Elle ne m'a jamais semblé être une criminelle. C'était une jeune fille qui avait besoin... qui avait besoin de ma protection.

— Pensez-vous que vous avez une forte envie de protéger les autres ?

Je frotte mes paumes sur mes cuisses.

— Je pense que oui. Mais je n'ai pas pu la protéger, j'ai échoué.

— Isabel ?

— Non. Maman.

Le Dr Ibbotson acquiesce.

— Mais vous réalisez que vous étiez l'enfant. Si quelqu'un avait besoin de protection, c'était vous.

— Je l'ai forcée à élever Tom. Si je ne l'avais pas fait, elle aurait peut-être eu la force de quitter mon père.

— Le passé est le passé, Leah. Vous n'êtes responsable d'aucune des mauvaises choses qui sont arrivées à votre mère, y compris sa mort. C'était une suite d'événements malheureux, c'est tout.

Je sais qu'il a raison, mais pour une raison que j'ignore, je n'arrive pas à me défaire de ma culpabilité. Peut-être que je ne suis pas encore prête à le faire.

« Parlcz-moi dc votrc vic quotidicnnc. Êtcs vous hcurcusc ? »

La tentation de lui dire que tout va bien est écrasante, mais mon désir d'aller mieux m'oblige à me forcer à parler, même si c'est douloureux.

— J'ai peur. Je ne me souviens toujours pas de ce qui s'est passé dans la chambre avec Isabel. Je ne sais pas si je l'ai laissée sortir volontairement ou si j'ai été contrainte d'une manière ou d'une autre. Je ne sais pas où elle est, et je ne sais pas si elle est coupable d'avoir tué cette petite fille ou si elle est innocente. J'ai peur. Et si elle est obsédée par moi elle aussi et qu'elle vient me chercher ? Et si le reste de sa famille est obsédé par moi et veut me tuer ? Ils pourraient penser que j'en sais trop et que ce serait mieux si j'étais morte. Ou ils pourraient vouloir faire du mal à quelqu'un qui m'est proche, comme Tom. Je ne sais pas.

— Cela doit être très stressant. Avez-vous pensé à déménager ?

— Oui, bien sûr que j'y ai pensé. Mais je n'ai pas d'argent. Seb me laisse vivre dans le cottage pratiquement sans loyer et m'emploie dans son magasin à la ferme. C'est un travail agréable que j'apprécie et qui me permet de ne pas penser à tout ce qui se passe, comme le site web et le harcèlement de Tom. Je pense à l'image qu'Isabel a sûrement postée et je frissonne. Les nuits sont difficiles. Je vérifie tout le temps les serrures et les fenêtres, mais parfois j'ai encore l'impression que quelqu'un est entré dans la maison.

— C'est un sentiment courant. Quand on a peur, on a souvent l'impression d'être observé. Il s'adosse à sa chaise et fronce les sourcils pour la première fois.

— Mais tout le monde n'a pas travaillé en étroite collaboration avec une prisonnière d'un hôpital de haute sécurité qui s'est évadée et se trouve quelque part dans la nature. Elle pourrait être n'importe où. Et elle pourrait m'observer.

Chapitre 25

Les paroles du Dr Ibbotson me reviennent à l'esprit alors que je travaille au magasin de la ferme le lendemain. C'est encore une journée tranquille, mais j'ai apporté mon ordinateur portable pour profiter du wifi gratuit. Le fait que James ne m'ait pas répondu par mail me préoccupe toujours. Il n'est pas du genre à disparaître d'Internet pendant de longues périodes, et il ne décroche pas non plus son téléphone. Le blog n'a pas été mis à jour depuis un certain temps, ce qui est étrange, car il a connu un regain de fréquentation après l'évasion d'Isabel. Tout cela me met mal à l'aise.

Je décide d'appeler l'inspecteur Murphy et de lui parler de la disparition de James. À part les Fielding, je ne parle pas beaucoup d'autres choses à James. Nous ne parlons pas de nos vies ni de potins sur les célébrités. Je ne sais pas grand-chose de James, si ce n'est qu'il est obsédé par la mort de Maisie Earnshaw. Avant d'appeler l'inspecteur Murphy, je décide d'aller faire un tour sur son profil Facebook personnel pour voir si je peux comprendre ce qui se passe. Peut-être est-il rentré chez lui, a-t-il emménagé chez ses parents ou est-il parti en vacances. D'une certaine manière, ces options semblent peu probables étant donné que

James était obsédé par la fuite d'Isabel, mais c'est toujours possible, et je ne veux pas faire perdre de temps à la police.

Le profil personnel de James Gorden s'avère être essentiellement privé, mais il a publié quelques infos publiques à propos du blog. Nous ne sommes pas amis sur Facebook, mais je peux voir ses amis, qui sont nombreux et viennent du monde entier. Un message me saute aux yeux sur la page, celui d'une femme portant un chapeau de cow-boy. Il dit : « Salut, James, quand est-ce que le prochain article de blog sera publié ? As-tu vu des tueurs d'enfants se promener dans les environs ? Lol ! »

Le caractère décontracté de ce message me glace le sang, tout comme le sous-entendu. Son public attend un nouveau billet, ce qui signifie qu'il doit prendre plus de temps que d'habitude pour mettre à jour sa page. De plus, la référence au tueur d'enfants s'inscrit dans le droit fil de son dernier billet, qui disait qu'il espérait trouver Isabel à Londres.

Et s'il l'avait trouvée ?

Et s'il avait trouvé l'un des Fielding ?

Et s'il avait été blessé ?

J'appelle immédiatement l'inspecteur Murphy et lui dis tout ce que je sais. Une part de moi s'attend à être traitée comme une folle, mais il prend toutes les informations et semble sérieux lorsqu'il dit qu'il va se pencher sur la question. Lorsque je raccroche, je me sens à la fois mieux et moins bien. Mieux parce que je me suis déchargée d'une partie de la responsabilité que je pense devoir à James, et pire parce que mes soupçons sont maintenant pris au sérieux.

Ni James ni moi n'aurions dû nous mêler de cette situation dangereuse et chaotique, et peut-être que nous payons maintenant le prix de notre implication. En m'adossant à la chaise derrière le comptoir, j'aimerais pouvoir revenir en arrière et ne jamais avoir emménagé à Hutton. Mais alors, je n'aurais jamais rencontré Seb, et peut-être serais-je encore en train de penser que mon père est mort et d'halluciner sur des fourmis rampant le long des murs.

Un afflux soudain de touristes fait défiler l'après-midi et, à la fin de la journée, je décide d'acheter une paire de bottes Wellington en solde dans la section des vêtements de campagne du magasin. Avec l'hiver qui approche, les bottes seront utiles, et le fait qu'elles soient d'une couleur rose fluo détestable que personne ne veut acheter, et donc à un prix réduit, signifie que je peux à peu près me les permettre. Je mets l'argent dans la caisse, je les emballe et je commence à fermer le magasin. En peu de temps, l'argent est dans le coffre-fort et les portes sont fermées.

Seb m'avait prévenu qu'il serait occupé pendant quelques jours à installer de nouvelles poulettes dans le poulailler et des cochons dans la porcherie. Les Braithwaites commencent à se préparer pour Noël. La dinde, le poulet et le bacon sont très appréciés pendant la période des fêtes et rapportent beaucoup d'argent. Bien que Seb passe toujours au cottage et se promène de temps en temps avec moi, il ne s'arrête pas aussi souvent au magasin, ce qui signifie que je dois généralement rentrer seule à travers les champs. Le temps hivernal rend les soirées plus sombres, et je fais donc ce trajet au crépuscule, à la tombée de la nuit.

C'est le moment de la journée que je déteste. Il y a dix bonnes minutes de marche entre la ferme et le cottage, à travers l'herbe détrempée et les chemins boueux. Je me hâte, les nerfs à fleur de peau, sursautant au moindre bruit provenant des champs. Si un cochon couine au loin, je sursaute. Si les oiseaux au-dessus de ma tête battent des ailes, mon estomac se noue à cause de la peur. C'est pendant ces dix longues minutes que j'imagine ma propre mort, encore et encore.

Lorsque j'arrive à la porte, mes mains tremblent et les clés cliquettent bruyamment lorsque je les sors de mon sac. Un feulement sourd retentit derrière moi, me faisant tressaillir si violemment que je laisse tomber les clés sur le pas de la porte et me retourne sur le talon, la boîte des bottes heurtant les herbes folles à côté de l’encadrement de la porte.

— Oh, pour l'amour du ciel, Pye.

Le gros chat roux me siffle dessus avant de lever le nez en signe d'agacement. Je sais maintenant pourquoi le matou ébouriffé est si furieux : j'ai oublié de lui jeter quelques restes du magasin en rentrant à la maison. Chaque jour, je présente une petite assiette d'échantillons gratuits, généralement des grattons de porc faits maison ou des petites portions de viande cuite. À la fin de la journée, je donne ce qui reste au chat, mais j'ai oublié de ramasser les restes aujourd'hui.

— Tu vas devoir attendre, dis-je en récupérant mes clés sur la marche.

Je me sens un peu perdue et en sueur lorsque j'ouvre enfin la porte, je me fraye un chemin dans le petit espace et je jette la boîte à chaussures sur la table tout en cherchant quelque chose à donner au chat. En ouvrant les portes des placards, j'essaie de me rappeler s'il reste une boîte de thon, mais ce n'est pas le cas.

« Désolée, Pye, les placards sont vides parce que maman est pauvre. Tu devras te contenter d'une soucoupe de lait. »

Le chat miaule bruyamment lorsque je sors le lait et que je le dépose sur l'allée du jardin, il donne même un coup de patte à ma main lorsque je pose la soucoupe.

« Espèce de petit ingrat ».

Mais je ne peux pas m'empêcher de le regarder se transformer en petit minou quand il lape le lait. Pendant une fraction de seconde, je songe à essayer de le caresser, mais je préfère que mes doigts restent intacts et je me suis attardée dehors toute seule dans l'obscurité pendant trop longtemps de toute façon.

Je me dépêche de rentrer dans la cuisine, de fermer la porte, de la verrouiller, de la vérifier deux fois, d'enlever mes chaussures et je sursaute. *Qu'est-ce que j'ai fait ?* Sans réfléchir, je donne un coup dans la boîte à chaussures de la table et la jette par terre.

« Putain, Leah ! » Je me crie dessus, agacée.

Je me frappe le front avec la paume de la main. Je n'arrive pas à croire que je suis aussi bête. Depuis tout ce temps, les superstitions de mon père sont toujours ancrées en moi. Aujourd'hui encore, je me réprimande pour un acte aussi insignifiant que de poser une paire de chaussures neuves sur la table. Je devrais peut-être remettre la boîte sur la table et dire à mon père d'aller se faire voir.

La dernière fois que j'ai posé une paire de chaussures neuves sur la table, j'avais quinze ans et j'étais fière des chaussures à semelles compensées que j'avais achetées chez New Look pour vingt livres pendant les soldes. Elles étaient magnifiques, violettes avec des rayures sur le talon. Maman était dans la cuisine et je voulais lui montrer. J'ai donc posé la boîte sur la table et j'ai sorti les chaussures, tandis qu'elle s'émerveillait de leur beauté.

– QU'EST-CE QUE TU FAIS ?!

Papa était rouge et ivre, et il a franchi le seuil de la porte en titubant à une vitesse qui nous a alarmées toutes les deux. Il a balayé la boîte à chaussures de la table d'un revers de bras avant de me fixer avec de grands yeux injectés de sang. De la salive s'était accumulée au coin de sa bouche et son haleine était aussi fétide que du cidre aigre.

– Désolée, ai-je marmonné, ne sachant pas trop pourquoi j'étais censée l'être.

– On ne met *jamais* de nouvelles chaussures sur la table ! Il m'a attrapée par la queue de cheval et m'a tirée en arrière jusqu'à ce que j'aie l'impression que mon cou allait se briser.

– Alf ! a crié Maman, prise de terreur.

– Elle doit apprendre. Elle devrait savoir ! Elle est assez grande pour savoir ce qu'il ne faut pas faire. C'est de la malchance que tu as apportée à la famille. Tu comprends ça ? C'est de la malchance !

– Oui, papa. Oui, je comprends. Je promets de ne pas recommencer.

Et maintenant je suis ici, maman est morte, et il est enfermé. Il avait raison. Cela avait porté malheur à la famille, mais pas de la façon dont il l'avait pensé.

Qu'est-ce qu'il en savait ? Pourquoi devrais-je vivre de cette façon ? Je jette un coup d'œil à la boîte à chaussures, mais pour une raison que j'ignore, je ne peux me résoudre à ne pas le faire. J'attrape la bouilloire et la remplis d'eau devant l'évier de la cuisine.

Dans la cuisine du cottage, l'évier se trouve sous la fenêtre qui donne sur le jardin. L'un des aspects les plus agréables de cette vie au milieu de nulle part est de se tenir à cet endroit précis pour faire la vaisselle du petit-déjeuner, en regardant les champs au-delà de la maison. Le matin l'éclat doré du soleil illumine les champs couverts de rosée et fait ressortir les collines ondulantes. Ma propre galerie d'art privée. Mais dans l'obscurité, les petits cheveux de ma nuque commencent à se dresser. Peut-être que le souvenir de mon père m'a effrayée, ou que le chat m'a fait peur avec ses feulements, ou que mon subconscient sent que quelqu'un m'observe.

Non, ce n'est pas seulement le souvenir de mes parents, il y a une autre raison pour laquelle la chair de poule se répand sur mes bras. La superstition a peut-être commencé, mais je me rends compte maintenant qu'il y a quelque chose de différent à travers l'obscurité de la fenêtre, et que c'est sur le rebord.

Il est difficile de le distinguer dans l'obscurité, alors je dois me pencher sur l'évier pour aller voir de plus près. Mon abdomen appuie douloureusement sur le comptoir de la cuisine lorsque je me pousse vers la vitre, en me hissant sur la pointe des pieds.

Trois oiseaux morts sont alignés sur le rebord extérieur de la fenêtre, leurs corps sans vie sur le côté, comme s'ils avaient été placés là avec soin.

Je trébuche en m'écartant vivement de la vitre, manquant de faire tomber la bouilloire pleine sur le sol de la cuisine. En agitant les bras dans tous les sens, je parviens un instant à rattraper la bouilloire brûlante, mais je me brûle les mains. Heureusement, le couvercle ne s'ouvre pas sinon je serais couverte de brûlures de la tête aux pieds. Mais dans ma chute, je me cogne la tête contre la table de la cuisine et atterris sur le dos, en me tordant la cheville. La douleur se manifeste à trois endroits différents, le pire étant ma tête. Lorsque je tends la main pour palper mon crâne, mes doigts sont pleins de sang.

Le Dr Ibbotson m'a conseillé de respirer profondément et de compter jusqu'à cinquante quand je me sens submergée par l'émotion ou l'anxiété. C'est ce que je fais, mais j'ai trop peur de fermer les yeux en même temps, alors j'ai du mal à me concentrer sur le comptage sans bloquer tout le reste.

Après trois autres longues respirations, je touche encore la coupure à l'arrière de ma tête. C'est douloureux, mais ce n'est pas trop profond, je ne pense pas. Je n'aurai pas besoin de points de suture. Après avoir remué mes orteils et bougé doucement mon pied, je conclus que ma cheville n'est pas cassée et que la brûlure sur ma main est douloureuse, mais ne me tuera pas. Je m'aide du comptoir de la cuisine pour me remettre debout avant de tirer les rideaux et de prendre mon téléphone.

Seb répond après une sonnerie et il arrive au cottage en moins de quinze minutes. Pendant ce temps, je boite d'un côté à l'autre de la cuisine, craignant qu'il me croie aussi folle que je le suis.

— Qu'est ce qui s'est passé ? Tu es blessée ? me demande-t-il. Comme toujours, sa voix est basse, à peine plus qu'un murmure, mais il y a dans son ton une urgence à laquelle je ne suis pas habituée.

— Je suis tombée et je me suis cogné la tête, mais je vais bien.

— Tu saignes, dit-il en s'approchant pour examiner la blessure. Je vais chercher la trousse de premiers secours.

— Non, attends, il y a quelque chose que je veux que tu fasses d'abord. Peux-tu ouvrir les rideaux et regarder sur le rebord de la fenêtre ? Il y a trois oiseaux morts. Tu veux bien aller regarder et me dire qu'ils sont là ?

Seb ne répond pas, il se dirige lentement vers la fenêtre de la cuisine. Il ouvre les rideaux à deux bras, les tirant sur le côté de façon théâtrale. Je retiens mon souffle tandis qu'il regarde par la vitre, le menton tourné vers le rebord de la fenêtre.

— Il n'y a rien là.

Je me précipite vers lui.

— Tu es sûr ? Je ne comprends pas, ils y étaient il y a un instant. Je... je ne comprends pas.

— Tu devrais peut-être t'asseoir un moment. Je vais te faire du thé.

— Ça ne peut pas recommencer. Je ne comprends pas pourquoi ça m'arrive. Je n'y comprends rien, ne puis-je m'arrêter de dire.

Seb repose la bouilloire sur le gaz et prend deux mugs dans le placard.

— C'est rien, Leah.

Je passe mes doigts dans mes cheveux.

— J'ai de nouveau des hallucinations. Je ne peux pas faire confiance à mes propres yeux.

Chapitre 26

— Tu dois penser que je suis folle, dis-je en regardant le thé couleur argile dans mon mug Snoopy.

— Non, pas du tout, dit Seb. Mais réfléchissons à toutes les options. Passons-les en revue et prenons une décision. D'accord ?

J'acquiesce.

« Tu as vu trois oiseaux morts ».

— Oui. Sur le rebord de la fenêtre. Ils étaient tous alignés et couchés sur le côté. J'ai eu peur à cause d'Isabel et des oiseaux qu'elle dessinait pour moi. Quand j'ai eu peur, j'ai reculé en titubant et je me suis cogné la tête sur la table. J'ai essayé de rattraper la bouilloire, je me suis brûlé la main et en tombant je me suis tordu la cheville. Puis je t'ai appelé, j'ai fermé les rideaux et les oiseaux ont disparu.

— Ils étaient partis quand je suis arrivé, dit Seb.

— Ou ils n'ont jamais existé.

— C'est possible aussi.

— Je suis folle.

Il secoue la tête.

— Mais non. Disons que les oiseaux ont existé. Je suis sorti et j'ai vérifié s'ils étaient tombés du rebord, et il n'y avait rien. J'ai vérifié tout autour du jardin et je n'ai rien trouvé. Cela signifie simplement qu'ils ne sont pas tombés.

— Ou qu'ils n'ont jamais existé.

— Ils sont peut-être morts sur le rebord, mais entre le moment où tu as fermé les rideaux et celui où je suis arrivé, un autre animal les a emportés, comme ce matou errant dans le jardin, suggère-t-il.

— Quelles sont les chances que trois oiseaux meurent au même endroit ? ça me semble peu probable.

— C'est vrai, répond Seb. L'autre possibilité c'est que quelqu'un les ait mis là et qu'il les a enlevés pendant que les rideaux étaient fermés.

Je n'aime pas cette possibilité ; je crois que je préfère que tout cela soit une hallucination. Je serre la tasse entre mes doigts pour me réchauffer.

« Ou bien, c'est que le stress que tu subis te fait halluciner. Ou que les médicaments que tu prends n'agissent plus. »

— Je ne suis pas sûre d'aimer l'une ou l'autre de ces options, dis-je. Soit je suis folle, soit je suis traquée, soit ce chat me terrorise.

Le silence s'installe dans la cuisine tandis que Seb baisse la tête. Impossible de savoir ce qu'il pense avec cette expression neutre sur son visage.

« J'aimerais savoir ce qui est réel et ce qui ne l'est pas. »

— C'est réel pour toi, dit-il. Et c'est ce qui compte, n'est-ce pas ?

Seb passe la nuit sur le canapé. Je lui propose la chambre de Tom, mais je suis secrètement soulagée lorsqu'il insiste pour prendre le canapé afin de ne pas déranger les affaires de Tom. C'est déjà assez difficile de vérifier que personne n'est entré dans cette chambre depuis son départ, alors si quelqu'un d'autre y séjourne, ce serait impossible. Peut-être que Seb en est conscient, ou qu'il sent que je préfère que la chambre de Tom reste telle qu'elle est. Ou peut-être qu'il ne veut tout simplement pas dormir dans le lit d'un adolescent. Les adolescents ne sont généralement pas réputés pour leur propreté.

Seb s'en va au lever du soleil - les fermiers ne font pas la grasse matinée - me laissant seule dans le cottage. Un œil sur ma montre, attendant neuf heures, je bois du thé jusqu'à ce que la journée de travail commence. Je n'en ai pas particulièrement envie, mais je me force à appeler l'inspecteur Murphy. Il n'y a pas de nouvelles de James, si ce n'est que l'inspecteur a demandé l'aide de la police de l'est de Londres pour enquêter sur la disparition de James. Il me semble que ce n'est pas mes affaires d'avoir signalé sa disparition, puisque je ne suis ni un membre de sa famille ni une amie, mais je ne peux pas ignorer ce qu'il a entrepris de faire et le fait qu'il soit devenu silencieux.

— Autre chose ? demande Murphy.

— Il y a juste une chose, dis-je prudemment.

— Continuez.

— C'est idiot, vraiment.

— Tout ce qui peut apporter de l'aide à l'affaire est important. Retrouver Isabel est important. Dites moi.

— Très bien. Je respire profondément. Il y avait trois oiseaux morts sur le rebord de la fenêtre de ma cuisine la nuit dernière. Trois oiseaux de jardin ordinaires. Des petits. Je n'ai pas eu le temps de noter de quelle espèce il s'agissait, mais ils étaient de la taille d'un pinçon ou d'un rouge-gorge.

— Isabel était obsédée par les oiseaux, n'est-ce pas ?

— Oui. Elle avait l'habitude de me dessiner un oiseau tous les jours. Elle me disait qu'ils étaient associés à différents présages, la plupart du temps des bons. Isabel se concentrait toujours sur le positif. J'hésite. Mais...

— Qu'est-ce qu'il y a ?

— Les oiseaux ont disparu. Je suis tombée après les avoir vus parce que j'ai tout de suite pensé à elle et ça m'a fait peur. Quand je me suis relevée, ils avaient disparu. J'ai appelé Seb Braithwaite et il est venu vérifier que j'allais bien. Il a cherché les oiseaux dans le jardin, mais il n'y avait aucune trace d'eux. Je... j'ai pu les inventer. Je prends toujours des neuroleptiques.

— D'accord. C'est quand même bien que vous me l'ayez dit, dit-il d'une voix aimable, mais légèrement déçue. Je vais demander à une équipe de venir chercher des empreintes digitales et des empreintes de pas. S'il s'agit d'Isabel, cela pourrait être très utile.

— Et vous allez continuer à enquêter sur la disparition de James ? Vous me ferez savoir si vous le retrouvez ? J'aimerais savoir qu'il est en sécurité.

— Bien sûr. Vous avez bien fait d'appeler, Leah.

Je ne peux m'empêcher de noter la légère note de condescendance dans sa voix, mais je ne pense pas qu'elle soit malveillante ni qu'il s'en rende compte. Ce n'est rien que je n'aie déjà entendu. Tous les médecins et toutes les infirmières me parlent comme si j'étais une enfant. Peut-être que je suis une enfant maintenant que mon esprit est perturbé. Notre corps est-il le véritable indicateur de l'âge adulte ? N'est-ce pas notre cerveau qui distingue l'enfant de l'adulte ? J'ai été infirmière assez longtemps pour savoir qu'un enfant peut exister dans un corps d'adulte, avec les difficultés que cela comporte. Quand je pose le téléphone, je me mets à pleurer.

Mais pleurer ne me mènera nulle part, alors je me sèche rapidement les yeux, je me lave le visage, je débarrasse la vaisselle du petit-déjeuner et j'ouvre mon ordinateur portable. Pour la première fois depuis longtemps, j'ai envie de regarder la vidéo de David Fielding qui m'accuse d'avoir libéré sa fille et appelle à une réforme du NHS parce qu'elle s'est échappée, mais je ne la regarde pas. Au lieu de cela, je consulte son compte Twitter pour voir où il est aujourd'hui. D'après son compte, il boit un café dans un Costa à Harrogate, ce qui signifie qu'il a quitté Londres pour se rendre plus au nord. Qu'est-ce que cela signifie ? Si Isabel se déplace dans la même direction que son père, cela pourrait signifier qu'ils sont partis tous les deux vers le nord. Mais si les oiseaux sont réels, elle était déjà là.

Je ferme l'ordinateur. Rien de tout cela ne fonctionne. Je ne peux pas suivre David ou Isabel à partir de son compte Twitter parce qu'il n'y a aucun moyen de vérifier les informations qu'il publie. J'ai besoin de James. C'est lui qui peut se rendre dans la zone suspecte et me faire un rapport.

Le bruit d'une camionnette me tire de mes pensées. Le postier se dirige en sifflant vers la porte d'entrée, puis s'arrête, fixant les buissons où l'attend Pye.

— Va te faire foutre, minou, crie-t-il, ouvrant rapidement le portail et remontant l'allée en traînant les pieds, sautant une fois en l'air lorsque Pye se précipite hors des buissons, les poils hérissés. Tom et moi avions l'habitude de regarder cette scène tous les samedis, en riant dans nos mugs pendant que le pauvre homme protégeait ses jambes de l'attaque des griffes.

La boîte aux lettres claque et le facteur redescend en hâte le long de l'allée, tapant des pieds pour faire fuir le chat. Cela fait un moment que je n'ai pas reçu de courrier, alors je décide de me lever et d'aller voir ce qu'il en est. Les seuls courriers que nous recevons ici sont des factures et des brochures sur les événements locaux du village de Hutton : danse country dans la salle des fêtes, dégustation de cidre à la Queen's Head. Je passe en revue la maigre pile d'enveloppes jusqu'à ce que j'en trouve une portant l'emblème du *North Yorkshire NHS Trust*, et mon cœur fait un bond. Je n'ai pas besoin de l'ouvrir pour savoir ce qu'elle contient. Ils ont fixé une date pour mon audition au tribunal pour mauvaise conduite, qui sera la date à laquelle je perdrai officiellement mon emploi d'infirmière. Pour l'instant, je suis suspendue, mais une fois que l'audition aura eu lieu, je serais surprise si je parvenais à garder mon emploi. Une dangereuse criminelle s'est échappée sous ma surveillance. Cela ne reste jamais impuni.

Mais ce que je ne supporte pas, c'est l'idée que Chi vive la même chose. Il n'a rien fait de mal, mais sa capacité de jugement a déjà été remise en question. La police ne donne pas de noms, mais elle a déjà mis Chi sur le grill pour sa décision d'embaucher une infirmière dont le père réside à Broadmoor, et pour avoir placé Isabel dans un service avec un peu moins de restrictions que celui des soins intensifs. Mais qu'attendent-ils d'un hôpital avec une patiente qui n'avait montré aucun signe de violence pendant des années ? Sont-ils censés la garder isolée pour toujours ? Et s'il y a une autre patiente qui a plus besoin d'être aux soins intensifs qu'Isabel ? Sont-ils censés refuser cette patiente parce qu'ils manquent de lits ? Aucun d'entre eux ne comprend ce que c'est ni les pressions que subit le personnel, mais ils aiment tout de même donner leur avis. Tout le monde devient expert sur la façon de soigner un patient en cas de crise comme celle-ci.

Je mets la lettre de côté et j'essaie de ne pas y penser.

* * *

Je passe la matinée au magasin de la ferme avant de partir tôt pour rencontrer l'équipe de la police afin de vérifier le jardin et le rebord de la fenêtre où j'ai vu les oiseaux. Après avoir pris leur déposition, je décide de les laisser dans le jardin pendant que je me promène pour me changer les idées, mais le vent me perturbe, me faisant croire qu'il y a quelqu'un derrière moi lorsque la brise siffle entre les brins d'herbe.

De retour au cottage, je suis à bout de nerfs, je tourne en rond et je ressens le poids oppressant de cet état. Malgré le froid, l'air est vicié, mais je n'ose pas ouvrir la fenêtre. Pour la première fois depuis longtemps, j'ai envie d'alcool. Un verre de vin apaisant me soulagerait et me mettrait à l'aise. Mais la maison a été vidée de toutes bouteilles, alors je me contente d'une tasse de chocolat chaud et d'une couverture enroulée autour de moi sur le canapé. Seb appelle pour prendre de mes nouvelles dans la soirée. Il est coincé à la ferme avec une pouliche en train de mettre bas. Une part de moi-même envisage d'aller assister à l'événement, mais les autres Braithwaites me font peur. Les autres frères, et leurs fermières aux visages burinés me regardent d'un œil méfiant lorsque je travaille au magasin. Je suis persuadée qu'ils me considèrent comme une folle qui a séduit le plus jeune fils et l'a attiré dans son lit.

Le temps passe lentement jusqu'à ce que je sente l'appel du sommeil. Je craignais qu'il ne vienne pas ce soir, mais l'ennui de la journée a fait son œuvre. Avant de monter à l'étage, il faut vérifier les portes et les fenêtres. Je les passe rapidement en revue, en actionnant les poignées et en tirant sur les rideaux.

Après m'être mise au lit, je me relève et vérifie à nouveau la fenêtre de ma chambre pour être sûre, puis je m'installe sous les couvertures.

Mes rêves sont peuplés d'oiseaux, comme d'habitude. Des pies s'agglutinent autour de mon corps, se perchent sur moi du cou aux pieds. J'essaie de me débattre pour les faire fuir, mais je ne peux pas bouger. Quand j'essaie de les compter, je me perds et je dois tout recommencer, en commençant par le premier vers de la rime - *une pie tant pie* - mais en oubliant le reste. Elles me picorent et me griffent la peau, battant des ailes jusqu'à ce qu'un nuage de plumes détachées se forme autour de moi. Elles doivent être des dizaines avec leurs petits yeux perçants.

Lorsque je reviens à moi, je ne peux pas bouger et ma respiration est irrégulière. Il faut peut-être une seconde ou deux pour que mes muscles se relâchent, mais l'instant est prolongé par la panique. Je suis trempée de sueur et à bout de souffle lorsque je parviens à me redresser dans le lit. Je me penche en avant, appuyant mon front sur mes genoux pendant que je me remets lentement du rêve.

C'est alors que je le remarque.

Je relève la tête. *Il y a quelque chose de différent.*

Je rejette les couvertures et pose les pieds parterre. Il fait froid. Le chauffage est éteint et l'hiver s'insinue dans la maison, refroidissant les vieilles planches. Mais je ne cherche pas ma robe de chambre. Je frissonne en traversant la chambre et le couloir, et j'appuie sur l'interrupteur.

Il y a quelque chose de différent.

Mais qu'est-ce que c'est ? J'inspire lentement, essayant d'évaluer s'il y a une légère différence dans l'odeur de la maison. L'air est toujours un peu moisi, mais y a-t-il une odeur de terre plus prononcée que d'habitude ? Ou est-ce de pourriture ? Je n'en suis pas sûre. Je traverse lentement le couloir et descends les escaliers, mes pieds n'étant plus qu'un glissement sur le parquet.

Lorsque j'arrive au bas de l'escalier, je remarque le chatouillement de l'air frais sur mes chevilles et mon cou. Y a-t-il une fenêtre ouverte ? C'est impossible, j'ai vérifié toutes les fenêtres et toutes les portes de la maison, et j'ai fermé tous les rideaux. S'il y a une fenêtre ouverte, c'est que quelqu'un l'a forcée ou a cassé la vitre. Mon cœur commence à battre la chamade.

Je suis en état d'alerte et j'ouvre discrètement la porte de la cuisine. Je suis maintenant certaine que l'air frais provient de la cuisine. Il fait sombre dans la pièce. Il n'y a pas de lampadaires devant ma maison, comme lorsque j'habitais à Hackney ; seul le clair de lune entre par les fenêtres, mais les rideaux sont fermés comme je le pensais. Je tends l'oreille pour déceler la présence éventuelle d'un intrus, mais la maison est silencieuse. Jusqu'à ce que j'entende un léger coup, comme le bruit d'une porte qui se referme doucement. Quelqu'un s'est-il glissé hors de la maison pendant que je descendais l'escalier ? Je cherche à tâtons le bloc à couteaux, sachant qu'il se trouve quelque part près d'ici, du côté de la cuisine. Mes doigts saisissent le manche d'un des couteaux.

La maison est silencieuse, à l'exception de ma respiration et du sang qui bat dans mes oreilles. Je m'approche du mur où je sais que se trouve l'interrupteur, terrifiée à l'idée de l'actionner, mais tout aussi terrifiée à l'idée de rester dans le noir. Sans lumière, je ne peux pas me défendre, mais je ne veux pas savoir ce qui se passe. Je veux être dans mon lit, détendue dans mon sommeil, pas ici, morte de trouille.

Mes doigts atteignent l'interrupteur et je l'actionne en poussant un petit cri.

La pièce est vide, mais la porte de la cuisine est légèrement entrouverte. C'est pour cela qu'il y avait une brise dans la maison. En m'approchant, je constate que la porte a été forcée. Il y a une entaille dans le bois, là où un pied-de-biche ou un autre outil a brisé la serrure et ouvert la porte. Je dois faire attention à ne pas détruire de preuves, mais je dois vérifier qu'il n'y a personne à l'extérieur. Prenant une grande inspiration, je me précipite vers l'avant et ouvre la porte du bout du doigt.

Ce que je vois sur le pas de la porte me laisse exsangue et molle. Lorsqu'un cri aigu rompt le silence, il me faut un moment pour réaliser qu'il vient de moi.

Chapitre 27

James Gorden me fixe, les yeux et la bouche grands ouverts. Il est aussi choqué d'être là que je le suis de le voir. Je tombe à genoux et le couteau touche le sol, tintant légèrement sur le carrelage.

Ce n'est pas réel. L'espace d'un instant, je tends une main tremblante vers James pour le toucher. Puis je la retire et m'écarte de la porte. *Non, tu n'es pas réel. C'est dans mon imagination.*

James se contente de me fixer pendant que je me parle à moi-même, son visage est aussi exsangue que le mien. Il a la même pâleur laiteuse qu'une pleine lune, ses traits sont dans l'ombre. Seule la lueur orangée de l'éclairage de la cuisine lui donne une couleur, sauf pour les plumes.

Les plumes sont du même bleu irisé que les plumes de mes rêves, sauf qu'elles ne bougent plus. Elles sont immobiles et sans vie. Aussi mortes que les oiseaux que j'ai vus sur le rebord de la fenêtre.

Je ferme les yeux et les rouvre, essayant de comprendre ce que je vois. Là, sur le pas de ma porte, se trouve la tête coupée du blogueur James Gorden, et dans sa bouche, une pie morte.

C'est exactement ce que je vois, et c'est pourquoi je suis folle.

Ce n'est pas réel.

L'odeur semble réelle pourtant. On dirait celle d'une chambre d'hôpital avec un patient mourant, sauf que l'eau de javel de l'hôpital a été remplacée par l'odeur terreuse de la décomposition. James doit être mort depuis un certain temps, car il ne ressemble en rien aux cadavres que j'ai vus en tant qu'infirmière.

— Arrête. Arrête. Je presse les mains contre mes oreilles et j'essaie de m'empêcher de justifier tout ça, de l'analyser comme si c'était réel.

Je m'éloigne de la porte, je me réfugie dans le coin de la cuisine et ramène mes genoux sur ma poitrine. Rien de tout cela n'est réel, c'est une hallucination. C'est forcément le cas. Quelle est l'alternative ? Isabel a livré la tête coupée de James Gorden chez moi au milieu de la nuit ? N'est-ce pas insensé ? Bien sûr que c'est fou parce que je suis folle.

Quand je ferme les yeux et que je les ouvre, James émet un son, comme un gémissement. L'oiseau s'agite, comme s'il essayait de se libérer d'entre ses dents. Le bruit des ailes qui battent contre ma fenêtre me glace la peau. C'est trop. Je ferme les yeux et je ne les rouvre pas.

* * *

C'est ça qu'elle m'a fait. Elle m'a épuisée jusqu'à ce que mon esprit soit dérangé. Je ne saurai peut-être jamais ce qu'elle m'a fait dans cette pièce, ni si je suis autant à blâmer qu'elle, mais le résultat sera toujours le même : je serai toujours la femme recroquevillée en boule dans le coin de la cuisine, en train de fixer les yeux morts de son allié. Je serai celle que les hallucinations paralysantes dépouillent petit à petit jusqu'à être si loin de la réalité qu'elle n'existe même plus.

J'entends des pas venir du sentier. Je lève la tête en réaction instinctive au bruit même si mon esprit est ailleurs. Est-ce que je parle ? Je n'en suis pas sûre. Quelqu'un dit : « Ce n'est pas réel », mais je ne saurais dire si cela vient de mes lèvres ou si je l'entends dans ma tête.

Depuis combien de temps suis-je ici ? L'obscurité de la nuit s'est transformée en bleu pastel du matin. Mes yeux sont vitreux à cause du manque de sommeil.

— Leah !

Smash.

Encore des bruits de pas. Plus rapides. Plus rapides, encore *plus rapides.*

« Leah ! »

Puis il y a un gargouillement suivi d'une éclaboussure. Je vois le dos de quelqu'un qui est penché en avant. Ce pantalon en toile épaisse appartient à Seb. Il le porte toujours parce qu'il est résistant. Il se redresse et se tourne vers moi, toujours à l'extérieur de la maison, toujours visible uniquement par la porte ouverte. Il fixe la tête de James sur le pas de la porte et, pendant un instant, je crois que James est réel, mais je me rappelle que tout cela n'est que dans ma tête et je laisse échapper un grognement.

— Ce n'est pas réel.

— Leah, dit encore Seb. Cette fois, il me regarde avec des yeux tristes, et je ne peux pas supporter sa pitié. C'est bien réel ! Je vais appeler la police.

— Tu n'es pas réel non plus.

Le Seb qui se tient près de la porte m'ignore et prend un téléphone portable dans sa poche. Il recule d'un pas et met le téléphone à son oreille. C'est tellement convaincant que je dois me rappeler à quel point mes hallucinations peuvent être élaborées. Rien de tout cela n'est réel - pas la tête de James qui m'est présentée comme celle d'un un cochon de lait dans une devanture, et certainement pas cette version de Seb qui me regarde avec des yeux tristes et prononce mon nom d'une manière désespérée et pleine de compassion. C'est comme Alfie encore une fois, rien de plus que mon cerveau malade qui me joue des tours.

— Je vais rester ici, dit Seb après avoir raccroché. Je ne veux pas toucher aux preuves, donc je ne peux pas entrer, mais tout va bien se passer. La police est en route. Il s'arrête de parler et attend, mais je ne sais pas trop ce qu'il attend. Peut-être s'attend-il à ce que je lui parle, mais je ne le ferai pas.

« Tout va bien se passer. Une autre pause. Je... je ne suis pas du genre à m'exprimer facilement quand tout va bien, et je n'ai jamais su quoi dire dans des situations difficiles comme celle-ci. Je suis un homme d'action, tu sais. Lorsque les animaux sont en difficulté, je sais quoi faire ou qui appeler pour les aider. Je n'aime pas rester là à regarder les autres régler un problème, j'aime m'impliquer. Il y a du réconfort dans sa voix. Ses graves m'apaisent au plus profond de moi, mais je ne peux pas me laisser prendre par mon imagination frauduleuse, par ces faussetés qui ne sont qu'un tour de prestidigitateur joué par les synapses de mon cerveau. Tu n'as pas idée à quel point j'ai envie de rentrer dans la maison et... et... enfin, de faire n'importe quoi plutôt que d'être cloué ici. Mais je ne le ferai pas. S'il y a une chance de l'attraper, je ne prendrai pas le risque. »

— Rien de tout ça n'est réel !

— Leah. Leah, écoute-moi, si c'est réel. C'est très réel, je suis désolé de le dire.

— Non.

— Si.

J'entends des bruits de graviers alors qu'il fait les cent pas dans le jardin en parlant tout seul.

« Je supporte pas ce truc. »

— Tu n'es pas réel, me dis-je en chuchotant.

Le Dr Ibbotson m'a dit de chercher mes déclencheurs. Isabel, père, mère. Ce sont mes déclencheurs, mais je ne vois pas en quoi cela m'aide pour l'instant. Qu'est-ce qui a déclenché ça ? Je ne comprends pas.

Lorsque la voiture de police s'arrête devant chez nous, la sirène ne semble pas à sa place dans cette campagne tranquille. Les sirènes étaient monnaie courante à Hackney - j'en entendais tous les jours, et parfois la nuit. Mais ici, c'est un endroit paisible, qui ne doit pas être souillé par la violence de la ville. Je suis choquée de les entendre, non seulement à cause du son, mais aussi parce que deux officiers de police descendent de la voiture. Si tout cela n'est encore qu'une hallucination, c'est devenu infiniment plus complexe. Pourquoi ? Pourquoi inventerais-je aussi des policiers ?

— C'est une scène de crime, on a besoin d'experts, dit l'un d'eux avec un brin de panique dans la voix. Je vais les appeler.

— C'est... c'est une tête ? dit un autre.

— J'ai vomi. J'espère que ça ne va pas gâcher la scène de crime, dit Seb cette fois. Et j'ai fait tomber une bouteille de lait aussi.

— Si vous pouviez faire quelques pas en arrière, monsieur. Il pourrait y avoir des preuves à proximité des... restes.

— D'accord, pas de problème. Il y a une femme à l'intérieur. Leah. Elle a trouvé la tête, mais je ne sais pas quand. Elle est effrayée et complètement bouleversée. S'il vous plaît, aidez-la dès que vous le pouvez.

— Y a-t-il une autre entrée dans la maison ?

— Non. La pièce du fond est utilisée comme salon. Le canapé bloque la porte.

— Très bien, je vais aller voir si je peux lui parler. Leah ? C'est bien Leah ? Je suis l'officier de police Abbot et je suis là avec l'inspecteur Fisher. Comment ça va là-dedans ?

— Je n'arrête pas de vous dire que tout ceci n'est pas réel, mais personne ne me croit.

— C'est réel, Leah. Vous ne vous souvenez pas de moi ? On s'est parlé à la *Hutton Comprehensive School* à propos des brutes qui s'en prenaient à votre frère. Ne bougez pas pour l'instant, d'accord ? Nous allons venir prendre une déposition. Restez au chaud et mettez-vous à l'aise.

L'officier de police se détourne en parlant dans le talkie-walkie attaché à sa veste. Je ne peux pas dire combien de temps s'est écoulé avant que la voiture suivante n'arrive, mais il y en a bientôt plusieurs, avec des gens qui marchent autour de la maison, mesurent, chuchotent, aboient des ordres et prennent des photos. Je reste assise à regarder tout cela, frissonnant si fort que mes dents s'entrechoquent.

Lorsque la tête est emportée, Seb est le premier à franchir la porte. Il me passe sa veste sur les épaules et s'agenouille à côté de moi.

— C'est vrai, Leah. Je suis réel. Il touche mon visage, mes cheveux, et m'attire contre son épaule, prouvant qu'il est bien une personne réelle, chaude, avec un cœur qui bat fort et vite sous sa cage thoracique.

— James, dis-je en claquant des dents. Elle l'a tué.

— Bonjour, Leah. L'inspecteur Murphy se tient au-dessus de moi, les mains dans les poches de son pantalon. C'est vous qui avez trouvé James Gorden ?

— Oui.

— D'accord. Et à quelle heure était-ce ?

— Attendez une minute, elle est gelée et en état de choc. Seb se lève et se place entre moi et l'inspecteur.

— Les ambulanciers vont bientôt arriver, et l'agent Abbott est en train de lui préparer une tasse de thé. Malheureusement, je dois poser ces questions le plus rapidement possible. Il s'agit d'un crime très grave et nous devons agir rapidement.

— C'est bon, dis-je. J'ai du mal à me concentrer sur quoi que ce soit, mais maintenant que je sais que c'est réel, je me sens plus en capacité de parler. Je ne sais pas quelle heure il était. Je me suis réveillée au milieu de la nuit et je suis descendue directement. J'aurais bien regardé l'heure, mais j'avais peur. Je sentais que quelque chose n'allait pas, mais je n'étais pas sûre de ce que c'était. En descendant, je me suis rendu compte que la porte était ouverte. Quelqu'un était entré par effraction. Puis j'ai vu James et... eh bien, j'ai perdu les pédales. J'ai fait une crise psychotique récemment et j'ai souffert d'hallucinations, comme vous le savez.

— Avez-vous touché les restes ?

— Non.

— D'accord, dit-il. Et avez-vous vu autre chose ? Avez-vous

vu une personne à l'extérieur de la maison ? Ou à l'intérieur de la maison ? Réfléchissez bien. Ce n'était peut-être rien d'autre qu'une ombre fugace.

Le commissaire Abbott me fiche une tasse chaude dans les mains.

— Il n'y avait personne ici. J'ai descendu les escaliers lentement, donc si c'était Isabel, elle a eu le temps de partir avant que je n'atteigne la cuisine.

— Pouvez-vous expliquer pourquoi il y a un couteau sur le sol de la cuisine ?

— Je l'ai sorti du bloc à couteaux pour me défendre quand la lumière était éteinte. Quand j'ai allumé la lumière et que j'ai vu... James... je l'ai laissé tomber.

— Merci, Leah. Nous allons laisser les ambulanciers vous examiner maintenant.

— Attrapez-la, s'il vous plaît !

— Nous fouillons la zone. On amène des chiens. Si elle est ici, nous la trouverons.

Chapitre 28

Je m'appuie contre la vitre froide de la voiture alors que la pluie éclabousse le pare-brise. Trois jours se sont écoulés depuis que la tête coupée de James Gorden a été trouvée sur le pas de ma porte, et je rentre chez moi pour la première fois depuis. Après le choc de la découverte, j'ai décidé qu'il valait mieux me faire interner volontairement à l'hôpital d'Oakton, mais ils ont estimé que j'étais déjà en état de rentrer chez moi. Après deux longues séances avec le Dr Ibbotson, il m'a dit que ma réaction avait été normale et que je me portais bien, compte tenu du traumatisme que j'avais subi.

Mary et Gavin m'ont proposé leur chambre d'amis après l'événement, mais je ne peux pas les mêler à ça, pas avec Tom chez eux. S'il lui arrivait quelque chose, je ne pourrais jamais me le pardonner. Comme je ne sais pas où se trouve Isabel et ce qu'elle pourrait faire ensuite, j'ai dit à Mary et Gavin d'emmener Tom quelque part pour quelques jours. Et plutôt que de m'installer dans la ferme des Braithwaites, Seb a accepté de rester dans la chambre de Tom jusqu'à ce qu'ils attrapent Isabel, s'ils y parviennent un jour... Je commence à croire qu'elle va tous nous berner.

Elle n'a pas été aperçue à Hutton ni dans les environs. L'absence de caméras de surveillance au milieu de nulle part n'a pas beaucoup aidé, mais la police a trouvé des traces de pneus sur la route avant l'embranchement de la ferme. Une voiture était garée à cet endroit et on pense qu'Isabel a marché jusqu'à la maison pour déposer la tête sur le pas de ma porte. Elle a marché les dix minutes nécessaires pour arriver jusqu'ici, en portant une tête humaine. Je n'ose même pas imaginer la noirceur qu'il faut pour faire cela.

Pourquoi n'ai-je pas vu cette noirceur ? J'ai passé des heures avec elle chaque jour ouvrable, et je n'ai vu qu'une jeune femme pleine de remords incapable de commettre un meurtre.

Les patients ne peuvent pas cacher leur personnalité aussi longtemps. C'est impossible. Du moins, je le pensais jusqu'à ce que je rencontre Isabel Fielding. Elle s'est jouée de moi dès le début, utilisant son talent d'artiste pour me faire croire qu'elle avait de l'empathie. Puis elle m'a étudiée, a appris à me connaître, s'est amincie pour me ressembler, tout cela pour pouvoir sortir de l'hôpital Crowmont sans qu'une seule personne ne l'arrête. Elle s'est blessée volontairement pour que je me porte volontaire pour la surveillance des suicides. Elle a attendu le moment idéal pour mettre son plan à exécution. Elle savait que Chi avait été occupé par de nouvelles patientes et que les agents de sécurité de nuit ne me connaissaient pas aussi bien que l'équipe de jour.

Si seulement je pouvais me souvenir de ce qui s'est passé dans cette chambre. L'ai-je aidée volontairement ? Ai-je été assez stupide pour croire encore à son innocence ?

James Gorden est mort à cause de moi. La seule question reste de savoir si j'ai été forcée de laisser Isabel partir, ou si je l'ai fait volontairement. En ce qui me concerne, l'une de ces options fait de moi une meurtrière, et je ne suis pas sûre de pouvoir vivre avec moi-même si cela s'avère.

Le reste du corps de James n'a pas été retrouvé, bien que la police ait fait appel à des chiens détecteurs de cadavres pour fouiller la zone. Et si elle m'envoie ensuite une autre partie de son corps ? Un pied. Une main. Pire encore. Parfois, je suis tellement sûre de sentir l'odeur de sa chair en décomposition que je crois que la tête est de nouveau chez moi.

Même Pye, le chat, semble un peu calmé lorsque Seb porte mes sacs dans l'allée du jardin. Il reste collé aux buissons, feulant doucement, plutôt que de courir et de se jeter sur nos pieds alors que nous nous dirigeons vers la porte de la cuisine. La distraction que me procure le chat sauvage me va bien, parce que je n'ai pas particulièrement envie de regarder l'endroit où j'ai trouvé James en train de me fixer. Mais l'image est gravée dans mon esprit, alors qu'est-ce que ça peut faire ? Chaque fois que je ferme les yeux, je vois la tête, avec chaque pore, chaque goutte de sang, chaque plume de pie dans les moindres détails. J'aimerais pouvoir me souvenir du visage de ma mère avec autant de précision.

— Ça va ? Seb se tient où la tête de James a été posée il y a quelques nuits. Il a une main sur la poignée de la porte et l'autre sur la poignée de mon sac.

Je réponds que ça va, en me serrant contre lui pour me réchauffer.

« Je vais t'allumer un feu. »

Le suivre dans la cuisine est plus facile que je ne le pensais. Poser le pied sur cette marche était un moment que je redoutais, mais en réalité, il ne dure qu'une seconde et puis c'est fini.

Seb met en marche le chauffage central, allume un petit feu de bois dans le salon et se met à changer les serrures de la porte de la cuisine. Pendant ce temps, je traverse la maison sans rien toucher, en observant simplement les lieux. Le foyer n'a jamais été un concept familier pour moi. La maison de mon enfance ne m'a jamais semblé être un véritable foyer, car c'est là que vivait mon agresseur. La série de logements miteux dans lesquels j'ai vécu après avoir quitté la maison de mes parents ne m'a jamais semblé être un foyer non plus. Lorsque vous partagez une chambre avec deux toxicomanes et un immigré clandestin, il est difficile de considérer l'endroit comme un chez soi. Je me sentais plus à l'aise avec les autres infirmières de mon cours, puis plus tard dans une maison partagée avec des amis. Mais ils sont partis, ont changé de travail et m'ont laissée en plan.

C'est Tom mon foyer. C'est ici notre foyer, on l'a construit ensemble. Notre foyer a été violé par Isabel parce que je l'ai laissée entrer. Pas dans la maison, mais dans ma vie, en moi. J'avais voulu l'aider, et elle a transformé ce geste en laideur. Les derniers mois ont été confus et désorientants, assombris par mon chagrin et mon anxiété, mais pour la première fois depuis longtemps je me sens assez forte pour traverser tout ça. Maintenant que j'ai compris où était mon foyer, je suis prête à me battre pour le conserver.

Je sors une housse de couette et un drap de rechange d'une vieille armoire et je défais le lit de Tom pour le préparer pour Seb. Je descends ensuite préparer un poulet que Seb a apporté du magasin de la ferme. La cuisine est emplie du bruit de la perceuse de Seb. Mon père a toujours été bricoleur, ce qui fait que les bruits de perceuse et de marteau me procurent un étrange sentiment à la fois agréable et désagréable, me rappelant les bons et les mauvais souvenirs de mon père. Mais ce n'est pas le moment de s'y attarder. J'allume la radio et fredonne une chanson que j'aime bien pendant que les pommes de terre mijotent sur la cuisinière.

Seb nettoie une fois qu'il a fini. Il est silencieux la plupart du temps, se déplaçant maladroitement dans la maison, peu sûr de lui. Il a presque tout le temps la tête baissée, levant de temps en temps les yeux pour croiser mon regard.

— Le dîner sera prêt dans quinze minutes, dis-je dans le salon alors qu'il est en train de ranger sa boîte à outils.

Il marque une brève pause avant que je ne l'entende se remettre en mouvement. J'ai appris à aimer sa réticence parce que son silence m'apaise.

Exactement quinze minutes plus tard, Seb approche, les

mains propres et les cheveux peignés. Il sourit lorsque je dépose une assiette de poulet rôti sur la table, puis attend patiemment que je finisse de remplir la mienne.

« Je te proposerais bien du vin, mais je n'en ai pas à la maison », dis-je, penaude.

— De l'eau, ça ma va.

— Il est bon ce poulet. Il vient de la ferme ?

— Oui.

— Super. J'ai faim. La purée de pommes de terre est un peu grumeleuse, mais je n'y fais pas attention, car j'en avale de grandes bouchées à la fois. Seb fait de même, se penchant sur sa nourriture comme un chiot protégeant sa gamelle.

— Qu'est-ce que pense ta famille du fait que tu restes ici ?

C'est un sujet que nous n'avons jamais osé aborder auparavant. Même si je vois les autres autour de la ferme, je n'ai aucune idée de ce qu'ils pensent de l'attention que Seb me porte.

— Ce ne sont pas leurs affaires, dit-il.

— Pourtant, ils ont des parts dans la ferme, fais-je remarquer. Et moi, je profite de ton hospitalité. Tu me laisses pratiquement vivre ici gratuitement. J'aimerais pouvoir faire plus, mais...

Il pose calmement sa main sur la mienne.

— C'est à moi de m'en inquiéter.

Cela fait longtemps qu'un homme n'a pas posé sa main sur la mienne, et je rougis. C'est une bonne chaleur. Un bon contact. J'en veux plus, mais je sais qu'il est trop tôt pour cela.

— Au cas où je ne l'aurais pas encore dit : merci. Et je suis désolée pour les ennuis que j'ai apportés ici avec Isabel et la... avec James... enfin, tu vois quoi.

C'est affreux de penser aux mots « tête coupée », mais d'une certaine manière, c'est devenu ma réalité.

— De rien. Il regarde à nouveau son assiette.

— Il y a... il y a quelque chose que je veux te dire. Le poulet rôti a perdu de son attrait et, au lieu de prendre de grandes bouchées, je les déplace avec précaution dans mon assiette.

Seb, sentant un changement dans l'atmosphère, lève les yeux de son repas.

« J'ai l'impression qu'il faut que je le dise à quelqu'un, parce que je ne l'ai encore jamais dit à personne. *À part au Docteur Ibbotson.* Je pose la fourchette parce que je ne suis plus capable de manger. Et je me dis que si je le dis, je me sentirai mieux. »

— C'est quoi ? Il y a comme une urgence dans la voix de Seb. Il est inquiet pour moi.

— Ça n'a rien à voir avec Isabel ou ce genre. Je ne me souviens toujours pas de ce qui s'est passé la nuit où elle s'est échappée, et tu sais, tout le reste. Tu as été là pour tout le reste, tu as tout traversé avec moi. C'est à propos de mon passé. Quand j'ai fait... ma dépression, je me suis convaincue que mon père était mort. Comme tu le sais, il a commis un crime terrible avant que nous n'emménagions ici. Il a tué ma mère avec un couteau. J'ai eu un choc et je n'ai pas pu l'accepter. Je bois une gorgée d'eau. Il a été arrêté et condamné pour meurtre avec responsabilité réduite parce que... eh bien, parce qu'il est fou. Il est à Broadmoor maintenant.

Seb pose sa fourchette sur la table.

— Je suis désolé. Pour la première fois, il semble complètement surpris. Son expression plaintive habituelle est remplacée par des sourcils froncés.

— La raison pour laquelle je n'ai pas pu faire face à tout cela est due à mon enfance. Elle n'a pas été heureuse. Elle était violente et horrible. Je ne peux plus le regarder. Je ne peux qu'agripper la table de la cuisine. Ce que j'essaie de te dire, c'est que Tom est mon fils.

— OK...

Je lève la tête. Les yeux de Seb sont fixés sur moi, il a l'air interrogatif. A-t-il réalisé ?

— C'est mon fils et mon frère. J'avais treize ans.

C'est minuscule, mais c'est là – un frémissement de colère se répand sur son visage, se frayant un chemin de sa mâchoire serrée à sa tempe palpitante. Il prend un moment, un moment immobile et prolongé, puis il laisse échapper un long soupir.

— Je suis désolé, dit-il.

— Ça va. Je voulais juste le dire à voix haute.

— Et maintenant, c'est fait.

— Maintenant, c'est fait.

Cette fois, c'est moi qui tends la main vers la sienne.

Chapitre 29

Il est facile de s'installer dans une routine quand on a quelqu'un pour vous y accompagner. Nous prenons notre petit-déjeuner ensemble avant que le soleil ne se lève. Je me mets au diapason de ses matinées et de ses nuits précoces. Je bois mon thé dans la cuisine quand le soleil se lève, puis je vais à la boutique de la ferme où je sers les touristes et les habitants du village. À la fin de la journée, j'appelle Tom pour m'assurer qu'il va bien, je regarde les bûches brûler dans le feu et j'en découvre davantage sur Seb.

Il aime davantage lire qu'aller au cinéma ou regarder la télé. Ses livres préférés sont les romans de science-fiction des années 60 et 70, parce qu'ils sont courts et qu'il n'aime pas rester assis pendant de longues périodes. Il sent la bouse de vache à la fin de la journée de travail, mais son gel douche a un agréable parfum de pin. Il s'habille toujours bien pour le dîner et fait la vaisselle à la fin de la journée. Il aime son thé avec du lait et son café fort. Ses biscuits préférés sont ceux au gingembre et au citron qu'on trouve au magasin de la ferme. Il sait faire un bouillon de poulet en faisant bouillir les os.

Et il sait que j'ai donné naissance à l'enfant de mon père à l'âge de treize ans.

Je lui ai lâché cette bombe et rien n'a changé entre nous. C'est un petit pas, mais je commence à croire qu'un jour je pourrai le dire à Tom sans anéantir notre relation.

Je deviens plus forte chaque jour, même si je sais qu'Isabel attend quelque part. Nous ne tarderons pas à nous revoir, je le sais, mais au moins je deviens assez forte pour l'affronter.

Il est dix-huit heures et je fais chauffer de la soupe sur la cuisinière pour le dîner que nous prenons ensemble.

Seb est sous la douche et se débarrasse de la boue de la journée. Lorsque le téléphone fixe sonne, je me précipite dans le salon pour décrocher le combiné, mon cerveau se mettant en marche sur les différentes possibilités. Tom appellerait sur mon téléphone portable, Mary ou Gavin pourrait appeler le téléphone fixe, ce qui signifierait que Tom est en danger, ou cela pourrait être l'inspecteur Murphy.

— Leah, c'est l'inspecteur Murphy. Je vous appelle pour vous dire que nous avons procédé à une arrestation dans le cadre du meurtre de James Gorden.

Le soulagement est si rapide et si soudain que je m'effondre sur le canapé, toujours agrippée à la cuillère en bois.

— Vous l'avez trouvée.

— Non, dit-il. Nous ne l'avons pas trouvée. Leah, Isabel n'a pas tué James Gorden. C'est Owen Fielding qui l'a fait.

— Quoi ?

— Nous avons trouvé ses empreintes digitales sur la poignée de la porte de votre cuisine et trois de ses cheveux sur la tête de James Gorden. Nous avons trouvé ses empreintes de pas dans votre jardin.

— Quoi ?

La cuillère en bois tombe sur la moquette, m'éclaboussant de minuscules gouttelettes de soupe de légumes.

— C'est tout ce que je peux vous dire pour l'instant, dit l'inspecteur. Les médias vont s'emparer de l'affaire. Il a l'air fatigué. Restez en contact, Leah, d'accord ? Si vous entendez quelque chose d'autre pendant la nuit ou si vous voyez quelque chose de suspect, contactez-moi immédiatement.

— D'accord, je le ferai.

Seb entre dans la pièce au moment où je repose le combiné. Il doit voir la pâleur de mon visage et la cuillère sur le sol, car il se précipite à mes côtés et pose une main sur mon genou, s'accroupissant pour être à ma hauteur.

— Qu'est-ce qui s'est passé ?

— Ils ont arrêté Owen Fielding pour le meurtre de James Gorden, dis-je. C'est lui qui a fait le coup. Ses empreintes digitales étaient sur la porte de la cuisine. Il est venu ici avec la tête et l'a déposée sur le pas de la porte. L'engourdissement se répand en moi. Je me déconnecte des mots qui sortent de ma bouche, encore incrédule. C'est tellement... étrange. La façon dont la tête était arrangée avec l'oiseau... J'ai simplement supposé que c'était Isabel.

— Owen est le frère d'Isabel, c'est ça ?

Je hoche la tête.

— Il lui rendait souvent visite à l'hôpital et je crois qu'ils se parlaient au téléphone. Ils ont toujours semblé très proches. Il sait tout de l'amour d'Isabel pour les oiseaux parce qu'elle lui faisait des dessins chaque fois qu'il venait. La première fois que je l'ai vu en visite, elle lui a dessiné une pie et il l'a réprimandée parce que les pies sont des manipulatrices. Peut-être qu'elle essayait de me dire quelque chose.

— Ou peut-être qu'elle trouvait simplement les pies jolies. Ça ne sert à rien d'être obsédée par ça.

Mais c'est déjà le cas. Je repense à cette soirée bizarre chez les Fielding, avec Owen qui avait la gueule de bois et qui parlait à la femme de ménage comme si elle était une moins que rien. Il m'avait toujours eu l'air d'être un sale merdeux, mais était-il aussi un meurtrier ? Peut-être qu'Owen en avait assez d'être éclipsé par sa sœur. Peut-être qu'il voulait un peu que les projecteurs soient sur lui.

J'allume la télé et passe sur la chaîne d'information.

— Ils en parlent déjà, dis-je en augmentant le volume.

« ...on apprend qu'Owen Fielding a été arrêté pour le meurtre de James Gorden, un blogueur connu pour ses articles d'opinion sur le meurtre de Maisie Earnshaw. La tête coupée de James a été déposée sur le pas de la porte de l'infirmière qui a libéré Isabel Fielding il y a trois mois. Malheureusement, le reste du corps n'a pas été découvert. Il se dit qu'Owen Fielding a non seulement avoué le meurtre de James Gorden, mais aussi celui de Maisie Earnshaw, commis il y a sept ans, disculpant ainsi sa sœur aînée, Isabel Fielding. Nous en saurons plus sur cette affaire au fur et à mesure des mises à jour. »

— Quoi ? L'énormité de la situation s'abat sur moi. Ce n'était pas Isabel ?

— Ce n'était pas Isabel, dit Seb doucement.

— Ce n'était pas de ma faute. Cela change tout. Je respire profondément, j'essaie de comprendre ce qui se passe. J'ai passé tellement de temps à me demander comment j'avais pu me tromper à ce point. Si Isabel était coupable, pourquoi avais-je un tel lien avec elle ? Pourquoi l'aimais-je autant? Comment avais-je pu en venir à m'intéresser à une personne capable de tuer un autre être humain pour le plaisir ? Je sais que cela n'arrange pas les choses, mais cela signifie que je n'étais pas complètement folle. N'est-ce pas ?

— Je ne sais pas ce que ça veut dire, répond Seb. Mais si tu es plus en sécurité qu'hier, c'est un bon résultat à mes yeux. Il me prend dans ses bras et nous restons assis ensemble à regarder les bulletins d'information. Avant que l'un de nous deux ne bouge, la soupe est brûlée et le feu s'est éteint. Seb va consulter son téléphone qui vient de biper.

— Je suis désolé de te faire ça, mais je dois aller à la ferme. Il regarde le téléphone en fronçant les sourcils.

— Tout va bien ?

— Oui à peu près, mais George a trouvé des vaches blessées dans le champ du haut. On dirait qu'elles se sont emmêlées dans un fil de fer. Il nous en manquait quelques-unes après la traite aujourd'hui, et je l'ai laissé aller voir s'il les trouvait. Le vétérinaire de garde est arrivé il y a quelques minutes. Il relève la tête pour croiser mon regard. Mais je peux rester ici si tu as besoin de moi.

Je vois à l'expression inquiète de son visage qu'il est tiraillé entre faire son travail et être mon chevalier servant. Mais je ne me suis jamais sentie aussi forte depuis des mois. Je n'ai pas besoin du chevalier servant.

— Vas-y. Reste là-bas ce soir et calme-les. On dirait qu'ils ont besoin de toi.

Il acquiesce.

— Seulement si tu es sûre.

— Je suis sûre.

Lorsqu'il tend la main et effleure ma joue de quelques doigts, je commence à me demander si ce n'est pas le début de quelque chose entre nous. C'est comme si une barrière était tombée et que nous étions libres de nous rencontrer enfin pour la première fois.

Mais cela peut attendre.

Chapitre 30

C'est mon premier sommeil sans rêves depuis des mois.

Il pleuvait quand je me suis couchée, les gouttes de pluie perlaient contre la vitre. Lorsque je me réveille, la pluie s'est arrêtée, mais il y a un bruit rythmique dans ma chambre. Une respiration.

Le tranchant d'un couteau repose sur ma gorge.

— Bonjour, Leah.

Ce n'est pas possible. J'ai vérifié chaque serrure et chaque fenêtre avant de me coucher. Après avoir appris la nouvelle, j'étais tellement sûre d'être en sécurité que j'ai renvoyé Seb, mais maintenant, ma pire crainte s'est concrétisée. Cela me laisse un étrange sentiment de calme qui s'étend à tout mon corps. C'était inévitable, et je l'ai toujours su.

— Bonjour, Isabel.

Elle se dandine d'un pied sur l'autre. Je ne peux pas la voir dans l'obscurité, mais je peux entendre sa respiration tranquille. Je sais que le couteau qu'elle tient sous ma gorge est bien plus tranchant que tous les couteaux de ma cuisine, car je sens déjà un léger filet de sang couler le long de mon cou.

— Qu'as-tu fait aux vaches ?

— Ce sont des animaux assez stupides, répond-elle. Elles se

laissent facilement mener. Un peu comme toi. Il est temps de sortir du lit, marmotte. Vas-y doucement, parce que je ne bougerai pas ce couteau, même un tout petit peu, et je ne veux surtout pas te trancher la tête. Du moins, pas tout de suite. Sa voix est presque exactement comme dans mon souvenir, pleine de positivité et d'innocence, mais un léger changement crée une note nouvelle, une note de méchanceté.

— Comment es-tu entrée dans la maison ?

— Après l'intervention de la police, il s'est écoulé quelques heures pendant lesquelles la porte était toujours cassée et il n'y avait personne dans les parages. Ils avaient déjà tout fouillé, relevé les empreintes digitales et photographié toutes tes pas-très-jolies-affaires. L'équipe médico-légale a démonté ses tentes blanches et rangé son matériel. Il n'y avait pas un chat dans le cottage. Je me suis glissée à l'intérieur, je suis montée à l'étage et j'ai attendu.

— Tu vivais dans le grenier ? Je devrais trembler de peur, mais je suis étrangement calme lorsque je me redresse dans le lit, en bougeant assez lentement pour qu'elle puisse me suivre avec le couteau. Puis j'allume la lampe près du lit pour voir ce que je fais.

Isabel se tient près de moi, le bras droit tendu, le couteau pointé sur ma peau. Elle est vêtue d'un simple jean et d'un pull bleu, tous deux propres, mais froissés. Ses cheveux ont encore changé, ils sont courts et décolorés en blond. L'innocence de son expression faciale habituelle s'est transformée en une froide détermination. Ses joues rougies et ses yeux brillants sont plus vivants qu'auparavant.

Je le vois maintenant.

Le poids en trop autour de sa taille, les vêtements de sport gris et ternes, la pâleur de sa peau, la couleur de ses cheveux - tout cela donnait l'impression qu'elle était insignifiante et inoffensive. Il est étrange de constater que la première impression que l'on a d'une personne peut modifier de manière aussi radicale notre vision de ses comportements passés. Je savais tout du crime qu'elle était censée avoir commis, mais le passé se diluait dans la façon dont je la voyais jour après jour, cette créature innocente au cœur tendre et au talent gâché, enfermée dans une cellule comme un oiseau dans une cage.

— Tu as mis du temps à revenir de l'hôpital. Tu n'as pas idée à quel point j'ai envie d'un d'un repas correct. Mais d'abord, on a un travail à faire. Je veux que tu te lèves.

Je sais que chaque part d'Isabel aime me dire ce que je dois faire. Contrôler lui convient parfaitement.

— Mets ça.

Elle me lance la robe de chambre qui était suspendue au montant du lit. Je l'enfile par-dessus ma nuisette.

« On va se promener ». La lumière éclaire ses yeux et elle me sourit.

Pour la première fois, j'ai peur.

— Où est-ce que tu m'emmènes ?

Alors que j'avance lentement, elle se glisse derrière moi et passe un bras sur mon épaule, le couteau toujours sur mon cou et l'autre bras autour de ma taille pour me guider. Son corps est plus musclé que je ne le pensais. A-t-elle fait de l'exercice ? S'est-elle préparée pour ce moment ?

— Tu verras.

Nous franchissons les escaliers et le couloir qui mène à la cuisine. La maison est sombre et silencieuse, la présence de Seb me manque cruellement. Au moins, Tom n'est pas là.

« Mets tes bottes en caoutchouc. Il va pleuvoir et je ne veux pas que tu aies froid. »

— Tu es tellement prévenante, dis-je en laissant le sarcasme couler à flots dans mes paroles.

— C'est vrai, t'as vu ça ?!

Isabel se penche avec moi pendant que j'enfile les bottes rose vif. Elles sont ridicules dans cette situation, mais si j'ai une chance de m'échapper dans la campagne, des bottes épaisses ne sont peut-être pas le pire des choix. Après avoir enfilé les bottes, nous nous dirigeons ensemble vers la porte. Mes yeux scrutent la surface de la table à la recherche d'un objet pointu que je pourrais glisser dans la poche de ma robe de chambre. Il y a un petit couteau, mais je dois distraire Isabel pour l'attraper.

— C'était astucieux de se glisser dans la maison comme ça. Mais c'était risqué. Qu'aurais-tu fait si tu n'avais pas pu te cacher dans le grenier ?

— Oh, la même chose. Mais ça n'aurait pas été aussi propre et bien rangé.

Un frisson me parcourt le corps alors que je me demande ce que cela aurait pu impliquer. J'ai des visions d'Isabel quittant ma maison trempée dans le sang, les vitres brisées derrière elle. Ou Isabel avec des flammes dansant dans ses yeux alors qu'elle regarde la maison brûler.

Je me heurte au pied de la table et le couteau d'Isabel s'enfonce un peu plus dans la peau de mon cou.

« Attention à ce que tu fais, menace-t-elle. Tu n'es pas encore censé mourir. Si ce couteau glisse, il peut te sectionner une artère, espèce d'idiote. »

Mais pendant qu'elle me réprimande, je glisse le petit couteau dans ma poche. Ce n'est pas grand-chose, mais c'est déjà ça.

« Ouvre-moi la porte », dit Isabel calmement, en montrant les clés qui reposent dans le bol à côté de la porte.

Nous nous déplaçons ensemble pendant que je récupère la clé et que je l'enfonce dans la serrure, comme si nous dansions au ralenti. Son corps frôle le mien, et j'ai honte du frisson qui remonte le long de ma colonne vertébrale. Le froid mordant d'octobre traverse mes maigres vêtements lorsque nous sortons de la maison, et la pluie commence à tomber des nuages formés au-dessus de nous. Il n'y a ni lune ni étoiles, seulement une obscurité brumeuse. Je ne sais pas quelle heure il est, et cela me désoriente. Elle a le dessus dans tous les domaines, et tout le contrôle.

« Tu ne te débrouilles pas trop mal, Leah », dit-elle alors que nous sortons du jardin et que nous nous dirigeons vers la lande. Un fermier séduisant est resté avec toi, ton morveux de frère n'est plus dans les parages, et tu as retrouvé un travail. C'est un travail humiliant dans un magasin pour des gens plus riches que toi, mais c'est quand même un travail. Bravo à toi ! » Elle me parle avec la voix saccadée d'un adulte condescendant qui s'adresse à un enfant, ce qui me fait grincer des dents.

— Tu t'en sors bien aussi. Tu es libre, mais tu es obsédée par moi, et tu mets ta liberté en péril en prenant le temps de venir me tuer. Même moi, je ne serais pas aussi stupide.

— Même toi, convient-elle. J'ai mes raisons.

— Tu veux bien me les dire ?

Elle me chuchote à l'oreille.

— Peut-être plus tard.

Je grimace lorsque son souffle chaud chatouille les poils de ma nuque.

— Pourquoi ton frère a-t-il avoué ? C'est toi qui as tué James ?

— Continue à marcher, Leah. On a encore un bon bout de chemin à faire.

— Pourquoi Owen a-t-il apporté la tête à ma porte ? Pourquoi ne l'as-tu pas fait toi-même ?

Je ne sais pas si je demande cela pour qu'elle continue à parler, ou si la curiosité me brûle tellement que j'ai besoin de savoir.

— Concentre-toi. Ses paroles sifflent dans mon oreille, caressant ma peau comme la langue d'un serpent.

Nous avons quitté les terres agricoles pour entrer dans la lande. Isabel doit avoir mémorisé cet itinéraire, car il est délicat dans l'obscurité. Elle a même éloigné le couteau d'un centimètre de ma gorge, au cas où je glisserais. Le sentier continue en pente et, bien qu'il ne soit pas difficile, il y a quand même quelques rochers glissants à négocier. C'est un chemin que j'ai emprunté à maintes reprises.

— Tu m'emmènes à la ferme abandonnée, dis-je.

— Tu te souviens quand tu m'as parlé de cet endroit ? répond-elle. Tu as marché jusqu'ici dans ton sommeil et tu t'es réveillée au milieu de la poussière et des toiles d'araignée.

— Je n'étais pas bien. Tout comme toi d'ailleurs, en ce moment.

— Ça va. Tu es complètement folle, mais moi, ça va. J'ai choisi le chemin que je voulais prendre, et c'est celui-là, ici, avec toi. Je ne voudrais pas qu'il en soit autrement.

— Ce n'est pas le chemin que je veux prendre, Isabel. Je veux une vie heureuse avec des gens qui m'aiment. Peut-être que tu aurais pu avoir ça.

Elle laisse échapper un ricanement.

— Je crois que tu as rencontré ma famille, alors tu sais déjà à quel point cette affirmation est absurde.

— C'est nous qui fabriquons nos propres familles.

C'est la première chose que je dis qui la fait réfléchir ; je le vois bien, car sa démarche est hésitante. Est-il possible qu'il reste une once d'humanité en elle ?

« J'ai de la peine pour toi parce que tu n'as jamais eu cette chance, dis-je encore. Pendant que je parle, la buée qui sort de ma bouche remplit l'espace devant nous. Mes paroles sont ponctuées par ma respiration tandis que nous continuons à monter la colline, mes jambes fatiguées par la longue montée. Si Owen a tué Maisie, alors ta famille est coupable. Vous êtes tous abîmés, et je crois savoir pourquoi. C'est ton père, n'est-ce pas ? C'est lui qui a fait de vous deux les personnes que vous êtes maintenant. J'ai envie de dire « monstres », mais je m'en abstiens. Votre enfance vous a été enlevée. On vous a dit de mentir sur ce qui était arrivé à Maisie ? On t'a dit de dire que tu avais oublié pour protéger ton frère ? Pourquoi est-ce que c'est lui qui a été libéré ? »

— Tu ne sais rien de tout cela, dit-elle.

— Alors, dis-le-moi. Peut-être que je peux comprendre. Peut-être qu'en me le disant, tu te débarrasseras d'un poids que tu as porté pendant toutes ces années. Je ne sais pas qui tu es, Isabel, mais j'aimerais le découvrir.

— Tu parles comme quelqu'un qui dirait n'importe quoi pour sauver sa vie.

La maison est à peine visible dans l'obscurité, sa silhouette n'est plus qu'un carré en ruine. Nous sommes complètement isolées maintenant, entourées par la lande de tous les côtés. Même si je crie et hurle à pleins poumons, on ne m'entendra jamais d'ici.

— Et tout le temps qu'on a passé ensemble à l'hôpital Crowmont ? C'était quoi ? je lui demande, espérant la faire parler le plus possible.

— C'était du cinéma.

— Tout ?

Elle hésite.

— Oui.

Isabel me pousse brutalement à l'intérieur de la maison. Le couteau est maintenant derrière moi, sa pointe enfoncée dans mon flanc, juste assez pour me faire mal, mais pas assez pour entrer sous ma peau. Elle allume une lampe de camping et la pièce est inondée d'une douce lueur. Au centre de la pièce se trouve un fauteuil dont les bras sont déjà entourés d'une corde.

En face du fauteuil vide, il y a une chaise, et une personne est assise dessus. Isabel me pousse pour que je fasse face à cette personne, et pour la première fois, je pousse un cri.

Chapitre 31

AVRIL 2017

— Tu te souviens ?

Elle hocha la tête. Ses épaules étaient affaissées et ses lèvres étaient légèrement entrouvertes, comme si elle était sous le choc.

— Je... je veux vous le dire. Sa lèvre inférieure tremblait pendant qu'elle parlait.

Je fis un pas de plus.

— Tu peux me faire confiance.

— Je sais. Elle s'approcha de moi. S'il vous plaît, écoutez mon histoire.

— Je vais le faire.

Et avant même de m'en rendre compte, j'entrais dans sa chambre.

Mais j'hésitai.

— Je ne peux pas entrer dans ta chambre, c'est contraire au règlement. Je dois rester ici pour pouvoir faire mon travail de manière professionnelle et efficace, répondis-je en retournant à ma chaise. Les mots sortaient comme s'ils avaient été répétés, et ils donnaient l'impression que je contrôlais la situation, mais à l'intérieur, je n'étais pas sûre de moi. La vérité, c'est que j'étais épuisée et que je n'étais pas sûre d'avoir les idées claires. Ce grand mystère m'était tombé dessus lorsque j'avais accepté ce poste, et toute pièce du puzzle était comme une bouée de sauvetage pour moi. J'avais besoin de savoir.

— Vous ne me faites pas confiance ? Isabel semblait blessée. Sa petite voix portait toutes les notes d'un animal blessé. Elle renifla même un peu. Après tout ce temps ? Vous savez que je ne suis pas dangereuse. Vous savez qui je suis vraiment. Je m'attendais à ce que certains me traitent comme un monstre, mais pas vous.

— J'ai confiance en toi, dis-je. Mais je veux que tu sois en sécurité, c'est tout.

— S'il vous plaît, entrez dans la pièce. Je ne veux pas que quelqu'un entende. Ce que je veux dire, je veux ne le dire qu'à vous, Leah, parce que je vous fais confiance plus qu'à n'importe qui d'autre. Est-ce que vous comprenez ?

J'acquiesçai, et je ne peux pas nier que les mots étaient agréables à entendre.

La confiance n'était pas un sentiment qui me venait très souvent. Je vivais avec un adolescent qui détestait me raconter sa journée, et j'avais passé des années avec deux parents qui ne m'avaient jamais rien confié, pas même leur amour, ce qui me faisait du bien d'admettre. Même en ce qui concernait maman.

— C'est bon. Une minute. C'est tout.

Sachant que les caméras de vidéosurveillance du couloir devaient surveiller ce moment précis, j'allai contre mon propre jugement et je me levai de ma chaise. Elle racla par terre plus bruyamment que je ne l'aurais voulu, mais c'était le milieu de la nuit et je n'avais entendu personne se déplacer dans l'hôpital depuis des heures.

Mon cœur battait trop vite lorsque j'entrai dans la chambre, et je pouvais sentir la sueur alcoolisée qui s'échappait de mes pores, tout le vin qui s'échappait de moi. Lorsque je jetai un coup d'œil à mes mains, je vis qu'elles tremblaient sous la lumière fluorescente de la chambre d'Isabel.

— J'avais huit ans la première fois que j'ai trouvé un des

dessins de papa. Isabel était assise sur son lit, les mains croisées sur les genoux. Elle était penchée en avant, ce qui donnait l'impression que son corps était plus petit que jamais, surtout depuis qu'elle avait perdu du poids. Je ne comprenais pas ce que je regardais, ni pourquoi il avait dessiné quelque chose d'aussi horrible. Je ne comprenais pas pourquoi quelqu'un aurait voulu faire du mal à quelqu'un d'autre comme ça. J'étais si innocente, vous voyez.

— Tu étais une enfant, dis-je en faisant un pas de plus. Tu étais innocente. C'était un dessin de quoi ?

— Je vais vous montrer. Isabel se leva du lit et me contourna pour se rendre à son bureau. Elle fouilla dans quelques illustrations empilées sur la surface et en souleva une pour l'examiner. Elle resta un moment à contempler l'image entre ses doigts, puis elle fit un pas de côté vers la gauche et se dirigea vers moi, le papier toujours en main.

Je fis un pas de plus vers son lit.

— C'est quoi ?

Elle avança encore et je reculai d'un pas pour que mes jambes touchent le côté de son lit. Elle leva alors le bras et me passa la feuille.

Je la pris lentement et, en même temps, elle me repoussa sur le lit. Avant que je n'aie le temps de réagir, elle s'accroupit tel un chat, souleva un objet long et fin - une sorte de corde - et l'enroula autour de mon poignet.

« Isabel, qu'est-ce que... ? »

Avant que je n'aie pu dire un mot de plus, un objet pointu était coincé sous mon menton, m'obligeant à lever la tête.

— Au cas où tu te poserais la question, j'ai passé beaucoup de temps à fabriquer ce couteau, et il est assez tranchant pour te faire saigner. Regarde. Elle enfonça l'instrument dans ma clavicule, sous mon chemisier, et une petite fleur rouge de sang s'y épanouit. Je grimaçai sous l'effet de la douleur, même si ce n'était guère plus qu'une piqûre d'épingle. C'était une démonstration de force, qui n'avait pas pour but de me blesser vraiment.

— Ne fais pas ça, Isabel. Tu t'en sortais si bien. J'ai envoyé un mail à la police pour lui dire que je pensais que tu étais innocente. Si ton père est derrière tout ça, il sera arrêté et tu seras libérée. Si tu me laisses partir maintenant, je ne dirai rien. Tu ne seras pas punie.

Mais elle se contenta de sourire.

— Tu aimerais que ce soit papa, hein ? Les papas sont méchants, ils méritent d'être punis. Au moins, le tien, en tout cas. Rapide comme l'éclair, elle se baissa et m'attacha le bras avec une autre longue corde, dont je me rendis compte qu'elle était constituée de bandelettes de draps de lit.

Les longues et fines pièces de lin avaient été préalablement attachées aux pieds du lit avant d'être nouées autour de mes poignets, ce qui m'écartait les bras et me plaquait au lit. Je dus lever le menton pour croiser son regard alors qu'elle se tenait au-dessus de moi et enfonçait plus fort son couteau dans ma gorge. Je n'arrivais pas à en distinguer les détails, mais je soupçonnais que c'était un manche de brosse à dents aiguisé.

— Tu as préparé ça depuis longtemps, n'est-ce pas ? dis-je en m'efforçant d'empêcher mes fesses de glisser de la housse de couette. Mes bras me faisaient déjà mal à force d'être tirés sur toute la longueur du lit. Je n'étais pas sûre de pouvoir rester dans cette position inconfortable encore très longtemps.

Isabel sourit en récupérant le papier que j'avais laissé tomber pendant qu'elle m'attachait. Triomphante, elle l'approcha de mon visage pour que je puisse le voir.

Sur le papier se trouvait un dessin parfaitement exécuté de moi dans cette même position, les mains liées au lit. Dans ma bouche, il y avait un oiseau. Une pie.

— Les pies sont trompeuses et intelligentes, mais tu le sais, n'est-ce pas ? Elle reposa l'illustration sur son bureau avant de me caresser le visage. Quand elle se pencha sur moi, je vis la froide détermination dans ses yeux. Pauvre Leah. Tu n'as pas idée de ce que tu as vécu. Je l'ai vu tout de suite. Ton petit visage pincé, si effrayé, si plein de douleur. J'ai senti l'alcool dans ton haleine, j'ai vu les cernes sous tes yeux. Je me suis assise sur ce lit et je t'ai regardée imaginer les cloportes qui rampaient sur le sol. Tu as fait une dépression nerveuse ma chère Leah. Elle recula et fit la moue : Papa a tué Maman, ouin, ouin, ouin !

— Laisse-moi partir Isabel ou je hurle.

Elle se jeta sur moi, le visage furieux et terrifiant, et approcha le couteau de mon œil.

— Fais ça et je te crève, en commençant par là. En combien de temps penses-tu que la sécurité sera là ? De combien de temps penses-tu disposer ? Je pourrais t'arracher l'œil d'ici là. Tu veux vivre avec un seul œil ?

C'était la première fois que je craignais pour ma vie. Tout ce que j'avais cru sur le caractère d'Isabel s'était envolé et je vis ce qu'elle était vraiment : une tueuse.

Puis elle se mit à rire et son rire de folle me fit frissonner.

— Oh, je suis bête. Elle se frappa le front avec la paume de la main. J'ai failli oublier. Elle se pencha et ramassa une autre bandelette de draps. Puis elle se pencha sur moi et me l'enfonça dans la bouche pour me bâillonner. Et je ferais mieux de m'occuper de ça. Elle alla fermer la porte de sa chambre. Il faut faire vite avant qu'ils ne s'aperçoivent de ton absence. Dans combien de temps quelqu'un viendra-t-il te secourir ? Oh, j'oubliais, tu ne peux pas répondre. Alors, faisons avancer les choses.

J'observai avec horreur la fille qui m'avait tant protégée revenir vers moi et arracher mon laissez-passer d'infirmière de la poche de ma chemise.

« Elle me ressemble un peu, n'est-ce pas ? dit-elle en me montrant la photo. Lorsque j'ai posé les yeux sur toi la première fois, j'ai su que tu étais parfaite. On fait la même taille, on a la même couleur de cheveux. J'ai dû perdre un peu de poids et me couper les cheveux comme les tiens, mais ça colle plutôt bien. Bien sûr, j'ai dû espérer que tu ne viendrais pas un jour au travail avec des cheveux blond platine, mais tu ne me sembles pas être du genre aventureux. En plus, tu as quoi, trois tenues de travail ? Tu ne pourrais pas te permettre une coiffure fantaisiste même si tu en voulais une. Elle me caressa à nouveau la joue. Pauvre, pauvre Leah. Sans le sou, vivant dans le cottage délabré d'une ferme à l'extérieur du village de Hutton avec son petit frère. Oui, c'est vrai, je sais beaucoup de choses sur toi. C'est une Fiat que tu conduis, hein ? Prenons les clés de la voiture, alors. Je me demande si je peux me rappeler comment conduire. Heureusement, papa nous laissait toujours faire un tour dans sa voiture quand on était enfant. Je suis sûre que je peux me rappeler où sont les pédales. Oh, attends. Tu n'as pas les clés ? Quel est le numéro de ton casier ?

Je secouai la tête.

Isabel appuya le couteau sur mon cou.

« Quel est le numéro ? »

— Cinquante-deux, marmonnai-je à travers le bâillon.

— Parfait. Maintenant, je crains qu'il y ait un petit problème à régler et cela va être délicat. Elle s'agenouilla devant moi et commença à m'enlever mes chaussures, puis mes chaussettes. Je me demande à quoi tu ressembles nue, chère Leah. Tu n'as pas l'air d'avoir un vilain corps. Tes seins ne sont pas mal. Tu es juste un peu gonflée par tout le vin que tu as ingurgité. Elle rit. Est-ce que je te baiserais ? Je ne sais pas, peut-être. Peut-être que je vais le faire. Maintenant. Son rire sortit aigu et dérangeant, le genre de rire que ferait un enfant, mais teinté de méchanceté. C'est dommage qu'on n'ait pas assez de temps.

Ses mains remontèrent le long de mes jambes jusqu'à la ceinture de mon pantalon. Je tremblais de tous mes membres et je gémissais derrière le bâillon. Ses doigts s'activèrent avec agilité sur la fermeture éclair et le bouton, puis elle fit descendre le pantalon le long de mes jambes. Ensuite elle changea de bas pour enfiler le mien. Elle enleva son haut et le laissa tomber sur le sol.

« Tu promets d'être sage ? »

Le couteau s'enfonça dans la partie charnue de mon visage, sous mon œil droit, et elle se pencha plus près de moi me permettant de voir ses petits seins se balancer sous son buste courbé. Le soutien-gorge qu'elle portait était de couleur chair, sans armature, et ressemblait plus à une brassière de sport qu'à de la lingerie pour femme. J'avais presque pitié de cette fille qui avait grandi dans des institutions, qui était brisée, qui manquait d'humanité, qui manquait d'amour.

— C'est promis, marmonnai-je.

Je savais maintenant ce qu'elle avait l'intention de faire, mais j'avais trop peur pour l'en empêcher. Avec le recul, je me rends compte que j'avais une possibilité que j'ai décidée de ne pas saisir. Isabel ne se serait jamais échappée si j'avais hurlé ; même avec le bâillon, il y avait suffisamment de personnes à proximité pour entendre les sons et alerter la sécurité. Mais je savais que je serais horriblement mutilée et peut-être tuée si je faisais ce choix. Me taire était le choix le plus sûr, bien que je sois consciente de laisser une dangereuse criminelle retourner dans la société, mais j'avais trop peur de l'arrêter. J'avais l'habitude de me figer. C'était instinctif. Chaque fois que mon père me frappait lorsque j'étais enfant, j'avais tellement peur que je ne ripostais jamais. Cela m'a toujours provoqué un sentiment de honte de n'avoir jamais riposté alors que je me retrouvais coincée par cette brute. Tout le monde n'a pas la capacité de répondre à la violence par la violence. Tout le monde n'a pas cette force. Au fil des ans, la honte s'est infiltrée au plus profond de moi et m'a fait croire que je n'étais jamais assez bien et que je le méritais.

Je l'avais mérité.

Lorsque je levai les yeux vers le visage d'Isabel, je vis qu'elle me fixait.

Elle me détacha une main, fit glisser rapidement la manche de ma chemise sur mon bras, m'attacha à nouveau et répéta le processus de l'autre côté. Elle enfila ensuite la chemise et commença à la boutonner.

— Regardez-moi ça comme c'est joli, dit-elle. Tu as commencé à porter des couleurs plus vives parce que je te l'ai demandé. Gentille, gentille Leah. Pendant une minute, tu as vraiment cru que tu valais quelque chose, n'est-ce pas ? Tu étais là, mon croisé, mon sauveur, débarquant chez ma famille avec des accusations à porter et un doigt à pointer. Elle prit le dessin de moi attachée et le plia puis le mit dans sa poche. Tu m'aimais bien et tu ne pouvais pas supporter l'idée que je sois une tueuse, alors tu es devenue obsédée de mon cas, ne pensant plus qu'à mon histoire, tout ça pour éviter de faire face à tes propres problèmes. Elle enfila mes chaussures. Leah, l'infirmière, la protectrice des gens. Elle s'approcha de moi et me fit lever la tête pour que nous nous regardions profondément dans les yeux. Tu ne peux pas me guérir !

Puis elle se pencha vers le sol, souleva un morceau de carrelage sous le lit et récupéra un petit sachet en plastique.

« J'ai un cadeau d'adieu. Elle regarda le sachet en souriant. Je les collectionne depuis longtemps. J'espère qu'elles te plairont. » Elle agita le sachet et je compris ce qu'il contenait.

Je secouai la tête.

« Je pense que tu en as besoin, pour être franche. Tu es un peu... tu sais... Elle fit tourner son doigt contre sa tempe pour indiquer que j'étais folle. Puis elle ouvrit le sachet et versa les pilules dans la paume de sa main. Ouvre grand pour maman ! »

Isabel arracha le bâillon de mon visage, me força à écarter les mâchoires et m'enfonça les pilules dans la gorge avant de presser ses mains sur mon nez et ma bouche. Je bafouillai et faillis m'étouffer, mais je ne pus rien faire d'autre que d'avaler les comprimés amers.

« Tu m'as un peu mordue, dit-elle en faisant la moue comme une petite fille. Ça m'a fait un peu mal. Vilaine Leah ! J'espère que ça va te tuer maintenant. Peut-être que oui, je n'en suis pas sûre. Cela me faciliterait certainement la tâche. Mais d'un autre côté, si tu vis - ce que, personnellement, je souhaite – on pourra se revoir. Et ça, Leah, c'est quelque chose que j'attends avec impatience ».

Avec ses mains qui me coupaient l'oxygène, je commençais à me sentir étourdie. Mes bras étaient fatigués, endoloris jusqu'aux doigts. Mon corps était lourd et tendu de partout. Je ne sais pas combien de temps elle me tint ainsi, mais je fus à peine consciente qu'elle enlevait les liens de mes poignets et les mettait sous son - ou plutôt, mon - t-shirt. Puis, alors que les contours de la pièce commençaient à s'estomper, elle m'embrassa sur les lèvres et partit.

Chapitre 32

Le corps décomposé et sans tête de James Gorden est assis en face de moi, attaché sur une chaise, les mains soigneusement posées sur ses genoux, comme s'il posait pour une photo d'école. Le cadavre est boursouflé et affaissé, comme les restes de ballons d'une fête d'enfant. Je ne l'ai reconnu qu'à son t-shirt, un large vêtement ample avec un éclair Harry Potter sur la poitrine, et, bien sûr, au fait qu'il n'ait pas de tête.

Je repense au jour où j'ai vu mon premier mort dans le cadre de mon travail. Pendant une courte période, j'ai travaillé comme infirmière en gériatrie dans une maison de retraite, et le pauvre vieil homme dont je m'occupais s'est affaissé pendant que je changeais ses pansements. Il y a eu un horrible râle dans sa poitrine, suivi d'un soupir paisible, puis tout ce qui faisait de lui ce qu'il était a quitté son corps en un instant. C'était simple et rapide. Relativement indolore. C'est ainsi que la plupart des gens souhaiteraient quitter ce monde.

Je regarde le cadavre de James et je ne souhaite pas son sort, même au pire d'entre nous. C'est violent et dégoûtant. Dégradant. Isabel veut me montrer son pouvoir, et elle a réussi.

Elle se tient maintenant entre James et moi. Une petite table se trouve à droite de sa hanche, recouverte d'un drap. Elle se tourne vers la table et retire le drap. Je découvre une série de couteaux aiguisés, qu'elle caresse amoureusement.

Je dois la faire parler. La distraire des instruments de torture que je vois sur la table.

— Owen t'a aidée ? Comment aurais-tu pu faire venir James ici, autrement ? Il y avait un pacte entre vous ? Tu as passé les sept dernières années incarcérée. C'est peut-être à lui de porter le chapeau maintenant. Mais si tu as arrangé ça, pourquoi compromets-tu ta chance de liberté en me kidnappant ? Tu sais que je suis en contact avec la police et que Seb Braithwaite veille sur moi...

— Chut, Leah. Ne te fatigue pas. La nuit va être longue. Ses yeux ne quittent pas les couteaux posés sur la table. Elle écarte une mèche de cheveux de son visage et soupire comme si elle fixait un être cher.

Je décide d'essayer une autre approche.

— Tu as trouvé cet endroit parce que je t'ai indiqué le chemin, c'est ça ? J'ai été assez stupide pour te raconter ma vie, te dire où je vivais, ce qu'il y avait à proximité. Je t'ai parlé du matin où je me suis réveillée ici, et tu m'y as ramenée parce que je t'ai raconté cette histoire.

— C'est joli et isolé, dit-elle. Et cela te rappelle un mauvais moment de ta vie. Ça me semblait poétique.

— C'était malin. Tout ce que tu as fait était bien pensé. Tu as perdu du poids, tu as changé de coiffure et tu t'es fait passer pour moi. Tu as attendu le moment parfait et tu as saisi ta chance.

S'il y a une chose que j'ai apprise en travaillant avec des sociopathes, c'est qu'ils adorent qu'on leur rappelle à quel point ils sont rusés. C'est le bon moment pour commencer à nourrir son ego.

— Effectivement. Les occasions parfaites ne tombent jamais du ciel. On n'attend pas le destin, on lui force la main. Cela signifiait attendre et attendre jusqu'à ce que le bon moment arrive et que je puisse voler mon propre destin. Cela voulait dire t'attendre, Leah.

C'est toi qui as rendu tout cela possible. Mon infirmière parfaite. Elle fait un pas de plus et je m'écarte en grimaçant. Elle me fait taire à nouveau en caressant mon visage de ses doigts chauds. « Juste ce qu'il faut de blessures. Juste ce qu'il faut de besoin. »

— Je voulais croire en ton innocence. Plus que tout.

— Je sais, ma douce. Le contact de ses doigts est presque réconfortant lorsqu'elle essuie les larmes sur ma joue.

— J'étais ton infirmière. Je n'ai jamais voulu que t'aider. C'est mon travail.

— C'est ce que font les infirmières, n'est-ce pas ? Elles aident les gens. Elles aident les malades et les rendent meilleurs. Peu importe ce qu'ils ont pu faire. Elle se penche sur moi pour que nous soyons face à face. Tu pensais pouvoir m'aider à aller mieux ?

— Je ne sais pas.

— Je pense que oui. Elle sourit.

Lorsqu'elle s'éloigne, sa main me manque presque sur ma joue, puis je réalise à quel point c'est tordu. Après des mois passés à craindre pour ma vie, à vérifier les serrures avec une compulsion obsessionnelle, à rêver des oiseaux qui picorent ma chair, à sursauter au moindre bruit, à voir son visage chaque fois que je suis dans une foule, c'est presque un soulagement d'être enfin sa prisonnière. J'ai été prise dans la toile sombre des Fieldings pendant si longtemps que j'ai toujours su que c'était inévitable. C'est mon destin depuis que j'ai mis les pieds à l'hôpital Crowmont et maintenant tout ça va finir. La culpabilité, la douleur, le chagrin et l'inquiétude qui m'ont tourmentée, qui m'ont démangée à l'intérieur, vont enfin être découpés jusqu'à ce qu'il ne reste plus rien.

Mais si elle réussit à me couper en petits morceaux, qui restera-t-il à Tom ? Il vivra sa vie sans jamais connaître la vérité. Ou pire, un jour il aura besoin de son certificat de naissance, et il verra mon nom et réalisera que je lui ai menti pendant toutes ces années. Et l'espace vide à la place du nom du père le perturbera pour le reste de sa vie. Il ne comprendra jamais. Il ne saura jamais.

Ne lui dois-je pas de me battre ?

« Tu veux savoir pourquoi je suis allée à Londres, Leah ? Je suis surprise que tu ne me l'aies pas demandé. » Elle prend le plus petit couteau et joue avec, entre ses doigts.

— Pour te cacher de la police ? Je pense que si j'étais en fuite, je choisirais aussi la ville la plus peuplée du pays.

Elle pointe le couteau vers moi.

— Oui, c'était certainement un avantage, mais ce n'était pas la seule raison. Je me suis renseignée sur toi. Tu es une célébrité dans ta région, tu le savais ? J'ai trouvé des articles de journaux à ton sujet sur Internet. Les bibliothèques publiques sont un excellent moyen de passer son temps quand on fuit la police et qu'on n'a pas d'argent. J'y ai appris beaucoup de choses. J'ai appris que ton père n'était pas mort. Tu te souviens de l'histoire touchante que tu m'as racontée sur le fait que tu avais senti sa présence à l'enterrement ? C'est parce que ton cerveau malade n'avait pas réalisé qu'il était réel, espèce d'idiote ! Elle se met à rire.

— Je le sais déjà ! La colère commence à remplacer ma peur.

— Je suis aussi allée voir la tombe de ta mère.

La chaleur se déploie sur mes bras alors que la colère continue de pulser dans mes veines. Mais la confusion vient avec.

— Quoi ? Mais pourquoi ?

— Pour mettre des fleurs sur la tombe bien sûr. Qu'est-ce que tu crois ? Que j'allais la déterrer ?!

— Tais-toi !

Isabel plisse les yeux.

— Tu as un petit faible pour maman, n'est-ce pas ? C'est de ça qu'il s'agit ? Tu n'as pas pu sauver maman du méchant papa, alors tu veux sauver tout le monde à la place ? Ma pauvre petite Leah voulait aussi me sauver parce que j'étais *tellement* innocente.

— Tu as vécu dans le mensonge. C'est toi qui as tout gâché. Tu ne sais même pas qui tu es. Tu peux m'insulter autant que tu veux, mais ce n'est pas moi qui n'ai pas d'identité. Oui, je veux aider les gens, et oui, j'ai fait une crise psychotique, et non, je n'ai pas pu sauver ma propre mère, mais tu cherches désespérément à faire tes preuves. Qui essaies-tu d'impressionner, Isabel ? Papa ?

Elle plaque le couteau contre moi, frôlant le tissu de la robe de chambre avec le bord tranchant.

— Tu ne me connais pas !

— Tu as un petit faible pour papa, n'est-ce pas ?

La satisfaction de l'avoir frappée de plein fouet avec sa propre attaque redonne de la force à mes membres. Je ne suis pas encore morte. Il y a encore une chance.

Isabel me fixe avec des yeux écarquillés et sauvages, ses narines palpitent sous l'effet de la colère. Elle serre le couteau si fort que ses jointures brillent d'un blanc éclatant.

« C'est pour ça que tu es obsédée par moi ? Parce qu'on se ressemble ? Est-ce que ton père t'a fait du mal quand tu étais petite ? Je me souviens de ce que tu as dit pour me faire entrer dans ta chambre à Crowmont. Tu m'as dit que tu avais trouvé des dessins appartenant à ton père quand tu étais petite. C'était vrai ça ? Ton père aimait-il faire du mal aux petites filles, Isabel ? »

Isabel secoue la tête.

— Pas aux petites filles, non.

— Mais il aime faire du mal aux gens.

Isabel tourne la tête vers la gauche, où la vieille maison abandonnée reste plongée dans l'obscurité. Lorsque je suis venue ici, il y a des mois, j'ai traversé le rez-de-chaussée de la maison. Je sais qu'au-delà de cette obscurité, on arrive dans une autre pièce, une sorte de salon ou de salle de séjour. Pourquoi Isabel regarde-t-elle dans cette direction ?

Je me débats contre les liens, sentant un changement, mais ils sont serrés et mon esprit s'emballe si vite que je n'arrive pas à penser correctement. Chaque partie de mon corps se refroidit, chassant cette brève sensation de force. Je tends attentivement l'oreille, attendant la suite, car je sais que les choses sont sur le point de changer.

Un petit rire se fait entendre dans la pièce, trop grave pour être celui d'Isabel. Il appartient à un homme. Il est suivi par des pas qui avancent lentement, traînant sur le béton poussiéreux de la vieille maison. Les cordes m'irritent la peau alors que je me débats contre elles, paniquée. Le corps sans tête de James Gorden se trouve devant moi, comme un rappel de ce que je pourrais devenir.

« Isabel, dis-je dans un murmure. Il n'est pas trop tard pour me laisser partir. Il n'est pas trop tard pour arrêter ça. »

Les yeux d'Isabel se tournent vers les miens, mais ils ne contiennent aucune pitié. Elle expire une fois par le nez. Un rire triste et amer.

— Je t'avais dit de ne pas t'approcher de ma famille. Je t'avais prévenue. Rien qu'au son de sa voix, mon estomac se retourne de peur. C'est lui qui a toujours été le plus dangereux, précise-t-elle.

Mon espoir prématuré se dissipe. Comment puis-je espérer m'échapper avec Isabel et son père comme ravisseurs ? Depuis que David Fielding m'a plaquée contre le comptoir de sa cuisine et qu'il a planté ses yeux dans les miens, il me terrifie. Le ton glacial de sa voix m'a hantée pendant les longues nuits solitaires au cottage. Je reconnaîtrais sa voix entre mille.

Les pas lents et traînants continuent de résonner dans le petit espace. Isabel se lèche les lèvres et caresse le manche du couteau avec son pouce, anticipant déjà le plaisir familial qui va commencer.

Je me ressaisis lorsque David Fielding sort de l'ombre. Le frottement des chaussures sur le béton m'avertit que David n'est pas seul. Il pousse devant lui une silhouette plus petite et plus courtaude que la sienne.

— Tom !

Ça me rend folle. Je m'agite sur la chaise, je tire sur les cordes, je m'écorche la peau et je me fais saigner. Comment l'ont-ils trouvé ? J'ai dit à Tom de partir avec Mary et Gavin, en insistant même pour qu'ils ne me disent pas où ils allaient. Mais aujourd'hui, ma pire crainte s'est réalisée. Mon pauvre fils est retenu en otage par David, un bâillon sur la bouche et des larmes coulant sur ses joues. Son jean est humide à l'entrejambe et ses mains sont croisées dans son dos. David tient un couteau sous son cou.

— Je me calmerais si j'étais toi, Leah. La voix de David est grave et dangereuse. Sinon, j'étripe ton petit frère.

Chapitre 33

David écarte les pieds de Tom et lui attache les chevilles. Je hurle en silence pendant que mon fils se tortille et frissonne. J'essaie désespérément de garder les idées claires. Il n'y a plus lieu de paniquer. Les enjeux sont trop importants. Je dois penser à mon fils et je ne supporte pas la vue de David penché sur lui avec un sourire enragé, alors que les yeux de Tom sont rivés sur moi, suppliants et terrifiés.

Je me tourne vers Isabel.

— C'est entre toi et moi. Laisse-le partir. La puissance de ma voix me surprend.

Mais Isabel lève les bras au-dessus de sa tête, faisant tourner le couteau entre ses doigts comme s'il s'agissait d'un bâton de majorette. Les larmes de Tom semblent la mettre en joie.

— J'ai pas envie.

— Pourquoi tu fais ça ? Je la supplie. Pourquoi ? Tu pourrais être libre. Tu pourrais aller où tu veux, et ton père pourrait continuer à vivre sa propre vie, comme si de rien n'était. Riche. Blanc. Il a droit à tout ce qu'il veut. Mais tu mets tout cela en péril pour moi. Qu'est-ce que j'ai de si spécial ?

La tête d'Isabel se rapproche brusquement de moi.

— Parce que tu avais de l'affection pour moi, Leah. Maintenant, j'en ai pour toi.

— Ce n'est pas de l'affection, ça ! C'est dégueulasse !

Ma voix est un cri si aigu qu'il me dérange.

Isabel et David échangent un sourire. Je suis désemparée. Je ne peux pas les raisonner. Je suis en présence de meurtriers qui aiment ça, qui s'amusent de ma peur et de mon désespoir. Je les nourris.

David s'éloigne de Tom et passe son bras autour de sa fille.

— Arrête de lutter, Leah. Se battre ne marche jamais. Je me suis battu contre ce que je suis pendant des années, mais plus maintenant.

Abandonner. Cela semble séduisant, mais mon fils est effrayé et seul dans le coin de la pièce, avec son un jean trempé d'urine. Je dois réfléchir attentivement à ce que je sais et à ce que je peux faire pour nous sortir de cette situation. Tout d'abord, ce que je sais : Owen Fielding a avoué avoir tué Maisie et James. Je ne peux pas croire que c'est vrai. Les Fielding me semblent être des criminels rusés avec des âmes aussi sombres que la mélasse. Ils ont fait une sorte de pacte. La confession d'Owen faisait diversion pour permettre à Isabel de me capturer. Elle voulait que je baisse la garde. C'est un dernier tour de piste. Ils n'ont pas l'intention de s'en sortir indemnes ; au contraire, ils ont abandonné et ils m'entraînent dans leur chute.

J'ai besoin de gagner du temps.

Je dois faire parler Isabel.

— D'accord, dis-je. Je vais arrêter de me battre. Je sais que vous allez gagner, quoi que je fasse. Je regrette juste de m'être impliquée dans votre histoire dès le départ. Vous m'avez attirée dans ce mystère et m'avez fait tout remettre en question, et maintenant je veux que vous me donniez des réponses. Isabel, qu'est-il arrivé à Maisie Earnshaw ? Que s'est-il passé ce jour-là ? Ne me laisse pas mourir sans savoir, parce que j'ai passé des mois à me demander ce qui avait bien pu se passer, et maintenant tu peux enfin me le dire.

— Est-ce que je dois lui dire ? demande Isabel à son père.

David s'approche de la table où se trouvent les couteaux et s'assoit au bord.

— Si c'est ce que tu veux faire.

Tout en faisant toujours tournoyer le couteau, Isabel s'approche de moi et le fait glisser le long du revers de la robe de chambre, entaillant le tissu, effleurant à peine ma peau. Malgré ma tentative de bravade, je laisse échapper un petit cri, grimaçant lorsque la lame fait couler un peu de sang.

— Tu avais raison, tu sais. Quand je t'ai dit que j'avais trouvé les dessins de mon père quand j'étais enfant, c'était la vérité. Mais il ne m'a jamais fait de mal. Il dessinait les femmes qu'il torturait et tuait. Les dessins étaient cachés dans un tiroir fermé à clé dans son bureau. J'étais une enfant curieuse et j'ai remarqué que papa avait toujours une clé qui ne déverrouillait aucune des portes de la maison, de ses voitures ou de son bureau. J'ai aussi remarqué qu'il mentait parfois à maman. Il lui disait qu'il travaillait tard, mais il rentrait à la maison avec d'autres vêtements ou d'autres chaussures. J'avais sept ans, mais j'étais déjà plus intelligente que ma mère.

Un jour, j'ai fait diversion. J'ai attendu que papa pose ses clés sur son bureau, puis j'ai poussé mon frère dans les escaliers. Quand j'ai crié, papa a oublié de prendre ses clés sur le bureau pour courir vers mon frère. Isabel pose un regard morne sur son père. Il faut toujours s'assurer que l'héritier mâle n'est pas mort, n'est-ce pas ?! Elle se retourne vers moi. Pendant que papa et maman étaient occupés à vérifier qu'Owen allait bien - ce qui était le cas, car je ne l'avais poussé que sur quelques marches - j'ai couru dans son bureau, essayé la clé suspecte dans son tiroir fermé à clé, et j'ai trouvé les dessins. J'en ai gardé un sous mon matelas et j'avais l'habitude de le regarder avant de me coucher.

Une petite fille et un tiroir rempli de femmes torturées. La plupart des gens ne pourraient jamais comprendre la noirceur ni la façon dont Isabel avait été attirée par elle. Mais j'ai moi-même été touchée par les ténèbres, et l'idée qu'elle ait dormi à proximité de ce dessin me rend malade. J'ai presque pitié pour elle. Puis, je vois Tom trembler dans un coin et cette pitié s'évanouit.

— Pourquoi n'avais-tu pas peur ? La plupart des petites filles auraient été effrayées par ce dessin.

— Je ne suis pas *la plupart des petites filles*, dit Isabel avec fierté.

— Et vous. Je dirige mon regard vers David. James m'a dit qu'il vous avait toujours soupçonné d'avoir kidnappé et tué des femmes sans-abri au fil des ans. Avait-il raison ?

David ignore ma question.

— As-tu apprécié le repas que tu as pris avec nous, Leah ? As-tu aimé que j'enroule mes doigts autour de ton cou ? J'avais tellement hâte de recommencer.

Ses mots sont si froids qu'ils atteignent ma poitrine et enserrent mon cœur. Je repousse le sentiment d'effroi qui se répand sur ma peau. La peur n'a plus sa place. Je dois l'ignorer et faire parler Isabel pendant que je cherche comment sortir le couteau de la poche de ma robe de chambre.

— Qu'est-ce que tu es, Isabel, si tu n'es pas comme la plupart des petites filles ?

Elle lève son visage vers le plafond de la maison en ruine et passe les doigts dans ses cheveux.

— Tu sais ce que je suis, Leah. Je suis une déesse. Je transforme les gens en belles choses.

Cela me surprend. Je n'ai jamais entendu quelqu'un prétendre être un dieu auparavant, ni pendant les années où j'ai travaillé à Whitmore, ni même dans la bouche de mon père ivre. Mais c'est logique, d'un point de vue sadique et déformé.

— En de beaux oiseaux, dis-je dans un murmure. C'est ce que tu as fait à Maisie. Tu l'as transformée en oiseau.

Isabel s'assoit par terre si rapidement que pendant une demi-seconde, je pense qu'elle s'est effondrée. Elle prend une mèche de ses cheveux et la caresse entre ses doigts.

— Je disais à Owen depuis des mois que papa était spécial et qu'il aimait transformer les gens en œuvres d'art, mais il ne me croyait pas. Owen disait toujours que les gens ne pouvaient pas être transformés en quelque chose de beau parce que tous les gens étaient laids. Nous avions fait des expériences avec des animaux dans les bois, pour voir si nous pouvions les rendre plus beaux ou plus laids. Parfois, Owen m'attachait comme les filles sur les dessins de papa, mais ça ne marchait jamais. Je pouvais toujours m'échapper. Je voulais prouver à Owen que nous pouvions faire quelque chose de vraiment beau. De magnifique. Elle s'arrête de caresser ses cheveux avant de tirer un peu dessus. Et puis, Maisie est arrivée.

— Tu as traîné Maisie dans les bois comme un de tes animaux, dis-je. Puis tu l'as frappée sur la tête avec une pierre, tu lui as enlevé ses vêtements et tu lui as sculpté des ailes dans le dos. Tu l'as fait avec Owen.

— Et maintenant, c'est un bel oiseau, pas une sale petite fille, dit Isabel d'un air triomphant.

— Et vous, dis-je à David, vous saviez ce qu'étaient vos enfants et vous n'avez rien fait pour y remédier.

— Ma fille est une artiste, répond-il. Une splendide artiste.

Tom nous observe dans le coin, plus calme maintenant, sa poitrine monte et descend moins vite. C'est bien. Le fait que je parle à Isabel lui donne le temps de se calmer. Mes doigts contournent le bras du fauteuil pour se diriger vers ma poche, où le petit couteau est caché. J'ignore la morsure des liens et je continue.

— Mais tuer Maisie était imprudent. Tu as mis la famille en danger, Isabel, fais-je remarquer. Ton père n'avait pas besoin de cette attention. En fait, je parie que vous avez dû renoncer à votre hobby pendant un certain temps. N'est-ce pas, David ?

— Il a été mis en veilleuse, admet David. Mais Isabel a été assez courageuse pour assumer la responsabilité de ce qui s'était passé, et elle a été assez intelligente pour s'en sortir.

— Alors pourquoi as-tu abandonné ? Pourquoi me kidnapper ? Tu sais que tu ne t'en tireras pas comme ça. C'est trop médiatisé. La police me surveille tous les jours. Qu'est-ce que tu es en train de faire ?

— Ma petite fille a souffert toutes ces années. David saute de la table et s'avance vers moi, le menton baissé et le regard grave et déterminé. Mes doigts tâtent le tissu de ma robe de chambre pour attraper le couteau. Elle mérite de prendre ce qu'elle veut en compensation de cette souffrance.

— Maintenant, c'est au tour d'Owen de protéger la famille, c'est ça ?

— Il n'est plus vraiment innocent, n'est-ce pas ? David donne un coup de poing dans l'estomac de James et rit.

— Votre femme est dans le coup ? C'est aussi une tueuse ? Qu'est-ce que c'est, la famille von Trapp, édition Halloween ? Vous vous prenez pour des dieux, mais vous êtes des malades. Mon cœur bat à tout rompre dans ma poitrine lorsque David réduit l'écart entre nous et saisit ma gorge d'une main. Je suis obligée de rester assise, impuissante, tandis qu'il serre fort, son visage devenant rouge sous l'effet de l'effort.

— Laisse-moi te poser une question, Leah. Ses yeux sont brillants et écarquillés, et le blanc de ses globes oculaires luit dans l'obscurité. Je réalise qu'il est excité, exalté par la mort qui l'entoure. Quel genre de personne trouve du plaisir dans la douleur ? Quel genre de personne s'anime à l'idée d'ôter la vie à quelqu'un d'autre ? « Te souviens-tu des victimes ? Te souviens-tu des noms des personnes que les tueurs en série enlèvent ? Non ! Le monde connaîtra mon nom. Le monde saura exactement qui je suis. Tu n'es rien. Tu es l'insecte que nous allons écraser dans la poussière. »

— Papa ! Isabel saisit l'épaule de David et l'écarte de moi. Ne sois pas idiot. C'est quelque chose cette fille. C'est un bel oiseau. Et elle est à moi.

Ma gorge se noue tandis que j'aspire l'air poussiéreux, qui me brûle jusqu'aux poumons. Le manque d'oxygène m'a étourdie et la pièce tourne. Un gémissement plaintif s'échappe de Tom, de l'autre côté de la pièce. Il dit mon nom malgré son bâillon.

Je dois rester forte pour lui, mais mes paupières tombent. Une main douce caresse mon visage, puis descend le long de ma poitrine, effleure le contour de mes seins, avant d'atteindre mes mains. Pendant un terrible instant, je pense qu'elle va trouver le couteau, mais au lieu de cela, Isabel commence à me détacher les poignets. Avant que l'espoir ne revienne, David se place derrière moi et me met un couteau sous la gorge.

— Ne tente rien, Leah, me prévient-il.

— Qu'est-ce que... qu'est-ce que tu fais ? Ma gorge me brûle tellement que mes paroles ne sont qu'un murmure rauque.

Isabel m'aide à me lever en me disant « chut » doucement. Elle remet une mèche de cheveux derrière mon oreille et me pousse doucement vers l'avant. Avec horreur, je réalise que je marche tout droit vers James Gorden, dont l'odeur me frappe au fond des narines. Son corps affaissé bouge et se tortille dans le fauteuil, infesté d'asticots. J'ai des haut-le-cœur et je vomis presque sur ma poitrine, jusqu'à ce qu'Isabel me caresse les cheveux et me calme. Elle me fait passer devant le corps de James pour me diriger vers le centre de la pièce. Là, j'ai une meilleure vue sur Tom. Il est calme et attentif, ses yeux sont rivés sur les miens. Il y a une lueur de colère dans ses yeux. C'est bien, je pense. Moi aussi je suis en colère.

Isabel m'arrête et s'écarte, mais je ne peux rien faire parce que David est derrière moi, son couteau aiguisé appuyant sur ma peau. Je ne sais pas trop ce qui se passe, mais j'aurais aimé faire parler Isabel encore un peu pour réussir à sortir le couteau de ma poche.

Il est trop tard maintenant. Isabel tire des cordes du plafond. Je ne les avais pas remarquées parce que la pièce est très sombre, mais son père et elle ont installé une sorte de plate-forme avec du matériel d'escalade. Isabel le teste une fois, puis revient vers moi et fait glisser la robe de chambre jusqu'à mes pieds. Je commence à gémir.

— Chut, Leah. Tu es sur le point de participer à quelque chose de magnifique, il n'y a pas lieu d'avoir peur.

Elle ouvre ma chemise de nuit sur le devant à l'aide de son couteau et la fait passer par-dessus mes bras pour la faire tomber sur le sol. Je me détourne de Tom, honteuse de mon corps nu devant mon fils.

Isabel touche ma poitrine.

— Encore mieux que je ne le pensais. Puis elle me saisit un poignet, l'entoure de la corde et l'attache au système de poulie au-dessus de ma tête.

Lorsque mon deuxième poignet est maintenu en place par la corde, je me retrouve écartelée, comme l'homme de Vitruve de Léonard de Vinci. Ils se placent tous les deux dans mon dos et quelqu'un tire sur la corde pour la tendre.

« Et maintenant, dit Isabel d'une voix joyeuse. On commence ? »

Chapitre 34

Avant qu'elle ne commence, il y a un moment si calme que je peux entendre la pluie sur le toit délabré au-dessus de moi. La respiration de Tom est rauque à travers le bâillon, mais David et Isabel se déplacent silencieusement, sans rien laisser paraître. Je ne les vois pas, je ne les entends pas. Un goutte-à-goutte solitaire descend du plafond.

Je me penche pour examiner le système de poulies. Des crochets ont été enfoncés dans le plâtre au-dessus, et la corde d'escalade passe à travers les crochets. La corde glisse dans le système, écartant mes bras et mes jambes, fixée à un point derrière moi, de sorte que je ne peux pas bouger la corde, même si je m'y efforce. Je suis sûre que les cordes sont d'excellente qualité, ce qui signifie que les couper ne fonctionnera pas. De plus, je suis nue maintenant. Je n'ai même plus le couteau que j'avais pris sur la table du cottage.

Mais qu'en est-il des crochets ? Est-ce que ça pourrait être un point faible ? Ce bâtiment n'est pas vraiment sûr, même sans la pression supplémentaire du système de poulies. La lumière est faible, mais je pense pouvoir distinguer quelques fissures dans le plafond ; certaines sont assez larges pour laisser couler de l'eau sur le sol. Peut-être que si j'essaie de tirer sur les crochets, j'entraînerai le plafond dans ma chute. Cela pourrait blesser Tom, mais aussi me donner un avantage sur les Fielding, et je ne vois pas de meilleure idée.

— Tom va te regarder obtenir tes ailes, dit Isabel d'un ton radieux. Et ensuite, tu nous regarderas tuer ton petit frère.

Nous allons mourir si je n'essaie pas de m'échapper de ces cordes. Je dois arracher ces crochets du plafond, même si je fais tomber la moitié du bâtiment en cours de route.

Isabel passe lentement le couteau sur ma chair, en me touchant doucement avec la lame pour chatouiller ma peau. Elle dessine un motif le long de mes omoplates, comme un tatoueur qui teste sa toile.

Ne crie pas, me dis-je. Quoi qu'elle fasse, ne crie pas.

— Tout va bien se passer, dis-je, les yeux rivés sur Tom. Il tremble à nouveau, et j'ai besoin de son calme si nous voulons sortir d'ici.

Elle voudrait que je crie, je peux sentir ce désir émaner d'elle par vagues, son impatience. Est-ce que je peux être assez forte pour ne pas le faire ? *Concentre-toi sur ta fuite.* Avec précaution, j'évalue la solidité des cordes qui me lient les poignets, en tirant doucement dessus pour tester la tension. L'eau dégouline du plafond à moins d'un mètre de l'endroit où les crochets ont été vissés. Cela me permet d'espérer qu'il y a une faiblesse dans les vieilles plaques de plâtre ou dans les chevrons au-dessus de moi. Même si je pouvais suffisamment desserrer l'un des crochets pour libérer un bras, ce serait déjà utile. Je pourrais peut-être assommer l'un d'entre eux et m'emparer du couteau d'Isabel. Mais que se passera-t-il s'ils atteignent Tom en premier ?

— Tu te souviens quand tu m'as dit que ton père était superstitieux ? Le souffle d'Isabel me chatouille le cou.

— Oui.

— Il disait toujours bonjour aux pies. Mais pour moi, c'est simplement une question de savoir-vivre que de parler aux oiseaux. Ce sont des créatures merveilleuses, pourquoi ne pas s'adresser à elles ? Les oiseaux ont cent cinquante millions d'années. Ce sont les premiers dinosaures. Ils méritent le respect, tu ne crois pas ?

— Oui. Mes biceps se tendent lorsque je tire sur les cordes au-dessus de ma tête, mais je ne peux pas laisser transparaître cette tension dans ma voix. Je ne suis pas une femme forte ; je ne suis pas de cours de fitness et je ne vais pas à la salle de sport, mais j'ai du tonus parce que j'ai immobilisé des patients quand il le fallait et que je suis debout presque toute la journée. Depuis que je travaille au magasin de la ferme, je passe mes journées à porter des marchandises, à déplacer des boîtes de conserve, à soulever des cartons. *Je suis plus forte que je ne le pense. Je suis plus forte que je ne le pense.*

Lorsque le couteau s'enfonce dans ma chair pour la première fois, la douleur aiguë me coupe le souffle. Je ne crierai pas même si elle le veut, je ne crierai pas. Ce qu'Isabel ne réalise pas, c'est que l'habileté de son couteau me fait oublier la tension de mes biceps, ce qui me permet de tirer encore plus fort. Mais en même temps, je suis consciente que la flexion de mes épaules et de mon dos sera perceptible. Heureusement, elle prend cela pour une réaction à la douleur.

— Détends-toi, chère Leah, me rassure-t-elle alors que le couteau descend jusqu'à ma taille. Je dois dessiner des plumes. Tu dois rester tranquille.

— Tu veux que je la tienne ? propose David.

— Non, répond-elle. Tu gardes un œil sur le garçon.

Tire, Leah, tire aussi fort que tu peux, me dis-je en fermant les yeux et en serrant les dents. Les yeux fermés, je vois Alfie adossé au mur, une cigarette au coin de la bouche. Ses mains sont enfoncées dans les poches de son pantalon et il gratte le béton avec le bout de sa chaussure. Je le regarde, la sueur coule sur mon visage, le sang ruisselle dans mon dos et les muscles de mes bras se contractent tant que j'ai l'impression qu'ils vont exploser, mais il n'a pas l'air de s'en rendre compte. Il lève le menton et me regarde droit dans les yeux.

— Le fouineur de Hackney, dit-il.

Tais-toi. Les mots ne s'échappent pas de mes lèvres.

« Alf Smith était un père de famille, un homme honnête. Dans la rue où il vivait avec sa femme et ses deux enfants, tout le monde le considérait comme un ami. Toujours prêt à rire, Alf allait presque tous les soirs au pub du bout de la rue. Il chantait les airs de l'équipe de foot de West Ham jusqu'à ce qu'un esprit vif et turbulent emplisse le pub. Puis il rentrait chez lui et tout changeait. »

Un gémissement de douleur monte de mon ventre et sort de ma bouche. Je sens de la salive aux coins de ma bouche, mais je garde les yeux fermés parce que je ne veux pas voir le visage de Tom.

« Alf rêvait d'être important. Mais son accident à l'usine a tout changé, n'est-ce pas, Leah ? Il est devenu une personne différente. Il est devenu de plus en plus méchant, jusqu'au jour où il a complètement craqué et a tué sa femme à coups de couteau, lui tranchant presque la tête. Qui l'a trouvée, Leah ? »

— Tom, dis-je.

— C'est ça. Alfie s'écarte du mur et fait un pas vers moi. Tu as toujours été une victime, n'est-ce pas, Leah ? Mais qu'en est-il de lui ? Il fait un signe de tête vers Tom, accroupi et effrayé. Dans mon esprit, le décor se compose pour moitié d'une maison abandonnée et pour moitié d'un parking à l'extérieur de l'hôpital Crowmont.

— Je ne veux pas qu'il en soit une.

D'aussi loin que je me souvienne, Leah et Tom Smith ont été jetés dans la boue, mais c'est parce qu'on a laissé les gens les broyer. Une personne qui n'est pas brisée ne peut pas vraiment être une victime. On peut vous blesser physiquement et émotionnellement, mais vous n'êtes la victime de personne si vous restez en possession de tout votre être. De votre volonté.

Pourquoi ai-je mis tant de temps à m'en rendre compte ?

Quand j'ouvre les yeux, je m'autorise à crier, mais ce n'est pas un cri de douleur, c'est un cri de détermination, parce que je sens qu'un des crochets glisse.

— Une pie tant pis, se récite Isabel en continuant à graver ma peau. J'ai gravé le même motif sur la peau de Maisie, tu sais. La police n'a jamais révélé ce détail, n'est-ce pas ? C'est une bonne chose, sinon tu n'aurais jamais cru que j'étais l'innocente petite Isabel.

Tais-toi, me dis-je. *Tais-toi avec ton obsession stupide pour les oiseaux.* Un peu de poussière de plafond heurte mon front. Les yeux de Tom sont rivés sur les miens et ils sont vifs. Il sait ce que je fais. Il se redresse, le dos droit, ses poignets liés reposant sur ses genoux. Il contracte ses épaules et se met dans une position qui lui permettra de réagir facilement ou de tendre les mains pour protéger sa tête. Il doit voir le plafond se fissurer.

« Deux pies, tant mieux. »

Je crie à nouveau, cachant le bruit du plâtre qui craque au-dessus de moi. L'un des crochets est à moitié sorti et de fines lignes se forment sur la surface du plafond.

Isabel hausse le ton. « Trois pour une fille. »

Et le plafond s'ouvre. Je me laisse tomber au sol pour me couvrir la tête. Le système de poulies s'effondre autour de moi. Les plaques de plâtre, la poussière et les débris pleuvent sur mon corps nu, me meurtrissant le dos, les épaules et le côté. Mais en tombant, je renverse Isabel, ce qui me donne l'occasion de prendre davantage contrôle sur la situation. David et elle se protègent tous deux des décombres qui tombent. Je ne peux pas me reposer un seul instant. Il faut que je relève la tête et que je trouve une arme. Souhaitant pouvoir au moins voir comment va Tom, je me force à me tourner vers Isabel. Elle est sur le dos, un bras levé pour protéger son visage. Le couteau n'est plus dans sa main. Je me précipite sur le sol, cherchant le couteau dans la poussière et les débris.

J'entends un bruit de cavalcade. David. Il est debout. Je roule sur la gauche et manque de peu son pied lorsqu'il tente de me donner un coup. Mes mains tâtonnent rapidement le sol. Le couteau a dû tomber près d'Isabel, à moins qu'elle n'ait ouvert les bras et ne l'ait jeté dans le feu de l'action.

— Qu'est-ce que tu as fait, Leah ? dit David dans un grognement sourd. Si tu as fait du mal à ma fille...

Ma peau est couverte de sueur et de sang, et la saleté qui s'est infiltrée dans les plaies de mon dos me rendra vulnérable aux infections, mais je ne peux pas m'en préoccuper pour l'instant.

David se rapproche et saisit l'une des cordes encore attachées à mon poignet, me tirant vers lui, provoquant une douleur fulgurante le long de mon bras jusqu'au coude. Il m'oblige à me lever et il presse son visage contre le mien. Sa salive s'accumule sur ma lèvre supérieure.

Je n'ai aucune chance de trouver le couteau avec lui qui me tient si fort. Même si je m'agite et me débats sous sa poigne, je suis toujours attachée à la corde et il la tient serrée dans son poing. Il est plus grand, plus large, plus fort et plus en forme. Je ne peux pas le battre.

Alors que je m'apprête à ouvrir la bouche pour dire à Tom de s'enfuir aussi vite qu'il le peut, David émet une étrange expiration aiguë, comme de l'air sortant d'un ballon. Son emprise sur moi se relâche et il tâtonne son dos, à la recherche de quelque chose. Ne lui laissant même pas une seconde pour se redresser, je lui arrache les cordes des mains, lui donne un coup de pied aussi fort que possible entre les jambes, puis je le pousse par terre. Tom se tient derrière lui, les mains liées tendues vers moi, tremblant de la tête aux pieds.

— Je... je l'ai poignardé, dit-il. Je l'ai poignardé.

— Ce n'est pas grave. Je le serre dans mes bras, ignorant ma nudité et les cordes attachées à mes poignets et à mes chevilles. Et Isabel ?

Elle est toujours par terre, la tête penchée sur le côté. Je m'accroupis et cherche son pouls. Il bat toujours, mais elle semble inconsciente. J'attrape rapidement un couteau sur la table de torture, je m'accroupis à nouveau à côté d'elle et je cherche un téléphone. Il n'y a rien. J'essaie ensuite d'en trouver un sur David. Il gît dans une mare de son propre sang, ses yeux vitreux me fixent. Il est mort, ce que j'essaie d'ignorer en fouillant les poches de sa veste. Pas de téléphone. J'essaie son jean. Pas de téléphone.

« On doit sortir d'ici. Mais d'abord, je dois me débarrasser de ça. »

Les couteaux d'Isabel sont bien aiguisés, alors couper les cordes ne prend que quelques instants. Je retire ensuite la veste de David de son cadavre et l'enroule autour de mes épaules. J'ai froid, je suis couverte de sang et j'ai mal partout, mais mon esprit est plus clair qu'il ne l'a jamais été.

« Allez, viens ! » Je prends la main de Tom et je me dépêche de sortir de la maison. Je ne sais pas quels autres dommages structurels ont été causés à la maison lorsque le plafond s'est effondré, mais il n'est certainement pas prudent de rester là.

— Et elle ? Tom fait un signe de tête en direction de la forme inconsciente d'Isabel, qui gît au milieu de morceaux de placoplâtre et de briques émiettées. Si tu la tues, tout est fini.

Je retourne le couteau dans ma main et le regarde un instant.

— Si je la tue, c'est un meurtre.

— Mais après ce qu'elle t'a fait, elle le mérite.

— Je ne peux pas faire ça, Tom. C'est impossible.

Chapitre 35

Une pluie fine et oblique frappe ma peau endolorie. De petites piqûres douloureuses s'étendent sur mon visage et mes jambes nues. De ma main gauche, j'agrippe Tom, et de la droite, le couteau. Je dégringole plus que je ne cours, me précipitant vers le bas de la colline pour m'éloigner de la ferme délabrée. Mes yeux piquent à cause de la poussière de plâtre, mon dos est douloureux à cause de mes coupures, et la veste de David frotte sur chaque blessure quand je bouge, mais je ne m'arrête pas. Je n'ai que trop conscience qu'Isabel est restée dans la maison, inconsciente, mais pour combien de temps ?

En tant qu'infirmière de formation, je ne pouvais pas me résoudre à la tuer. Pas après avoir passé une bonne partie de ma vie à protéger les personnes vulnérables. Je ne pouvais pas prendre une vie, et je me sens plus faible pour cela parce que je m'enfuis de la maison et que je regarde par-dessus mon épaule, effrayée.

— On est à quelle distance de la maison des Braithwaites ? demande Tom. Sa paume est moite dans la mienne, malgré la fraîcheur du vent qui fait tomber la pluie. Il doit être aussi sous l'emprise de l'adrénaline que moi, à ce stade.

— Je sais que je peux y aller à pied en quarante minutes. Si on court, peut-être vingt. C'est surtout en descente.

— Je crois que je me suis fait mal à la cheville en sortant de la maison.

Je me suis tellement concentrée sur la fuite des Fielding que je n'ai même pas remarqué que Tom boitait.

— Tu veux t'arrêter ?

— Non, dit-il en se mordant la lèvre inférieure. Il faut qu'on s'éloigne de... de ce qu'il y a dans cette maison.

Je me retourne une fois de plus tant que la maison est visible dans l'obscurité, avant que les ombres ne l'engloutissent. La porte délabrée est légèrement ouverte. Est-ce que j'ai laissé la porte ouverte ?

— Il faut qu'on continue à avancer. Cela devient un mantra.

Le vent écarte la veste de David alors que nous nous hâtons de descendre la colline, exposant mon abdomen à la pluie. Chaque fois que je tourne le dos à la maison, un lent picotement remonte le long de ma colonne vertébrale et, à chaque instant, je m'attends à ce qu'une main me prenne par l'épaule. Je m'attends à ce qu'elle me murmure à l'oreille : *une pie, tant pis*. Tom a du mal à marcher, je le vois bien. Il grimace chaque fois que son pied cogne une petite bosse sur le chemin. Mes pieds nus seront blessés par les pierres lorsque nous atteindrons les Braithwaites, mais le froid commence à m'engourdir, ce qui m'aide. Il n'y a pas de lumière sur les landes. Même la ferme des Braithwaites est sombre ce soir. Il n'y a pas de lumière non plus à Rose Cottage, et je ne suis même pas sûre de pouvoir le voir d'où nous sommes. J'imagine que nous sommes toujours en haut des collines, mais il est difficile de savoir si nous avons dérivé sur le côté, étant donné que mon seul moyen de connaître notre direction est si nous descendons ou si nous montons. Pour la première fois, j'y pense : nous pourrions nous perdre. Vingt minutes de la ferme, c'est bien si on sait dans quelle direction on va, mais il n'y a aucun moyen d'en être sûr dans l'obscurité. Je ne vois aucun des points de repère que j'utilise le jour.

— Leah, murmure Tom. Tu entends quelque chose ?

Nous nous arrêtons brusquement et mes pieds s'enfoncent dans le sol mou et boueux. Nous nous sommes vraiment éloignés du sentier, car je n'ai pas senti de pierres sur mes semelles depuis un bon moment. Tom et moi sommes haletants à cause de l'effort fourni pour nous enfuir, mais je dois me concentrer, alors je respire lentement et je m'efforce d'écouter.

C'est calme, mais pas tout à fait silencieux. Le vent siffle dans le feuillage et la pluie bat contre la veste de David. Tom essaie de ne pas respirer bruyamment, mais il est encore essoufflé d'avoir dévalé la colline.

J'écoute attentivement.

Mon corps est en phase avec la nature, prêt à identifier tout son qui n'est pas à sa place. Je connais ces landes, je les ai déjà parcourues et j'ai passé du temps avec Seb, à rester assise, à réfléchir, à écouter. Je sais comment écouter.

Le bruit de pas est léger, à peine perceptible dans le vent et la pluie, manifestement fait par quelqu'un qui ne veut pas être entendu. Lorsque je tourne la tête, l'herbe s'agite et les pieds se déplacent précipitamment, mais il n'y a personne.

Mon cœur envoie un nouvel afflux de sang vers l'extrémité de mes membres, ce qui me réchauffe. L'adrénaline monte en flèche dans mon corps et exacerbe mes sens. Nous devons partir d'ici aussi vite que possible. Je ne sais pas où est Isabel, mais je sais qu'elle nous suit. En tirant sur la main de Tom, je nous pousse à avancer, posant un doigt sur mes lèvres pour que nous nous frayions un chemin discrètement. Si Isabel peut se fondre dans l'ombre, nous le pouvons aussi, et rester silencieux nous y aidera.

Il n'y a que des formes sur la lande, des rochers imposants aux pentes soudaines en passant par les arbres sporadiques. Je me dis qu'Isabel n'est peut-être pas la chose la plus dangereuse sur la lande - nous pourrions tomber dans un ravin, ou trébucher et nous casser une cheville. Je ne sais pas trop quoi faire, si je dois courir comme une folle dans la descente jusqu'à ce que nous arrivions à la civilisation, ou si je dois trouver un endroit où me cacher et attendre la nuit, en priant pour qu'Isabel ne nous trouve pas. Ou, si elle nous trouve, finir ce que nous avons commencé et lui planter ce couteau dans le cœur.

— Leah.

Mon nom n'est qu'un écho dans le bruit du vent qui fait bruisser l'herbe de la lande, mais alors qu'il fait son chemin dans mon esprit, chaque muscle de mon corps se raidit. Tom laisse échapper un gémissement. Je lui serre la main pour le rassurer par ma présence avant de faire demi-tour sur moi-même à sa recherche.

Rien d'autre que l'obscurité.

— Arrête de te cacher, Isabel.

Si je peux au moins savoir où elle est, peut-être que je pourrai arrêter ce qu'elle a l'intention de faire. Mon esprit est rempli d'images d'elle avançant vers moi à une vitesse surnaturelle, me tailladant le visage avec ses ongles, se régalant de ma chair avec ses dents. Dans ma tête, elle se déplace à quatre pattes comme un monstre malade et dérangé sorti d'un film d'horreur.

La réalité est tout aussi laide.

Alors que je la cherche désespérément, une chevelure blonde émerge des hautes herbes de la lande, suivie rapidement par son torse. Elle plonge vers moi, son propre couteau tendu en avant et les dents serrées. En une fraction de seconde, je repousse Tom et me prépare à son attaque, sa vague silhouette se jetant sur moi comme un chat sauvage. Je suis plus vulnérable qu'elle, à moitié nue, à moitié gelée et blessée, mais je n'abandonnerai pas sans me battre, car si elle me tue, je ne serai plus là pour protéger Tom.

— Va-t'en ! Cours jusqu'à la ferme et appelle la police.

Alors qu'Isabel pointe le couteau vers mon visage, je tombe sur le dos et roule loin d'elle. Je suis en train de remonter la colline quand elle revient sur moi, tombant à genoux à mes pieds. Je lui donne un coup de pied dans l'épaule, la faisant tomber sur le dos, et je roule la tête la première, réussissant à enfoncer le couteau dans sa cuisse. Isabel hurle de douleur et un filet de sang s'échappe de la plaie. J'ai vaguement conscience que Tom s'enfuit au loin. Bien, maintenant je n'ai plus qu'à m'occuper d'elle.

Je lève le couteau, prête à la frapper à nouveau, mais Isabel est plus rapide que je ne l'avais prévu, elle m'échappe et se relève en titubant.

— Tu n'abandonnes pas hein, Leah, dit-elle. J'ai toujours pensé que tu le ferais, mais tu t'accroches. Tu ne m'as jamais abandonnée, n'est-ce pas ? Tu as toujours cherché un moyen d'améliorer ma vie. La plupart des infirmières se seraient fichues d'essayer de prouver mon innocence, mais toi, tu n'as jamais pu laisser tomber. Je t'admire presque pour ça.

Je me relève et je stabilise mon bras. Quoi que je fasse, la main qui tient le couteau continue de trembler. Isabel, elle, reste froide et confiante malgré sa blessure à la cuisse.

« Tu n'es pas une tueuse. Nous le savons toutes les deux, mais tu ne sembles pas capable de l'admettre. Elle réduit la distance entre nous d'un pas. Il est temps d'abandonner maintenant. Tom n'arrivera pas à la ferme, tu sais ? Il se perdra dans la lande et je le massacrerai après t'avoir tuée. »

— Non, pas question. Ma voix est étonnamment forte.

— Eh, si. Sa tête blonde oscille de haut en bas tandis qu'elle acquiesce. Cela a toujours été inévitable depuis le premier moment où nous nous sommes rencontrées. Je t'aime, Leah, mais une de nous deux doit mourir et ce ne sera pas moi.

— Tu te trompes.

— Pourquoi ? Elle penche la tête sur la droite, comme si elle était sincèrement troublée par l'idée qu'elle puisse perdre.

— Parce que Tom est mon fils et que je n'abandonnerai jamais tant qu'il ne sera pas en sécurité.

Son bref instant de surprise est tout ce dont j'ai besoin pour prendre l'avantage, mais Isabel n'est pas quelqu'un que l'on prend facilement au dépourvu. Alors que je m'apprête à lui enfoncer le couteau entre les côtes, elle me fait trébucher et nous dégringolons ensemble la pente abrupte de l'herbe glissante. Sa main s'agrippe à mes cheveux tandis que nous prenons de la vitesse, mais aucune de nous deux n'arrive à placer ses couteaux dans la bonne position pour faire des dégâts. Finalement, un rocher arrête notre chute et nous nous séparons. Je tombe plus loin qu'Isabel, et j'atterris sur une surface dure. Un autre rocher. Il est moussu et je me relève péniblement, en traînant les pieds et en glissant, tout en essayant de garder l'équilibre. En me redressant avec force, j'avance de quelques pas, glissant sur la pierre lisse, instable et incontrôlable. Mes orteils accrochent le bord du rocher après s'être arrêtés brusquement. Lorsque je réalise où je suis, mon cœur bat la chamade et je panique, m'éloignant de deux pas du bord. Dans la nuit noire et nuageuse, je distingue à peine la falaise. Tom et moi nous sommes éloignés du sentier plus que je ne l'avais pensé, et nous sommes arrivés au bord de la gorge qui traverse la vallée sur la lande. Si j'avais glissé plus loin, je serais morte.

Isabel se redresse, se relève et s'époussette. Le couteau n'est plus dans sa main, perdu dans la chute. Mais son regard déterminé me dit qu'elle n'a pas abandonné. Elle avance vers moi.

Je vais mourir.

Ce n'est pas la première fois que j'ai cette pensée ce soir, mais c'est le moment qui me semble le plus évident. Cela se passe si vite que je peux compter le nombre de respirations que je fais.

Respire. Les mains d'Isabel s'appuient avec force sur mes épaules, me forçant à me rapprocher de l'endroit où je me trouve. *Respire.* Elle me repousse. Mes épaules penchent tellement sur le bord que je suis complètement déséquilibrée et sur le point de tomber. *Respire.* Mon talon est à quelques centimètres de la chute. *Respire.* J'abaisse mon épaule gauche, rejetant mon poids sur le côté. Avec les dernières forces qui me restent, j'utilise l'élan de mon mouvement pour projeter Isabel loin de moi et par-dessus la falaise, dans les profondeurs.

Respire.

Son cri transperce la pluie alors qu'elle s'envole par-dessus bord, ses mains cherchant à s'agripper à moi, au rocher, à n'importe quoi. Elles ne trouvent rien d'autre que de l'air. L'expression de son visage est gravée dans ma mémoire, une image que je n'oublierai jamais pour le reste de ma vie. À moitié noyée dans l'ombre, elle se transforme enfin en l'animal sauvage qu'elle a toujours voulu être.

Pour quelques instants précieux, Isabel est un oiseau en vol.

Chapitre 36

Lorsque j'arrive à la ferme, je boite et mes pieds sont meurtris, je suis pliée par la douleur et mes dents claquent à cause du froid glacial. La seule chaleur provient de mon propre sang qui coule à l'arrière de mes jambes, mêlé à l'eau de pluie et à la boue. Seb se précipite hors de la maison, vêtu à la hâte d'un bas de pyjama, d'une veste et d'une paire de bottes.

— Tom ?

— Il est là. Seb m'entoure de ses bras et me retient alors que je commence à m'effondrer.

Je me réveille au son des sirènes qui entrent dans la cour de la ferme. Les ambulanciers sont là pour moi. Ils m'emmitouflent et m'allongent sur un brancard, Tom me rejoint à l'arrière de l'ambulance. Les phares et les lampes torches éclairent la cour comme un festival la nuit, les faisceaux rebondissant sur les armes des policiers armés.

Il me faut un moment pour me souvenir de ce qui se passe et de l'endroit où je me trouve. Puis je revois son visage dans l'obscurité et l'écho de ses cris lorsqu'elle a dégringolé dans le ravin.

— Isabel...

Tom se penche sur moi et me serre la main. Avec ce front plissé, il semble plus vieux que jamais. Quand est-il devenu un homme ?

— Qu'est-ce qui lui est arrivé ? demande-t-il.

— Elle est morte.

Les sombres profondeurs de l'inconscience m'éloignent de la lumière crue de l'ambulance. Alors que je sombre dans le sommeil, je sens les doigts noueux d'Isabel qui m'entraînent.

* * *

Lorsque j'étais son infirmière, elle m'avait prêté un livre sur les oiseaux pour lire pendant ses séances d'art-thérapie. Dans ce livre, il était dit que les pies étaient capables d'avoir du chagrin. Ce sont des oiseaux intelligents et rusés, mais l'idée qu'elles pleurent leurs proches disparus offre une autre perspective que celle de la malice qu'on leur prête. Isabel a toujours été la pie, mais je me demande si le chagrin que je ressens pour elle compte dans ce cas. Alors même qu'Isabel me torturait, j'ai vu une lueur d'humanité cachée derrière un passé souillé, et je pense que je passerai ma vie à me demander si elle était le produit de son enfance et de son incarcération, ou si elle était née pie imitant une voix humaine.

Je suis dans une chambre privée de la taille d'une petite chambre d'hôtel, avec une grande baie vitrée donnant sur York. L'odeur de l'hôpital imprègne tout, et ce n'est jamais calme parce qu'il y a toujours des infirmières qui s'affairent dans le service. À l'extérieur, la cathédrale se dresse fièrement au centre de la ville, rappelant ce qui nous a précédés et ce qui subsistera longtemps après notre départ. Isabel est toujours aussi grande qu'une cathédrale, et l'ombre de sa vie plane sur la mienne. J'ai besoin de savoir ce qui lui est arrivé cette nuit-là dans la lande. Je dois savoir si elle est vraiment morte. Ce que je sais, c'est que dans la ferme abandonnée, la police n'a trouvé aucune preuve qu'Isabel et David y avaient vécu plus d'un jour ou deux. David portait des vêtements spéciaux qui camouflaient les odeurs, Isabel en avait donc probablement aussi. Cela explique au moins pourquoi elle a pu échapper aux chiens pisteurs après sa fuite.

La police a fouillé mon cottage sur la propriété des Braithwaites et a trouvé des emballages de barres chocolatées, des bouteilles d'eau vides et des sprays anti-odeurs dans le grenier. Les produits réducteurs d'odeurs ont été achetés sur Internet par David, ce qui signifie qu'ils travaillaient tous les trois ensemble. David et Owen ont aidé Isabel après sa sortie de Crowmont. Isabel et Owen ont planifié le meurtre de James Gorden, ramenant son corps à Hutton et mettant en scène un spectacle d'horreur conçu pour me secouer jusqu'au plus profond de moi-même. C'est sans doute David qui a transporté le reste du corps de James dans la ferme abandonnée après que la police a fini de fouiller la région et est repartie.

L'idée qu'ils aient tous les trois planifié tout cela me retourne l'estomac. Je suis sûre que les détails seront révélés en temps voulu, mais pour l'instant, je ne peux m'empêcher de penser à James. Où ont-ils entreposé son corps ? Est-il resté dans un coffre de voiture quelque part, en train de pourrir sur la moquette ? Ou bien a-t-il été placé dans un congélateur et décongelé avant d'être transporté à la ferme ? David a-t-il porté le corps sur le sentier de la lande dans l'obscurité ? Ou a-t-il réussi à conduire jusqu'à là d'une manière ou d'une autre ? Qu'est-ce qui est la bonne version dans tout ça ? Si j'avais regardé par la fenêtre du cottage au bon moment, aurais-je vu un ou plusieurs des Fielding transporter le corps de James Gorden pendant la nuit ? Je ne suis pas sûre de vouloir le savoir un jour.

Enfin, je sais ce qui est arrivé à la pauvre Maisie Earnshaw, une victime innocente qui est tombée dans le monde des Fieldings, une fillette de six ans qui ne méritait pas une mort aussi violente. Pendant les nuits d'insomnie à l'hôpital, je pense souvent à contacter ses parents pour leur parler de ce que je sais, mais je doute que cela leur apporte une quelconque tranquillité. Parfois, je pense même à contacter Anna Fielding, mais je ne saurais même pas par où commencer. C'est à la police de découvrir si la mère d'Isabel est impliquée d'une manière ou d'une autre dans tout ce gâchis.

Une question me taraude l'esprit : James Gorden a-t-il appris la vérité sur ce qui est arrivé à Maisie avant de mourir ? Isabel le lui a-t-elle dit ? Ou a-t-il été tué sans jamais le savoir ?

Des voix se font entendre à l'extérieur de la chambre d'hôpital. Depuis mon arrivée, un policier monte la garde à l'extérieur, ce qui m'inquiète, car personne ne m'a encore dit ce qui est arrivé à Isabel. Si on avait retrouvé son corps, aurais-je besoin d'un garde du corps ? Les plaies de mon dos me démangent alors que j'attends de savoir ce qui s'est passé après mon arrivée à la ferme de Seb.

Lorsque l'inspecteur Murphy entre dans la pièce en évitant mon regard, je sais déjà ce qu'il va dire.

— Nous ne l'avons pas trouvée. Nous avons fouillé la zone et nous avons fait appel à des chiens pisteurs pour retrouver son odeur. Il y a eu une trace de sang pendant un moment, puis elle a disparu.

Je frissonne.

— Elle a survécu ?

Je vois qu'il est fatigué par les derniers jours. La barbe sur son menton lui donne un air ébouriffé et inquiet, et sa peau a pris un teint jaunâtre et malsain. Je ne suis pas la seule à être tourmentée par Isabel Fielding.

— On dirait bien. Ce n'était pas une chute directe dans la gorge. Il y avait quelques rochers saillants et des bords de falaise. Si elle a atterri sur l'un d'entre eux, il y a de fortes chances qu'elle se soit relevée et qu'elle soit partie.

Je détourne la tête et regarde par la fenêtre en direction de la cathédrale. Isabel est intelligente et elle sait comment échapper à la police. Elle a toutes les chances de revenir plus forte après cela.

« Nous sommes en train de fouiller la propriété des Fielding. »

— Au moins, David est mort. Il était mort, n'est-ce pas ?

— Oui, il était mort quand nous l'avons trouvé. Tom a touché l'aorte en le poignardant dans le dos. Le garçon s'est bien débrouillé.

En y pensant, je me sens mal. Je déteste ce que Tom a dû faire pour me sauver la vie. Tout ce qui lui est arrivé, c'est à cause de moi. Si je n'avais pas accepté ce travail ou si je n'avais pas été entraînée dans les jeux d'Isabel... si seulement j'avais reconnu ce qui m'arrivait, que j'étais malade et que j'avais besoin d'aide. Les regrets s'accumulent et je ne suis pas sûre de pouvoir me les pardonner un jour. Mais la culpabilité est un fardeau que je connais bien et que je peux continuer à porter pour passer la journée.

« Nous recherchons des corps dans les différentes propriétés de David Fielding. Si ce qu'il vous a dit dans la maison abandonnée est vrai, il s'en sort avec des meurtres depuis très longtemps. Et en tant que propriétaire d'une entreprise de promotion immobilière, il a certainement eu l'occasion de se débarrasser des corps. »

— Et les Earnshaw ? Leur avez-vous dit ce qu'Isabel m'a dit ? Ils méritent de savoir ce qui est arrivé à leur fille.

— On le leur dira. Il marque une pause. Bon, comment allez-vous ?

Je ne sais pas s'il parle des blessures dans mon dos ou du traumatisme psychologique des six derniers mois.

— J'ai mal partout. J'ai hâte de sortir d'ici et de rentrer chez moi.

— À propos de ça. Il prend une chaise et la rapproche de mon lit. Je vous suggère fortement de déménager, de changer de nom et de prendre un nouveau départ. Je m'efforce de garder votre nom en dehors des médias, mais vous devrez faire une déclaration sur la mort de David Fielding, et Tom aussi. Mais une fois que tout cela sera fini, vous mettre en sécurité sera la priorité. Je peux vous faire bénéficier de la protection policière pour les témoins.

— Tom aussi ?

— Oui, tous les deux. Ça va aller vite. J'ai pris rendez-vous avec deux officiers dans un hôtel à quelques rues d'ici. Ils s'occuperont de tout. Vous serez partis dans moins d'une semaine, et vous ne devrez dire à personne où vous allez, me prévient-il.

Peut-être que Leah Smith pourrait laisser toute cette culpabilité derrière elle. Peut-être que le fait d'avoir des regrets pourrait être une chose du passé.

* * *

Je dépose mes clés, mon sac à main et mon téléphone portable dans le bac avant de passer le détecteur de métaux. J'ai pensé à porter mon soutien-gorge sans armature ce matin pour ne pas le déclencher. L'agent de sécurité me rend mes affaires et je traverse le couloir pour entrer dans une pièce aménagée comme une salle de repos, avec des fauteuils bon marché disposés autour de tables circulaires basses.

Il est assis sur une chaise vert vif, affalé, mais ses yeux larmoyants sont dirigés vers moi. Avant de venir, je m'étais dit que je ne ressentirais rien, que je ne verserais pas une larme pour lui à cause des choses qu'il a faites, mais je suis là, les larmes aux yeux, avec une étrange envie de le serrer dans mes bras. Je sais qu'il ressent la même chose parce qu'il se lève à moitié, puis se rassied. Les larmes roulent sur son visage et sur le placage de la table.

— Leah.

Je n'arrive pas à prononcer le mot, alors je me contente de dire :

— Je suis là.

— Je ne pensais pas que tu viendrais.

— Je n'en avais pas l'intention.

Il reste assis en silence, les larmes coulent sur ses joues et ses épaules se soulèvent et s'abaissent à mesure que les sanglots traversent son corps. C'est un miracle qu'il réussisse à rester silencieux. Au bout d'un moment, je ne peux plus le regarder, alors je me détourne et j'essuie mes propres larmes.

— Ça fait du bien de te voir, dit-il. Tu ne me croiras pas, mais tu m'as manqué. Vous m'avez manqué tous les deux plus que tu ne peux l'imaginer. Mais c'est bien que je sois ici. Ils me donnent ce dont j'ai besoin pour me rétablir. Je réapprends à être un homme bien.

J'ai pitié de lui, malgré une sensation croissante de rage qui brûle et bouillonne sous la surface. Je ne peux m'empêcher de le plaindre.

— Tu, tu as l'air en forme. Il bafouille, ses paroles sont de moins en moins sûres au fur et à mesure que nous sommes assis là, à nous regarder l'un l'autre.

— Je ne suis pas en forme du tout, dis-je. Je ne suis pas sûre de l'être un jour, à cause de ce que tu m'as fait et de ce que tu as fait à maman.

Ses épaules s'affaissent, mais les sanglots ont cessé.

— Je suis désolé. Pour ce que ça vaut. Je sais que ce n'est pas assez, n'est-ce pas ?

— Non.

— Mais c'est bon de te voir, dit-il. Parce que je t'aime et que je t'ai toujours aimée.

— Ne me dis pas ça ! Je suis presque debout, mais je me dis qu'il faut rester plus longtemps. Il s'agit d'affronter ce qui m'a freinée toute ma vie. Je dois prendre le temps.

— À propos de la nuit où je t'ai fait du mal, dit-il en détournant prudemment le regard. Je n'avais pas toute ma tête. Je tombais tout le temps ivre mort et je me réveillais dans des endroits différents. Je sais ce que j'ai fait, mais je ne me souviens même pas de l'avoir fait.

— Ce n'est pas une excuse, dis-je avec amertume.

— Je sais que j'ai fait beaucoup de choses. J'ai fait beaucoup de choses que je ne pourrai jamais effacer. Je sais maintenant que je ne pourrai jamais expier mes péchés, mais je peux essayer, et je n'arrêterai jamais d'essayer.

— Très bien.

— Je te souhaite tout le bonheur du monde, et je sais que tu auras plus de chances de le trouver tant que je serai ici, dit-il.

— C'est vrai.

— Je ne sortirai jamais, dit-il. Et s'ils m'y obligent, je n'essaierai jamais de te retrouver.

— Alors c'est la dernière fois qu'on se voit.

— Je t'aime, Leah, dit-il.

C'est alors que je réalise qu'il a jeté une ombre plus grande en tant que souvenir qu'il ne l'a jamais fait en tant qu'homme vivant. Il ne me reste plus qu'à allumer et à chasser l'obscurité.

— Je t'aime aussi, papa. J'aimerais ne pas t'aimer. J'aimerais te détester, mais ce n'est pas le cas. Parfois je te déteste, mais au fond de moi, je pense que j'aimerai toujours le père que tu as été, et que tu aurais pu être si tu avais été un homme plus fort.

* * *

Rose Cottage semble vivant tandis que je passe la matinée à circuler dans les pièces avec Tom, à rassembler nos affaires et à les entasser dans des valises et des cartons. Même si nous vivons avec de petits moyens, nous avons réussi à accumuler des objets et des souvenirs : des tasses du magasin de la ferme, des plumes du poulailler, de jolies pierres ramassées dans la lande, et Seb.

Mais nous ne pouvons pas tous les emporter avec nous, c'est pourquoi, malgré le *Best of Britpop* en fond sonore, j'ai le cœur lourd. La couche de peinture fraîche et les petites marques sur les murs où

Tom avait accroché ses posters me rappellent la vie que nous aurions pu avoir ici. J'étais peut-être en pleine crise psychotique à l'époque, mais cela n'a rien changé au potentiel que j'avais pour être heureuse ici, avec Tom et avec Seb, qui m'ont tous deux sauvé la vie.

Cela fait trois jours que j'ai quitté l'hôpital. Après avoir revu mon père une dernière fois, je me suis rendue dans un Travelodge à la périphérie de York et j'ai reçu toutes les informations dont j'avais besoin pour commencer une nouvelle vie. Demain, nous nous rendrons à un point de rendez-vous à dix heures du matin. Je ne sais pas où il sera. Un homme appelé Robert me téléphonera pour me donner de plus amples instructions ce soir à huit heures.

À partir de là, la nouvelle vie commence, et elle n'inclura personne de l'ancienne, à part Tom.

À mi-chemin de la fermeture des cartons, je quitte la maison pour retrouver Seb, qui m'a donné un toit et un travail quand j'en avais le plus besoin, et qui ne m'a jamais abandonnée, quoi qu'il arrive. L'un des collègues de l'inspecteur Murphy attend devant le cottage pour s'assurer que Tom est en sécurité, tandis que j'emprunte le chemin principal menant à la ferme des Braithwaites. J'ai envie de suivre notre chemin le long de la lande, mais Isabel m'a gâché ces souvenirs. Les landes me rappellent des yeux fous qui disparaissent dans l'obscurité et des doigts qui se tendent vers moi.

Il m'attend dans sa Land Rover et nous éloigne de la ferme. Nous nous dirigeons vers Hutton pour un dernier déjeuner, mais je ne peux pas attendre aussi longtemps.

— Arrête-toi.

Il se tourne vers moi.

— Quoi ? Pourquoi ?

— Arrête-toi, c'est tout.

Lorsque la voiture s'arrête, j'attrape sa veste cirée à deux mains et je presse ma bouche contre la sienne pour la première fois. Il est d'abord hésitant, puis ses mains se posent sur mes cheveux et son corps se presse contre le mien. La chaleur se répand en moi de façon si brutale que je dois me forcer à m'écarter. Nous sommes tous les deux essoufflés lorsque nous nous arrêtons, mais il prend doucement mes mains dans les siennes et les embrasse.

Le déjeuner que nous prenons n'a aucun goût. Tout est calme et mélancolique. Nous savons tous les deux ce qui aurait pu se passer, mais nous savons tous les deux que je dois protéger mon fils. La protection des témoins ne s'étend pas à une personne en dehors de la famille, et je ne lui demanderais pas de renoncer à sa vie pour un scénario en « et si ». Et je ne peux rien lui dire sur l'endroit où nous finirons, parce que je ne le sais pas moi-même. Tout ce qu'il sait, c'est que nous partons et que nous serons en sécurité.

— Une autre fois, dis-je lorsqu'il me dépose au cottage. Un autre endroit.

Il acquiesce et soupire en même temps.

— Oui, je sais.

— Est-ce qu'on aura des œufs gratuits pour la route ? Ou est-ce que c'est un peu trop demander?

— Je reviens tout de suite avec une douzaine.

Si j'arrête de sourire, je risque de pleurer, et si je le touche encore, je ne partirai jamais d'ici. Il faut que ce soit rapide, et que ça pique méchamment, comme une épilation à la cire.

Seb doit penser la même chose, car la Land Rover démarre rapidement après que j'ai claqué la porte.

Tom est en train de nettoyer les placards quand j'entre par la cuisine, évitant l'endroit où j'ai trouvé la tête coupée de James Gorden sur le pas de la porte. Il me regarde et me dit :

— Tu as l'air d'avoir besoin de chocolat et de Freddy Krueger.

— Je crois bien que tu as raison. Est-ce qu'on a l'une ou l'autre de ces choses ?

— Une dernière barre de Dairy Milk et Netflix sur mon ordinateur portable.

— Tu es un bon gars. Je lui ébouriffe les cheveux et lui pince la joue jusqu'à ce qu'il grogne et tourne la tête.

Ce n'est pas encore le moment de lui dire, mais un jour je le ferai.

* * *

Nous passons notre dernière nuit dans le cottage, recroquevillés sur le canapé, à regarder notre version d'un film de réconfort, *Nightmare on Elm Street*, sur le minuscule écran d'ordinateur de Tom, sous la surveillance de la police qui se relaie à l'extérieur pour s'assurer que nous soyons en sécurité. C'est une soirée merveilleuse, malgré les circonstances, et mon fils adolescent, irritable, agaçant et courageux comme tout, me fait croire qu'il y a un avenir pour nous quand nous nous serons adaptés à cette nouvelle vie sous protection.

Nous avons une chance d'avoir une nouvelle vie.

Le lendemain matin, avant de partir, Tom et moi regardons le facteur danser avec Pye, le chat sauvage, tout en buvant notre dernière tasse de thé dans la cuisine et en contemplant la vue imprenable au-delà des murs de pierres sèches. J'ouvre la porte et je prends le courrier, en m'excusant auprès du pauvre type au visage rougeaud et aux mollets couverts de griffures.

— Je sais qu'il ne faut pas rire, mais... dit Tom hilare quand je ferme la porte et apporte le courrier sur la table.

— Ce n'est pas bien méchant.

Après ce que nous avons vécu, un peu de *schadenfreude*[1], comme dit Freud, est acceptable.

Sans y prêter attention, je glisse mon pouce dans le coin d'une enveloppe et la déchire. À l'intérieur se trouve une lettre pliée sur un papier crème à la texture proche du lin. C'est du papier à dessin coûteux.

Je déplie soigneusement la feuille, sachant déjà à quoi m'attendre. Mon cœur bat à tout rompre, mais je me force à rester calme. Ce n'est pas grave. Nous n'avons pas encore pris notre nouveau départ. C'est la dernière fois que cela arrive. *La dernière fois*. Les plaies à moitié cicatrisées de mon dos me démangent comme si elles venaient d'être rouvertes.

C'est toujours aussi beau, illustré à la perfection avec un reflet irisé sur l'aile. Il n'y a pas de mots, simplement le dessin époustouflant d'une pie. Elle n'a pas eu besoin d'ajouter de texte, l'image dit tout.

Isabel Fielding n'en a pas fini avec moi.

À Propos De L'autrice

Sarah A. Denzil, originaire du Derbyshire, est classée parmi les meilleurs auteurs du *Wall street journal* en littérature à suspense. Ses thrillers comprennent le best-seller *Passé sous silence, L'innocence perdue* et *Saving April.* Sous un autre nom en tant qu'autrice Jeunes Adultes, Sarah Dalton, a écrit de la fiction spéculative pour les adolescents, notamment *The Blemished, Mary Hades et White Hart.*

Sarah vit dans le Yorkshire avec son mari, et profite de la campagne pittoresque et d'une météo plutôt imprévisible.

Pour rester informés, inscrivez-vous à la liste de diffusion pour recevoir les annonces de nouvelles parutions et les offres spéciales.

Notes

Chapitre 1

1. Comptine pour enfant à propos de pies. Selon l'ancienne superstition, le nombre de pies que l'ont voit indique si on aura de la chance ou pas.

Chapitre 5

1. National Health Service : Système de santé publique britannique.

Chapitre 13

1. Le rasoir d'Occam est le principe de résolution de problème qui stipule que « les entités ne doivent pas être multipliées sans nécessité ».

Chapitre 36

1. Joie mauvaise à l'idée du malheur d'autrui

Remerciements

Un mot de remerciement aux infirmières du monde entier et à tous ceux qui travaillent dans le domaine médical. Vous nous aidez dans nos heures les plus sombres, quand nous sommes au plus mal, et quand nous sommes parfois incapables de vous dire merci nous-mêmes. Merci, et ce livre vous est dédié.

Printed by Amazon Italia Logistica S.r.l.
Torrazza Piemonte (TO), Italy

65481230R00181